THE COLLECTED
WORKS
OF LUXUN

LETTERS

鲁迅文集

 书信

鲁迅 著　黄乔生 编

河北人民出版社
石家庄

图书在版编目（CIP）数据

鲁迅文集．书信．上 / 鲁迅著；黄乔生编．-- 石
家庄：河北人民出版社，2019.11
  ISBN 978-7-202-14287-5

  Ⅰ．①鲁… Ⅱ．①鲁… ②黄… Ⅲ．①鲁迅著作－选
集②鲁迅书简－书信集 Ⅳ．① I210.2

中国版本图书馆 CIP 数据核字 (2019) 第 209880 号

鲁迅1927年摄于厦门

鲁迅摄于1927年

广平兄：

十八日之晚的信，昨天收到了。……

《1926年9月26日 致许广平》手稿

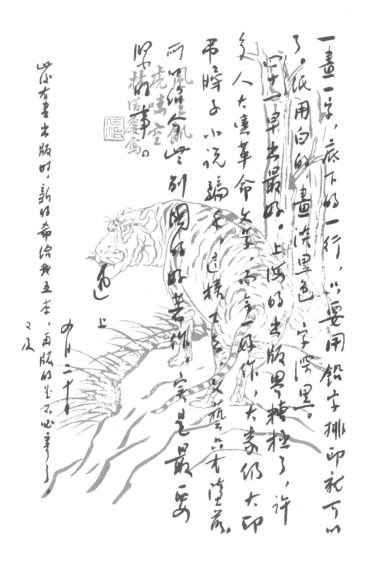

《1929年4月20日 致李霁野》手稿

目录　　Contents

壹
·
仙
台

鲁迅于1902年4月入东京弘文学院学习,1904年4月毕业。同年9月入仙台医学专门学校学习,1906年3月退学,前往东京,6月将学籍列入东京独逸语学会所设德语学校,自修德语并译书著文。1909年8月回国。

1904年10月8日　致蒋抑卮[1]

拜启者：

　　前尝由江户[2]奉一书，想经察入[3]。尔来索居仙台，又复匝月，形不吊影，弥觉无聊。昨忽由任君克任[4]寄至《黑奴吁天录》[5]一部及所手录之《释人》[6]一篇，乃大欢喜，穷日读之，竟毕。拳拳盛意，感莫可言。树人到仙台后，离中国主人翁颇遥，所恨尚有怪事奇闻由新闻纸以触我目。曼思故国，来日方长，载悲黑奴前车如是，弥益感喟。闻素民[7]已东渡，此外浙人颇多，相隔非遥，竟不得会。惟日本同学来访者颇不寡，此阿利安人[8]亦殊懒与酬对，所聊慰情者，厪我旧友之笔音耳。近数日间，深入彼学生社会间，略一相度，敢决言其思想行为决不居我震旦[9]青年上，惟社交活泼，则彼辈为长。以乐观的思之，黄帝之灵或当不馁钦。

1　蒋抑卮（1874—1940）：字一枝，号鸿林，浙江杭州人，藏书家，鲁迅好友。1902年10月赴日留学，其间与鲁迅结识，1904夏因耳疾回国。

2　江户：日本首都东京的旧称。

3　察入：日语"察る"，意为仔细查看。

4　任克任（1876？—1909）：名允，字克任，浙江杭州人，赴日留学时与鲁迅相识。

5　《黑奴吁天录》：今译《汤姆叔叔的小屋》，美国作家斯托夫人（H. B. Stowe, 1811—1896）所著长篇小说。

6　《释人》：清代藏书家孙星衍（1753—1818）撰，是考释"人"字及人体各部位古汉语称谓的论文。

7　素民：汪希（1873—？），字素民，又作叔明，浙江杭州人，1904年秋赴日学习政法。

8　阿利安人：即雅利安人，这里代指一些自视高贵的日本学生。

9　震旦：古代印度人对中国的称呼。

　　此地颇冷，晌午较温。其风景尚佳，而下宿[1]则大劣。再觅一东樱馆[2]，绝不可得。即所谓旅馆，亦殊不宏。今此所居，月只八円[3]。人哗于前，日射于后。日日食我者，则例为鱼耳。现拟即迁土樋町，此亦非乐乡，不过距校较近，少免奔波而已。事物不相校雠，辄昧善恶。而今而后，吾将以乌托邦目东樱馆，即贵临馆亦不妨称华严界[4]也。

　　校中功课大忙，日不得息。以七时始，午后二时始竣。树人晏起，正与为雠。所授有物理，化学，解剖，组织，独乙[5]种种学，皆奔逸至迅，莫暇应接。组织、解剖二科，名词皆兼用腊丁[6]，独乙，日必暗记，脑力顿疲。幸教师语言尚能领会，自问苟侥幸卒业，或不至为杀人之医。解剖人体已略视之。树人自信性颇酷忍，然目睹之后，胸中亦殊作恶，形状历久犹灼然陈于目前。然观已，即归寓大啮，健饭如恒，差足自喜。同校相处尚善，校内待遇不劣不优。惟往纳学费，则拒不受，彼既不收，我亦不逊。至晚即化为时计[7]，入我怀中，计亦良得也。

　　仙台久雨，今已放晴，遥思吾乡，想亦久作秋气。校中功课，只求记忆，不须思索，修习未久，脑力顿锢。四年而后，恐如木偶人矣。兄之耳谅已全愈，殊念。秋气萧萧，至祈摄卫[8]，倘有余晷[9]，乞时赐教

1　下宿：日语，指供膳宿的公寓。

2　东樱馆：鲁迅在弘文学院学习时住的公寓。

3　円：同"圆"，日本货币单位。

4　华严界：佛教华严宗宣传的一种至高完美的境界。

5　独乙：日语"德意志"的音译，亦指德语。

6　腊丁：即拉丁文。

7　时计：日语"時計"，意为钟表。这里指怀表。

8　摄卫：保养身体。出自北周时期王褒《与周弘让书》："想摄卫惟宜，动静多豫。"

9　余晷：剩余的时间。

言，幸甚，幸甚。临楮草草，不尽所言，容后续上。此颂

　　抑卮长兄大人进步。

　　　　　　　　　　　　　　　　　　弟树人 言 八月二十九日[1]

　　再，如来函，可寄"日本陆前国仙台市土樋百五十四番地宫川方"
为要。

　　前曾译《物理新诠》，此书凡八章，皆理论，颇新颖可听。只成其
《世界进化论》及《原素周期则》二章，竟中止，不暇握管。而今而后，
只能修死学问，不能旁及矣，恨事！恨事！

1　书中信末日期凡与标题日期（公历）不一致的，均为农历日期。

贰 · 绍兴

鲁迅于1909年9月到杭州,任浙江两级师范学堂教员,1910年7月辞职,回到绍兴。同年8月任绍兴府中学堂监学兼教员。1911年11月,任浙江山会初级师范学堂监督,1912年2月辞职。

1910年8月15日　致许寿裳[1]

季黻君监：

　　手毕[2]自杭州来，始知北行，令仆[3]益寂。协和[4]未识安在？闻其消息不？嗟乎！今年秋故人分散尽矣，仆无所之，惟杜海生[5]理府校，属教天物之学[6]，已允其请，所入甚微，不足自养，靡可骋力，姑宅足于是尔。前校长蒋姓[7]，去如脱兔，海生检其文件，则凡关于教务者，竟无片楮，即时间表亦复无有，君试思天下有如此学校不？仆意此必范霭农[8]所毁，以窘来者耳。斯人状如地总能如是也。北京风物何如？暇希见告。致文漱[9]信，亦希勿忘。他处有可容足者不？仆不愿居越

1　许寿裳（1883—1948）：字季茀（作者亦写作"季黻""季市"），号上遂，浙江绍兴人，教育家、传记作家，在东京弘文学院学习时与鲁迅相识。

2　手毕：即手书，亲笔写的信。

3　仆：旧谦称"我"。

4　协和：张邦华（1873—1957），字燮和，又作协和，浙江海宁人，鲁迅在南京矿路学堂、东京弘文学院的同学。

5　杜海生：名子桥，字海生，浙江绍兴人，时任山会初级师范学堂监督，兼任绍兴府中学堂代理监督。

6　天物之学：原意为自然科学，这里指博物学。

7　蒋姓：指蒋光镤（1866—？），字介眉，浙江诸暨人。1910年2月任绍兴府中学堂监督。

8　范霭农：即范爱农（1883—1912），名肇基，字斯年，号爱农，浙江绍兴人，赴日留学时与鲁迅相识。

9　文漱：袁毓麟（1873—1934），幼名荣润，号文薮，浙江杭州人，赴日留学时与鲁迅相识。

中[1]也，留以年杪[2]为度。入秋顿凉，幸自摄卫。

仆树 上 七月十一日

今至杭为起孟[3]寄月费，因寄此书。留二三日，便回里矣。

树 又及

1　越中：即绍兴府。

2　杪：指年月或四季的末尾。

3　起孟：即周作人（1885—1967），字星杓，又名启明、启孟、起孟，浙江绍兴人，鲁迅之弟，当时在日本留学。

1910年11月15日　致许寿裳

季黻君监：

　　不审何日曾获手书，屡欲作答而忘居址，逮邵明之[1]归，乃始询得。顾校中又复有事，不遑暇矣。今兹略闲，率写数语。君之近状，闻诸邵蔡[2]两君，早得梗概。凡事已往，可不必言；来日正长，希冀在是。译学馆学生程度何若？厥[3]目之坚，犹南方不？君之讲学，过于渊深，若欲与此辈周旋，后宜力改。中国今日冀以学术干世，难也。仆自子英[4]任校长后，暂为监学，少所建树，而学生亦尚相安。五六日前，乃复因考大哄：盖学生咸谓此次试验，虽有学宪[5]之命，实乃出于杜海生之运动，爰有斯举，心尚可原杜君太用手段，学生不服，亦非无故[6]。今已下令全体解散，去其谋主，若胁从者，则许复归。计尚有百余人，十八日可以开校。此次荡涤，邪秽略尽，厥后倘有能者治理，可望复兴。学生于仆，尚无间言；顾身为屠伯[7]，为受斥者设身处地思之，不能无恻然。颇拟决去府校，而尚无可之之地也。起孟在日本，厥状犹

1　邵明之（1877—1942）：名文镕，字铭之，浙江绍兴人，赴日留学时与鲁迅相识。

2　蔡：指蔡元康（1879—1921），浙江绍兴人，赴日留学时与鲁迅相识。

3　厥：代词，其。

4　子英：陈濬（1882—1950），浙江绍兴人，继杜海生之后任绍兴府中学堂监督。

5　学宪：指绍兴府的教育主管。

6　文中小字部分为鲁迅所写的注释性文字，其在手稿中即较正文字号要小。后不赘述。

7　屠伯：原意为屠夫，这里喻指酷吏。

前，来书常存问及君，又译Jókai[1]所为小说，约已及半。仆荒落殆尽，手不触书，惟搜采植物，不殊曩日，又翻类书，荟集古逸书数种，此非求学，以代醇酒妇人者也。欲言者似多，而欲写则又无有，故止于此，容后更谭。倘有暇，甚望与我简毕[2]。

弟树　顿首　十月十四日

1　Jókai：约卡伊·莫尔（1825—1904），匈牙利小说家。

2　简毕：指书信。

1910年12月21日　致许寿裳

季巿君监:

　　三四十日以前曾奉尺牍,意其已氐[1]左右。木瓜之役[2],倏忽匝岁[3],别亦良久,甚以为怀。故乡已雨雪,近稍就温,而风雨如磐,未肯霁也。府校迩来大致粗定,觇躬穷奇,所至颠沛,一遘[4]于杭,两遇于越,夫岂天而既厌周德,将不令我索立于华夏邪?然据中以言,则此次风涛,别有由绪,学生之哄,不无可原。我辈之挤加纳[5]于清风[6],责三矢[7]于牛入[8],亦复如此。今年时光已如水逝,可不更言及。明年子英极欲力加治理,促之中兴。内既坚实,则外界之九千九百九十九种恶口,当亦如秋风一吹,青蝇绝响;即犹未已,而心不愧怍,亦可告无罪无ペスタロッチ[9]先生矣。惟奠大山川,必巨斧凿,老夫臣树人学殖荒落,不克独胜此负荷,故特驰书,乞临此校,开拓越学,俾其

1　氐:同"抵"。
2　木瓜之役:1909年夏,浙江两级师范学堂教师反对新任校长夏震武(谑称夏木瓜)恢复封建旧礼教、旧文化的奴化教育的斗争。夏震武(1854—1930),原名震川,字伯定,号涤庵,浙江富阳人,1909年被选为浙江教育总会会长,兼任浙江两级师范学堂监督。
3　匝岁:满一年。
4　遘:相遇。
5　加纳:即嘉纳治五郎(1860—1938),他在东京为中国留学生创办弘文学院。
6　清风:即清风亭,当时中国留学生常在此集会。
7　三矢:即三矢重松(1872—1924),时任弘文学院教育干事。
8　牛入:即牛込,弘文学院所在地。
9　ペスタロッチ:裴斯泰洛齐(Pestalozzi, 1746—1827),瑞士民主主义教育家。

曼衍，至于无疆，则学子之幸，奚可言议。武林师校[1]杨星耜[2]为教长，曩[3]曾一面，呼謈[4]称冤，如堕阿鼻；顾此府校，乃不如彼师校之难，百余学生，亦尚从令，独有外界，时能射人，然可不顾，苟余情之洵芳[5]，固无惧于憔悴也。希君惠然肯来，则残腊未尽，犹能良觌[6]，当为一述吾越学界中鱼龙曼衍[7]之戏。倘能先赐德音，犹所说豫大庆。闻北方多风沙，诸惟珍重，言不尽思，再属珍重而已。

仆树人 上 十一月二十日

---

1 武林师校：即浙江两级师范学堂。武林，杭州的别称。

2 杨星耜（1883—1973）：名乃康，字星耜，又作莘耜、莘士，浙江吴兴人。

3 曩：以往，从前。

4 謈：因痛而叫喊。

5 苟余情之洵芳：出自屈原《离骚》："不吾知其亦已兮，苟余情其信芳。"

6 觌：见，相见。

7 鱼龙曼衍：古代百戏杂耍名，出自《汉书·西域传赞》："作……漫衍鱼龙、角抵之戏以观视之。"

1911年1月2日　致许寿裳

季茀君监：

　　得十一月望简毕，甚以说释。闻北方土地多洳淖，而越中亦迷阳[1]遍地，不可以行。明年以后，子英欲设二监学，分治内外。发电以后，更令仆作函招致。顾速君来越，意所不欲。然以自为监学，不得显语，则聊作数言而不坚切。此函意已先达左右。仆归里以来，经二大涛[2]，幸不颠陨，顾防守攻战，心力颇瘁。今事已了，正可整治，而子英渐已孤行其意。至于明年，恐或莫可收拾。于是仆亦决言不治明年之事。惟此监学一职，未得继者，甚以为难。与子英共事，助之往往可气，舍之又复可怜，左右思惟，不知所可。君倘来此，当亦如斯。惟仆于子英谊亦朋友，故前不驰书相阻，今既谢绝，可明告矣。越中理事，难于杭州。技俩奇觚，鬼蜮退舍。近读史数册，见会稽往往出奇士，今何不然？甚可悼叹！上自士大夫，下至台隶，居心卑险，不可施救，神赫斯怒，湮以洪水可也。无趾之书[3]，已译有法人某[4]之《比较文章史》，又有Mechinicoff[5]之《人性论》，余均未详。君书咸存

1　迷阳：指荆棘。出自《庄子·人间世》："迷阳迷阳，无伤吾行。"

2　二大涛：即1910年11月15日致许寿裳信中提及的学生两次"因考大哄"。

3　无趾之书：指当时"大日本文明协会"出版的某些译著，会员内部分配的非卖品。

4　法人某：指法国作家洛里埃（Frédéric Loliée, 1856—1915）。

5　Mechinicoff：梅契尼可夫（1845—1916），俄国微生物学家与免疫学家。

起孟处，价亦月拂[1]不懈，力尚能及，可不必寄与也。吾乡书肆，几于绝无古书，中国文章，其将殒落。闻北京琉璃厂颇有典籍，想当如是，曾一览否？李长吉[2]诗集除王琦[3]注本外，当有别本，北京可能蒐得。如有而直不昂，希为致一二种。倘见协和，望代存问，旧友云散，恨何可言？君此后与俅男[4]语或通讯时，宜少愁，彼喜昭告于人，以鸣得意。斯人与羃头[5]同在以斧斯之[6]之迦者也。此地已寒，北京当更甚。校课竣后，尚希以简毕来。仆治校事约须廿四五方了，假时当有暇作闲话也。

仆树 顿首 十二月初二日

1　拂：同日语汉字"払"，支付。

2　李长吉：即唐代诗人李贺（约791—约817），字长吉，河南福昌（今宜阳）人。

3　王琦（1696—1774）：字载韩，浙江钱塘人，清代学者，著有《李长吉歌诗汇解》五卷。

4　俅男：一作俅南，即蔡元康。

5　羃头："羃"与"夏"上半部分相同，疑指夏震武。

6　以斧斯之：出自《诗经·陈风·墓门》："墓门有棘，斧以斯之。"

1911年2月6日　致许寿裳

季黻君左右：

　　过年又已十日，今年是亥岁。观云[1]当内[2]妾，且月获五十金已上矣。去年得朱君遏先[3]书，来集《小学答问》[4]刊资，今附上。仆拟如前约，君将如何，希示。若与直接问讯，则可致书于嘉兴南门内徐家埭，或嘉兴中学堂。今年仍无所之，子英令续任，因诺暂理，然不受约书，图可随时遁遁[5]。文薮谅终无复书[6]，别处更无方术[7]。君今年奚适？久不得消息，甚念甚念，假时希以书来。敬祝

曼福。

树人 上言 正月八日

1　观云：蒋智由（1865—1929），原名国亮，字观云、星侪、心斋，号因明子，浙江诸暨人。

2　内：同"纳"。

3　朱遏先（1879—1944）：名希祖，字遏先，又作迪先、逖先，浙江海盐人，在东京与鲁迅同随章太炎学习《说文解字》，1910年在浙江嘉兴府中学堂任教。

4　《小学答问》：章太炎著，是据《说文解字》解释本字和借字流变的书。章太炎（1869—1936），名炳麟，号太炎，浙江余杭人，曾在东京为鲁迅等讲授文字学。

5　遁遁：逃避，逃跑。

6　复书：回信。

7　方术：方法。

1911年3月7日　致许寿裳

季黻君监：

　　得手书如见故人，甚以为喜。复知去年所奉书不达左右，则颇恨邮局，彼辈坚目人，不知置仆书于何地矣。师范收入意当菲薄，然教习却不可不为，对付今人只得如此对付古人或亦只得如此。燮和之事已定否？倘与相见，希为言，仆颇念之。卖田之举去年已实行，资亦早罄，迩方析分公田，仆之所得拟即献诸善人，事一成当即为代付刊资也。绍兴府校教员，今年颇聘得数人，刘楫先亦在是，杭州师校学生则有祝颖、沈养之、薛丛青、叶联芳，是数人于学术颇可以立，然大氐憧憧往来吴越间，不识何作。今遂无一存者，仅余俞乾三、宋琳二子，以今年来未播迁耳。起孟来书，谓尚欲略习法文，仆拟即速之返，缘法文不能变米肉也，使二年前而作此语，当自击，然今兹思想转变实已如是，颇自闵叹也。俅南善扬人短与在东京时大不同矣，君若与书札往来，宜留意。此事似已奉闻，或尚未，均已忘却，故更以告。越中棘地不可居，倘得北行，意当较善乎？敬承
曼福。

周树人 上　二月初七日

1911年4月12日　致许寿裳

季黻君监：

　　得三月二日手毕，发读忻尉[1]。月入八十，居北京自不易易[2]，倘别有兼事，斯有济耳。协和自暌隔[3]后，仅来一书，言离甚病，并令赓[4]译质学[5]，义不可却，已寄两帖，而信息遂杳，今乃知已移入陆军小学，大可欢喜。此不特面朱可退，即其旋行之疾，亦必已矣。越校甚不易治，人人心中存一界或，诸嵊[6]为甚，山会[7]则颇坦然，此殆气禀有别。希冀既亡，居此何事。三四月中，决去此校，拟杜门数日，为协和译书，至完乃走日本，速启孟偕返。此事了后，当在夏秒，比秋恐又家食[8]，今年下半年，尚希随时为仆留意也。《小学答问》刊资已寄去，计十五圆，与仆相等，闻板已刻成，然方寄日本自校，故未印墨。此款今可不必见还，近方售尽土地，尚有数文在手。倘一思将来，足以寒

1　忻尉：同"欣慰"。

2　易易：很容易。

3　暌隔：分离，分别。

4　赓：继续。

5　质学：即化学。

6　诸嵊：指诸暨、嵊县。

7　山会：指山阴、会稽。

8　家食：赋闲，不食公家俸禄。出自《易·大畜》："大畜，利贞，不家食，吉，利涉大川。"

心，顾仆颇能自遏其思，俾勿深入，读《恨赋》[1]未终而鼾声作，法豪[2]将为我师矣。迩又拟立一社[3]，集资刊越先正[4]著述，次第流布，已得同志数人，亦是蚊子负山[5]之业，然此蚊不自量力之勇，亦尚可嘉。若得成立，当更以闻。北京琉璃厂肆有异书不？时欲入夏，幸力自摄。

仆树 上 三月十四日

并希时通消息，信可寄舍间或绍城塔子桥僧立小学堂周乔峰[6]。

---

1 《恨赋》：南朝文学家江淹所作的赋。江淹（444—505），字文通，宋州济阳（今河南民权）人。

2 法豪：欧阳法孝，江西人，生卒年不详，留学日本时曾与鲁迅同住东京伏见馆。周作人在其回忆录中称他"睡了又立即鼾声大作，生如猪嗥"。

3 社：指1911年春夏之间成立的文学团体越社。

4 先正：前代贤臣，泛指前代贤人。出自《尚书·说命下》："昔先正保衡，作我先王。"

5 蚊子负山：出自《庄子·应帝王》："犹涉海凿河而使蚊负山也。"

6 周乔峰：周建人（1888—1984），字乔峰，浙江绍兴人，鲁迅三弟。时任僧立小学堂教师。

1911年4月20日　致许寿裳

季黻君监：

　　不数日前曾奉一函，意已先尘左右。昨得手札，属治心学[1]，敬悉一是。今年更得兼任，至为欢忻。以微事相委，本亦当效绵力，顾境遇所迫，尚有不能已于言者。仆今年在校，卒卒鲜暇，事皆贠末[2]猥杂，足浊脑海，然以饭故，不能立时绝去，思之所及，辄起叹喟；与去年在师校时，课事而外更无余事者，有如天渊。而协和忽以书来，命赓前译，且须五月中告成，已诺之矣。然执笔必在夜十时以后，所余尚二百余叶，未知如何始克告竣，惟糊涂译去，更不思惟以乱心曲矣。若无此事，心学固可执笔，今兹则颇无奈何，可不秋季再行应命？然亦希别择简洁之本，自加删存，指定孰则应留，孰则应去。若以是巨册令仆妄加存薙，则素不治心学，殊无所措其手足，有如业骑之人，操楫而涉汇[3]洋，纵出全力，亦当不达彼岸也。如何？希昭察之。复试[4]又在即，故友当又渐渐相聚，闻杭州师校欲请君主讲，有无消息？诺不？此承曼福。

仆树 顿首 三月二十二日

1　心学：即心理学。

2　贠末：同"琐末"，意为细微。

3　汇：同"茫"。

4　复试：指清末各省中学堂应届毕业生到省会参加的会试。

1911年7月31日　致许寿裳

季茀君监：

　　两月前乘间东行，居半月而返，不访一友，亦不一游览，崖一看丸善[1]所陈书，咸非故有，所欲得者极多，遂索性不购一书。闭居越中，与新颖气久不相接，未二载遽成村人，不足自悲悼耶。比返后又半月，始得手示，自日本辗转而至。属购之书已不可致，惟杂志少许及无趾之书，则已持归，可一小箧，余数册未出，已函使直寄北京。又昨得遏先书并《小学答问》一大缚，君应得十五部，因即以一册邮上，其它暂存仆所，如何处置，尚俟来命遏先云刻资共百五十金，印三百部计五十金，奉先生[2]一百部，其二百则分与出资者，计一金适得一部云。越中学事，惟从横家[3]乃大得法，不才如仆，例当沙汰。中学事难财绌，子英方力辞，仆亦决拟不就，而家食既难，它处又无可设法，京华人才多于鲫鱼，自不可入，仆颇欲在它处得一地位，虽远无害，有机会时，尚希代为图之。协和自四月以来即无消息，其近状如何，亦乞示及。写利[4]初愈，不能多作书，余待后述。倘有暇，尚祈以尺书见投。此颂
曼福。

　　　　　　　　　　　　　　　　　树人　上　闰六月初六日

1　丸善：东京的一家书店。

2　先生：指章太炎。

3　从横家：即纵横家。战国时期的权谋术流派，以从事政治外交活动为主，主要分"合纵"与"连横"两派。

4　写利：即"泻痢"。

起孟及ノブ子[1]已返越，即此问候，稍后数日当以书相谭[2]。

又及

1　ノブ子：羽太信子（1888—1962），日本人，周作人的妻子，二人1909年在日本成婚。
2　谭：同"谈"。

1912年2月，鲁迅到南京任临时政府教育部部员，5月任北洋政府教育部社会教育司第二科科员，8月任教育部佥事、社会教育司第一科科长。1920年8月被北京大学、北京高等师范学校聘为兼职讲师。1923年7月被北京女子高等师范学校聘为讲师。

因在"女师大风潮"中支持学生斗争，鲁迅于1925年8月被教育总长章士钊免去教育部佥事职务。1926"三一八惨案"发生后，鲁迅因抨击段祺瑞政府而被通缉，避难于山本医院，同年8月离京。

1916年12月9日 致许寿裳

季市君足下：

　　别后于四日到上海，七日晨抵越中，途中尚平安。虽于所见事状，时不惬意，然兴会最佳者，乃在将到未到时也。故乡景物颇无异于四年前，臧否不知所云。日来耳目纷扰，无所可述。在沪时闻蔡先生[1]在越中，报章亦云尔；今日往询其家，则言已往杭州矣。在此曾一演说，听者颇不能解，或者云：但知其欲填塞河港耳。朱渭侠[2]忽于约十日前逝去，大约是伤寒后衰弱，不得复元，遂尔奄忽，然大半亦庸医速之矣。杭车中遇未生[3]，言章师在外亦颇困顿。浙图书馆原议以六千金雇匠人刻《章氏丛书》，字皆仿宋，物美而价廉。比来两遭议会质问，谓此书何以当刻，事遂不能进行。国人识见如此，相向三叹。闻本年越中秋收颇佳，但归时问榜人[4]，则云实恶，大约疑仆是南归收

1　蔡先生：蔡元培（1868—1940），字鹤卿，一作鹤庼，又字仲申、民友、孑民，浙江绍兴人，教育家。他于1916年11月26日下午在绍兴发表演说，号召改善交通、注意卫生、兴办各种事业等。
2　朱渭侠（？—1916）：名宗吕，字渭侠，浙江海宁人，时任浙江省立第五中学校长。
3　未生：龚宝铨（1886—1922），原名国元，字未生，章太炎女婿，在东京与鲁迅一同听章太炎讲学。
4　榜人：船夫。

租人，故以相谩，亦不复究竟之矣。此颂

曼福。

　　　　　　　　　　　　　　　仆树人　顿首　十二月九日

铭伯[1]先生前乞致意问候，不别具。

1　铭伯：许寿昌（1866—1921），字铭伯，浙江绍兴人，许寿裳的长兄。曾和鲁迅同住北京绍兴县馆。

1917年3月8日 致蔡元培

鹤顼先生左右：

　　前被书，属[1]告起孟，并携言语学美学书籍，便即转致。顷有书来，言此二学均非所能，略无心得，实不足以教人，若勉强敷说，反有辱殷殷之意。虑到后面陈，多稽时日，故急函谢，切望转达，以便别行物色诸语。今如说奉闻，希鉴察。专此，敬请

道安。

晚周树人 谨上 三月八日

1 属：同"嘱"。

1918年1月4日　致许寿裳

季市君足下：

一别忽已过年，当枯坐牙门[1]中时，怀想弥苦。顷蒙书，藉审梗概，又据所闻，则江西厅[2]较之不上不落之他厅，尚差胜，聊以慰耳。来论谓当灌输诚爱二字，甚当；第其法则难，思之至今，乃无可报。吾辈诊同胞病颇得七八，而治之有二难焉：未知下药，一也；牙关紧闭，二也。牙关不开尚能以醋涂其腮，更取铁钳摧而启之，而药方则无以下笔。故仆敢告不敏，希别问何廉臣[3]先生耳。若问鄙意，则以为不如先自作官，至整顿一层，不如待天气清明以后，或官已做稳，行有余力时耳。再此间闻老虾公[4]以不厌其欲，颇暗中作怪，虽真否未可知，不可不防。陈君地窃谓当早为设法，缘寿山[5]请托极希，亦当聊塞其请也。《新青年》[6]以不能广行，书肆拟中止；独秀[7]辈与之交涉，已允续刊，定于本月十五出版云。罗遗老[8]出书不少，如明器，

1　牙门：即衙门。鲁迅于1912年至1926年在北洋政府教育部社会教育司任职。
2　江西厅：江西省教育厅。许寿裳时任江西省教育厅厅长。
3　何廉臣（1861—1929）：绍兴名医，曾任中国医学会副会长，绍兴医学会会长等。
4　老虾公：疑指夏曾佑（1863—1924），字遂卿，一作穗卿，浙江杭州人，时任北洋政府教育部社会教育司司长兼京师图书馆馆长。因其常不在馆，图书馆管理事务实际上由鲁迅负责。
5　寿山：齐宗颐（1881—1965）：字寿山，河北高阳人，鲁迅在北洋政府教育部社会教育司任职时的同事。
6　《新青年》：综合性的文化月刊，1915年9月由陈独秀在上海创办。初名《青年杂志》，1916年9月出版第二卷第一号时改名《新青年》。
7　独秀：陈独秀（1879—1942），原名庆同，字仲甫，号实庵，时任北京大学文科学长，《新青年》主编。
8　罗遗老：指罗振玉（1866—1940），字式如、叔蕴、叔言，号雪堂，农学家、教育家、考古学家。

印钵[1]之类，俱有图录，惜价贵而无说，亦一憾事。孙氏[2]《名原》亦印出，中多木丁[3]未刻，观之令人怅然，而一薄本需银一元，其后人惰于校刻而勤于利，可叹。仆迄今未买，他日或在沪致之，缘可七折，而今又不急急也。起孟讲义已别封上。

树 言 一月四日

部中对君尚无谣言。兽道[4]已在秘书处行走，自遇兽道，可谓还治其身矣。吉黑二厅[5]，闻迄今尚未得一文，颇困顿。女官公[6]则厌厌无生意，略无动作。今日赴部，有此公之腹底演说，只闻新年二字，余乃倾听亦不可辨，然仆亦不复深究也。诸友中大抵如恒。惟季上[7]于十月初病伤寒，迄今未能出动；其女亦病，已痊；其夫人亦病，于年杪逝去，可谓不幸也矣。协和博负钱七八十，今日见之，目眶下陷，自言非因失眠，实缘小病，每微病而目眶便陷，彼家人人如此，似属遗传云云，仆亦不复深究之矣。此颂

曼福。

树 顿首 作[8]附笔候

1 钵：同"玺"。

2 孙氏：指孙诒让（1848—1908），字仲容，浙江瑞安人，清末经学家、文字学家。《名原》是其关于文字起源及演变的著作。

3 木丁：即木钉。雕版印刷中如刻有错字，需将错字挖去填补木钉，在木钉上刻新字。

4 兽道：疑指凌念京，字渭卿，四川宜宾人，生卒年不详。

5 吉黑二厅：指吉林、黑龙江两省教育厅。

6 女官公：指傅增湘（1872—1949），字叔和，号沅叔，四川宜宾人，时任北洋政府教育总长。其姓名与太平天国女状元、女官傅善祥读音近似，故以"女官公"代指。

7 季上：许丹（1891—1953），字季上，浙江杭州人，鲁迅在教育部的同事。

8 作：指周作人。

1918年3月10日　致许寿裳

季市君足下：

　　数日前蒙书，谨悉。《文牍汇编》[1]第三，今无其书，亦无付印朕兆[2]。所物色之人，条件大难，何可便得，善于公牍已不凡，而况思路明晰者哉？故无以报命。若欲得思路胡涂者，则此间触目都是，随时可以奉献也。子英通信处是大路俊诚升记箔庄转交，陈君尚无事。所需书目，起孟写出三种如别纸，惟其价目，今或因战事已稍增。又第三种较深，今之学生，虑未能读，可以从缓。《新青年》第二期已出，别封寄上。今年群益社[3]见贻甚多，不取值，故亦不必以值见返耳。日前在《时报》见所演说[4]，甚所赞成，但今之同胞，恐未必能解。仆审现在所出书，无不大害青年，其十恶不赦之思想，令人肉颤。沪上一班昏虫又大捣鬼，至于为徐班侯之灵魂照相[5]，其状乃如鼻烟壶。人事不修，群趋鬼道，所谓国将亡听命于神者哉！近来部中俸泉虽不如期，尚不至甚迟，但纸券暴落，人心又不宁一，困顿良不可言。家叔[6]

1　《文牍汇编》：指当时北洋政府教育部编印的《教育部文牍汇编》。
2　朕兆：预兆，征兆。
3　群益社：即群益书社，当时承担《新青年》的印刷和出版发行工作。
4　《时报》指1904年4月创刊的上海《时报》。"演说"指发表于该报1918年2月23、24日的《江西教育厅长在茶话会第二次演词》。
5　徐班侯之灵魂照相：温州缙绅徐班侯（1845—1917）因船难去世，其家人通过扶乩为其灵魂进行摄影。
6　家叔：指鲁迅的小叔周伯升（1882—1918），又名凤升，1904年从江南水师学堂毕业后一直在海军供职。

旷达，自由行动数十年而逝，仆殊羡其福气。至于善后，则殆无从措手。既须谋食，更不暇清理纠葛，倘复纷纭，会当牺牲老屋，率眷属拱手让之耳。专此并颂

曼福。

仆周树人 顿首 三月十日

1918年5月29日　致许寿裳

季市君足下：

　　顷蒙书，祗悉，便赴文书科查检案卷，有上海高等实业学堂系南洋商务学堂改称，江南实业学堂，而南洋高等实业学堂则无有。又查上海江南两学堂名册，亦不见魏公之名。此宗案卷从前清移交，有无阙失，不可知。总之此公则不见于现存经传中，非观其文凭难辨真妄。然既善于纠缠，则纵令真为南洋高等实业学堂最优卒业，肄业年限为一百年，亦无足取耳。部中近事多而且怪，怪而且奇，然又毫无足述，述亦难尽，即述尽之乃又无谓之至，如人为虱子所叮，虽亦是一件事，亦极不舒服，却又无可叙述明之，所谓"现在世界真当仰东石杀[1]者"之格言，已发挥精蕴无余，我辈已不能更赘矣。《新青年》第五期大约不久可出，内有拙作少许。该杂志销路闻大不佳，而今之青年皆比我辈更为顽固，真是无法。此复，敬颂
曼福。

仆树人　顿首　八月[2]廿九日

1　仰东石杀：亦作"娘东石杀"，绍兴方言中骂人的话，意同"他妈的"。

2　八月：当为"五月"。

035

1918年7月5日　致钱玄同[1]

玄同兄：

来信收到了。你前回说过七月里要做讲义，所以《新青年》让别人编，明年自己连编两期，何以现在又要编了？起孟说过想译一篇小说，篇幅是狠[2]短的，可是现在还未寄来。大约一到家里，内政外交，种种庶务，总须几天才完，渺无消息，也不足奇，想来廿日以内，总可以译好的。至于敝人的一篇，却恐怕有点靠不住，因为敝人嘴里要做的东西，向来狠多，然而从来未尝动手。照例类推，未免不做的点，在六十分以上了。

中国国粹，虽然等于放屁，而一群坏种，要刊丛编，却也毫不足怪。该坏种等，不过还想吃人，而竟奉卖过人肉的侦心探龙[3]做祭酒，大有自觉之意。即此一层，已足令敝人刮目相看，而猗欤羞哉，尚在其次也。敝人当袁朝[4]时，曾戴了冕帽出无名氏语录、献爵于至圣先师的老太爷之前，阅历已多，无论如何复古，如何国粹，都已不怕。但该坏种等之创刊屁志，系专对《新青年》而发，则略以为异，初不料

1　钱玄同（1887—1939）：原名夏，字德潜，又号疑古、逸谷，浙江吴兴人，赴日留学时与鲁迅一同向章太炎学习文字学。时任北京高等师范学校国文部教授、北京大学文字学教授、《新青年》编辑。

2　狠：同"很"。

3　侦心探龙：代指刘师培（1884—1919），字申叔，江苏仪征人，经学家。曾被两江总督端方收买，充当密探，出卖革命党人。袁世凯称帝前为其作文鼓吹。

4　袁朝：指袁世凯统治时期（1912—1916）。袁世凯大搞尊孔祭孔活动，鲁迅曾随同当过祀孔"执事"。

《新青年》之于他们，竟如此其难过也。然既将刊之，则听其刊之，且看其刊之，看其如何国法，如何粹法，如何发昏，如何放屁，如何做梦，如何探龙，亦一大快事也。国粹丛编万岁！老小昏虫万岁！！蚊虫咬我，就此不写了。

鲁迅　七月五日

1918年8月20日　致许寿裳

季市君足下：

　　早蒙书，卒卒不即复。记前函曾询部中《最新法令汇编》，当时问之雷川[1]，乃云无有。前答未及，今特先陈。夫人逝去，孺子良为可念，今既得令亲到赣，复有教师，当可稍轻顾虑。人有恒言："妇人弱也，而为母则强。"仆为一转曰："孺子弱也，而失母则强。"此意久不语人，知君能解此意，故敢言之矣。《狂人日记》实为拙作，又有白话诗署"唐俟"者，亦仆所为。前曾言中国根柢全在道教[2]，此说近颇广行。以此读史，有多种问题可以迎刃而解。后以偶阅《通鉴》[3]，乃悟中国人尚是食人民族，因成此篇。此种发见，关系亦甚大，而知者尚寥寥也。京师图书分馆等章程，朱孝荃[4]想早寄上。然此并庸妄人钱稻孙[5]、王丕谟[6]所为，何足依据。而通俗图书馆者尤可笑，几于不通。仆以为有权在手，便当任意作之，何必参考愚说耶？教育博物馆等素未究，必无以奉告。惟于通俗图书馆，则鄙意以为小说大应选择；而科

1　雷川：吴震春（1868—1944），字雷川、雪川、雪霜，浙江杭州人，时任北洋政府教育部总务司金事兼文书科长。

2　道教：指封建礼教。

3　《通鉴》：即北宋司马光主编的编年体通史《资治通鉴》。

4　朱孝荃（？—1924）：名颐锐，湖南衡阳人，时任北洋政府教育部社会教育司主事，兼京师通俗图书馆主任。

5　钱稻孙（1887—1966）：字介眉，浙江吴兴人，曾在北洋政府教育部任职，后任京师图书馆分馆主任。

6　王丕谟：字仲献，河北通县（今北京通州）人，生卒年不详，曾任北洋政府教育部社会教育司二科主事，后任京师通俗图书馆主任。

学书等，实以广学会[1]所出者为佳，大可购置，而世多以其教会所开而忽之矣。覃孝方[2]之辞职，闻因为一校长所打，其所以打之者，则意在排斥外省人而代以本省人。然目的仅达其半，故覃去而X[3]至，可谓去虎进狗矣。部中风气日趋日下，略有人状者已寥寥不多见。若夫新闻，则有エバ[4]之健将牛献周[5]金事在此娶妻，未几前妻闻风而至，乃诱后妻至奉天，售之妓馆，已而被诉，今方在囹圄，但尚未判决也。作事如此，可谓极人间之奇观，达兽道之极致，而居然出于教育部，宁非幸欤！历观国内无一佳象，而仆则思想颇变迁，毫不悲观。盖国之观念，其愚亦与省界相类。若以人类为着眼点，则中国若改良，固足为人类进步之验（以如此国而尚能改良故）；若其灭亡，亦是人类向上之验，缘如此国人竟不能生存，正是人类进步之故也。大约将来人道主义终当胜利，中国虽不改进，欲为奴隶，而他人更不欲用奴隶；则虽渴想请安，亦是不得主顾，止能侘傺[6]而死。如是数代，则请安磕头之瘾渐淡，终必难免于进步矣。此仆之所为乐也。此布，即颂曼福。

　　　　　　　　　　　　　　　　　仆树人 顿首 八月廿日

1　广学会：1887年英美基督教传教士和外交人员、商人等在上海创立的出版机构，初期主要出版介绍西方科学知识的书籍。

2　覃孝方（1878—？）：名寿望，字孝方，湖北蒲圻人，清末进士。1917年9月任河南教育厅厅长，1918年4月调任陕西教育厅厅长，后未赴任。

3　X：指吴鼎昌（1884—1950），字达铨，浙江吴兴人。

4　エバ：日语，夏娃。疑代指夏曾佑。

5　牛献周：字正甫，山东沂水人，生卒年不详。1917年6月任北洋政府教育部普通教育司金事兼第二科科长，后调第四课。1918年8月因"售妻"之事被免职，后被判处八年徒刑。

6　侘傺：失意而神情怅惘的样子。出自屈原《离骚》："忳郁邑余侘傺兮，吾独穷困乎此时也。"

1919年1月16日　致许寿裳

季市君足下：

日前蒙书，谨悉。仆于其先又寄上《新青年》五卷之第三四两本，今度已达。来书问童子所诵习，仆实未能答。缘中国古书，叶叶害人，而新出诸书亦多妄人所为，毫无是处。为今之计，只能读其记天然物之文，而略其故事，因记述天物，弊止于陋，而说故事，则大抵谬妄，陋易医，谬则难治也。汉文终当废去，盖人存则文必废，文存则人当亡，在此时代，已无幸存之道。但我辈以及孺子生当此时，须以若干精力牺牲于此，实为可惜。仆意君教诗英[1]，但以养成适应时代之思想为第一谊，文体似不必十分决择，且此刻颂习，未必于将来大有效力，只须思想能自由，则将来无论大潮如何，必能与为沉瀜矣。少年可读之书，中国绝少，起孟素来注意，亦颇有译述之意，但无暇无才无钱，恐成绩终亦甚鲜。主张用白话者，近来似亦日多，但敌亦群起，四面八方攻击者众，而应援者则甚少，所以当做之事甚多，而万不举一，颇不禁人才寥落之叹。大学之《模范文选》[2]，本系油印，近闻已付排印，俟成后奉寄，不必得模胡[3]之旧印矣。大学学生二千，大抵暮气甚深，蔡先生来，略与改革，似亦无大效，惟近来出杂志一种

1　诗英：许世瑛（1910—1972），字诗英，许寿裳长子。

2　《模范文选》：当时北京大学预科使用的国文课本。

3　模胡：同"模糊"。

曰《新潮》[1]，颇强人意，只是二十人左右之小集合所作，间亦杂教员著作，第一卷已出，日内当即邮寄奉上其内以傅斯年[2]作为上，罗家伦[3]亦不弱，皆学生。仆年来仍事嬉游，一无善状，但思想似稍变迁。明年，在绍之屋为族人所迫，必须卖去，便拟挈眷居于北京，不复有越人安越之想。而近来与绍兴之感情亦日恶，殊不自至[4]其何故也。闻燮和言李牧斋[5]贻书于女官首领[6]，说君坏话者已数次，但不知燮和于何处得来，或エバ等作此谣言亦未可定此是此公长技，对于ライブチヒ[7]亦往往如此。要之，我辈之与遗老，本不能志同道合，其啧有烦言，正是应有之事，记之聊供一哂耳。顷在部作此笺答，而惠书在寓中，故所答或有未尽，请恕为幸。专此，敬颂

曼福。

仆树 顿首 一月十六日

《新潮》第一册顷已寄出，并闻。

同日

---

1 《新潮》：新潮社于1919年1月于北京创刊的综合性月刊，1922年出至第三卷第二号停刊。

2 傅斯年（1896—1950）：字孟真，山东聊城人，时为北京大学学生，《新潮》编辑。

3 罗家伦（1897—1969）：字希志，浙江绍兴人，时为北京大学学生，《新潮》编辑。

4 至：当为"知"字之误。

5 李牧斋（1859—1934）：名盛铎，字义樵，又字椒微，号木斋，一作牧斋，江西九江人，政治家、藏书家。

6 女官首领：指傅增湘。

7 ライブチヒ：日语，莱比锡，德国城市名。此处代指蔡元培，其曾两度在莱比锡大学研究学习。

1919年4月19日　致周作人

二弟览：

　　十五所寄函已到。家事殊无善法，房子亦未有，且俟汝到京再议。《沙漠里之三梦》[1]本拟写与李守常[2]，然偶校原书，似问答中有两条未译，不知何故。此亦止能俟到京后写与尹默[3]矣。

　　丸善之代金引换[4]小包已到，计二包，均于今日取出。《欧洲文学之ベリォドス》[5]计十一本，所阙者为第十二本（The Later 19センチューリー[6]）。不知尚未出板，抑丸善偶无之，可就近问讯，或补买旧书。又书上写明每本5s net[7]，而丸善每本乃取四圆十五钱，亦相差太远，似可以质问之也。今将其帐附上，又结算书一件亦附上，记汝曾言当亲向彼店清算也。

　　见上海告白，《新青年》二号已出，但我尚未取得，已函托爬翁[8]

1　《沙漠里之三梦》：南非小说家旭莱纳（O. Schreiner, 1855—1920）所作短篇小说，周作人将其翻译为中文发表于《新青年》第六卷第六号。

2　李守常：即李大钊（1889—1927），字守常，河北乐亭人，时任北京大学图书馆主任，《新青年》编辑。

3　尹默：沈尹默（1883—1971），原名君默，《新青年》创办者之一，先后任教于北京大学、北京女子师范大学等。

4　代金引换：日语，意为代收货款。

5　《欧洲文学之ベリォドス》：即英国作家乔治·圣茨伯里（George Saintsbury, 1845—1933）的《欧洲文学各时期》丛书。

6　The Later 19センチューリー：即《十九世纪的后期》。

7　5s net：实价5先令。

8　爬翁：指钱玄同。许寿裳回忆其与鲁迅、钱玄同听章太炎讲学的场景："谈天时以玄同说话为最多，而且在席上爬来爬去。所以鲁迅给玄同的绰号曰'爬来爬去'。"

矣。大学无甚事，新旧冲突事，已见于路透¹电，大有化为"世界的"之意。闻电文系节述世²与禽男³函文，断语则云：可见大学有与时俱进之意，与从前之专任アルトス吐デント⁴办事者不同云云。似颇"阿世"也。

博文馆所出《西洋文芸丛书》，有ズーデルマン⁵所著之《罪》一本，我想看看，汝回时如从汽船，则行李当不嫌略重，望买一本来。

此外无甚事，我当不必再寄信于东京。汝何时从东京出发，望定后函知也。

兄树 上 四月十九日夜

安特来夫⁶之《七死刑囚物语》日译本如尚可得，望买一本来，勿忘为要。

二十日又及

汝前函言到上海后当与我一信，而此信至今未到也。

二十一日晨

1 路透：即路透社，英国著名新闻通讯社。

2 世：指蔡元培。蔡元培在北京大学时期，守旧派把集合在蔡元培身边的一班提倡新文化的人称为曲学阿世之徒（指歪曲自己的学术以投世俗之好者）。这些人私下里开玩笑，就称蔡元培为"世"，到校长室去办事就是"阿世"。

3 禽男：林纾（1852—1924），字琴南，号畏庐，福建闽县（今福州）人，文学家、翻译家。

4 アルトス吐デント：德语alt student的日语音译，意为老学生或老学究。

5 ズーデルマン：苏德曼（Hermann Sudermann, 1857—1928），德国剧作家、小说家。

6 安特来夫（Leonid Andreyev, 1871—1919）：又译作安德列耶夫，俄国作家。其小说《七死刑囚物语》又被译作《七个被绞死的人》。

1919年4月28日　致钱玄同

玄同兄：

　　送上小说一篇，请您鉴定改正了那些外国圈点之类，交与编辑人；因为我于外国圈点之类，没有心得，恐怕要错。还有人名旁的线，也要请看一看。譬如里面提起一个花白胡子的人，后来便称他花白胡子，恐怕就该加直线了，我却没有加。

鲁迅　四月八日[1]

　　十九期《每周评论》[2]附录中有鲁逊做的文章一篇，此人并非舍弟，合并声明。

1　四月八日：当为"四月二十八日"。
2　《每周评论》：1918年12月陈独秀、李大钊在北京创办的周刊。

1920年5月4日　致宋崇义[1]

知方同学兄足下：

日前蒙惠书，祗悉种种。

仆于去年冬季，以挈眷北来，曾一返越中，往来匆匆，在杭在越之诸友人，皆不及走晤；迄今犹以为憾！

比年以来，国内不靖，影响及于学界，纷扰已经一年。世之守旧者，以为此事实为乱源；而维新者则又赞扬甚至。全国学生，或被称为祸萌，或被誉为志士；然由仆观之，则于中国实无何种影响，仅是一时之现象而已；谓之志士固过誉，谓之乱萌，亦甚冤也。

南方学校现象，较此间似尤奇诡，分教员为四等[2]，可谓在教育史上开一新纪元，北京尚无此举，惟高等工业抬出校长[3]，略堪媲美而已。然此亦只因无校长提倡，故学生亦不发起；若有如姜校长之办法，则现象当亦相同。世之论客，好言南北之别，其实同是中国人，脾气无甚大异也。

近来所谓新思潮者，在外国已是普遍之理，一入中国，便大吓

1　宋崇义（1883—1942）：字耀枢，号知方，浙江绍兴人，鲁迅在浙江两级师范学堂任教时的学生。

2　浙江省立第一师范学校等校学生联合创办《浙江新潮》周刊，一师学生施存统在其1919年11月第2期发表反对封建家庭专制的《非孝》一文。旧派势力借此攻击一师校长经亨颐，将其调离。继任校长姜琦提出整顿措施，将教员分为"必留者""可留者""暂留者""必去者"四等。

3　1920年2月，北京工业专门学校学生夏秀峰参加街头演讲被捕，该校学生要求校长洪镕出面营救拒后于3月爆发学潮。教育部支持洪镕，开除为首学生。洪镕令反对他的学生写悔过书。

人；提倡者思想不彻底，言行不一致，故每每发生流弊，而新思潮之本身，固不任其咎也。

要之，中国一切旧物，无论如何，定必崩溃；倘能采用新说，助其变迁，则改革较有秩序，其祸必不如天然崩溃之烈。而社会守旧，新党又行不顾言，一盘散沙，无法粘连，将来除无可收拾外，殆无他道也。

今之论者，又惧俄国思潮传染中国，足以肇乱，此亦似是而非之谈，乱则有之，传染思潮则未必。中国人无感染性，他国思潮，甚难移殖；将来之乱，亦仍是中国式之乱，非俄国式之乱也。而中国式之乱，能否较善于他式，则非浅见之所能测矣。

要而言之，旧状无以维持，殆无可疑；而其转变也，既非官吏所希望之现状，亦非新学家所鼓吹之新式：但有一塌胡涂而已。

中国学共和不像，谈者多以为共和于中国不宜；其实以前之专制，何尝相宜？专制之时，亦无忠臣，亦非强国也。

仆以为一无根柢学问，爱国之类，俱是空谈：现在要图，实只在熬苦求学，惜此又非今之学者所乐闻也。此布，敬颂

曼福！

仆树 顿首 五月四日

1920年12月14日　致青木正儿[1]

拜启：

惠函拜阅，《中国学》亦已收到，甚是感谢。

先前，我在胡适[2]君处的《中国学》上，拜读过您写的关于中国文学的论文。衷心感谢您怀着同情和希望所做的公正评论。

我写的小说幼稚之极，只是哀感于我国如冬天一样无花也无歌，想打破这寂寞而写的东西。我想，是没有让日本读书界一读的生命与价值的。今后写还是要写的，但前途暗淡，处此境遇，也许陷入更强烈的讽刺和诅咒也未可知。

中国的文学艺术界实有不胜寂寥之感，（虽然）创作的新芽似略见吐露，但能否成长，殊不可知。最近《新青年》也颇倾向于社会问题，文学方面的东西减少了。

我以为目前研究中国的白话，实在困难。因刚（开始）提倡，并无一定规则，各人各自使用随意的句法和词语。钱玄同君等虽早就提倡编纂字典，但尚未着手。我想，倘编成，会相当方便了。

1　青木正儿（1887—1964）：日本汉学家。1919年与小岛佑马、本田成之等组成"丽泽社"，创办《支那学》（即《中国学》）杂志。1920年著文介绍中国"五四"文学运动，评价了鲁迅的成就，这是日本学者首次提到鲁迅。
2　胡适（1891—1962）：字适之，安徽宣城人，新文化运动的倡导者之一。

我把给您的日文写得如此拙劣，敬请原谅。

青木正儿先生

周树人 十一月十四日[1]

（大正九年）

1　十一月十四日：当为"十二月十四日"。

1921年1月3日　致胡适

适之先生：

寄给独秀的信，启孟以为照第二个办法最好，他现在生病，医生不许他写字，所以由我代为声明。

我的意思是以为三个都可以的，但如北京同人一定要办，便可以用上两法而第二个办法更为顺当。至于发表新宣言说明不谈政治，我却以为不必，这固然小半在"不愿示人以弱"，其实则凡《新青年》同人所作的作品，无论如何宣言，官场总是头痛，不会优容的。此后只要学术思想艺文的气息浓厚起来——我所知道的几个读者，极希望《新青年》如此，——就好了。

树　一月三日

1921年7月13日　致周作人

二弟览：

　　Karásek[1]的《斯拉夫文学史》，将寠罗泼泥子街[2]收入诗人中，竟于小说全不提起，现在直译寄上，可修改酌用之，末尾说到"物语"，大约便包括小说在内者乎？这所谓"物语"，原是Erzählung，不能译作小说，其意思只是"说话""说说谈谈"，我想译作"叙述"，或"叙事"，似较好也。精神（Geist）似可译作"人物"。

　　《时事新报》[3]有某君（忘其名）一文，大骂自然主义而欣幸中国已有象征主义作品之发生。然而他之所谓象征作品者，曰冰心[4]女士的《超人》《月光》，叶圣陶[5]的《低能儿》，许地山[6]的《命命鸟》之类，这真教人不知所云，痛杀我辈者也。我本也想抗议，既而思之则"何必"，所以大约作罢耳。

　　大学编译处由我以信并印花送去，而彼但批云"不代转"云云，并

1　Karásek：凯拉绥克（1871—1951），捷克作家。

2　寠罗泼泥子街：今译科诺普尼茨卡（Mária Konopnicka，1842—1910），波兰作家、诗人。

3　《时事新报》：前身为1907年12月在上海创刊的《时事报》和1908年2月创刊的《舆论日报》，两报于1909年合并，定名为《舆论时事报》，1911年5月改名《时事新报》。

4　冰心（1900—1999）：谢婉莹，笔名冰心，福建长乐人，作家。

5　叶圣陶（1894—1988）：名绍钧，江苏吴县人，作家。

6　许地山（1893—1941）：名赞堃，笔名落华生，台湾台南人，作家。

不开封，看我如何的说，殊为不届[1]。我想直接寄究不妥。不妨暂时阁[2]起，待后再说，因为以前之印花税亦未取，何必为"商贾"忙碌乎。然而"商贾"追索，大约仍向该处，该处倘再有信来，则我当大骂之耳。

我想汪公[3]之诗，汝可略一动笔，由我寄还，以了一件事。

由世界语译之波兰小说四篇，是否我收全而看过，便寄雁冰[4]乎？信并什曼斯キ小说[5]已收到，与德文本略一校，则三种互有增损，而德译与世界语译相同之处较多，则某姑娘之不甚可靠确矣。德译者 S. Lopuszánski，名字如此难拼，为作者之同乡无疑，其对于原语必不至于误解也。惜该书无序，所以关于作者之事，只在《斯拉夫文学史》中有五六行，稍缓译寄。来信有做体操之说，而我当时未闻，故以电话问之，得长井[6]答云：先生[7]未言做伸胧伸开之体操，只须每日早昼晚散步三次（我想昼太热，两次也好了），而散步之程度，逐渐加深，而以不ッカレル[8]为度。又每日早晨，须行深呼吸，不限次数，以不ッカレル为度，此很要紧。至于对面有疑似肺病之人，则于此间无妨，但若神经ノセイ[9]，觉得可厌，则不近其窗下可也（此节我并不问，系彼自言）

1　不届：日语，此处是不周到、不讲理的意思。

2　阁：同"搁"。

3　汪公：指汪静之（1902—1996），安徽绩溪人，诗人。他于1921年夏将诗稿《蕙的风》寄周作人求教。

4　雁冰：茅盾（1896—1981），原名沈德鸿，笔名茅盾、郎损等，字雁冰，浙江嘉兴人，作家。

5　什曼斯キ小说：指波兰作家什曼斯基（Adam Szymański，1852—1916）的《犹太人》。

6　长井：山本医院的医护人员。

7　先生：应为永井，指日本医生山本忠孝。

8　ッカレル：日语，意为疲劳。

9　ノセイ：日语，意为"……的缘故"。

云云。汝之所谓体操，未知是否即长井之所谓深呼吸耶，写出备考。

树上 十三夜

Dr. Josef Karásek：*Slavische Literatur geschichte. II Teil.*[1]

§16.最新的波兰的诗（Asnyk[2]，Konopnicka.）

Mária Konopnicka（1846）在许多的点上（多クノ点ニ於イテ），是哲学的，对于クラシク[3]典雅世界有着特爱的一个确实的男性的精神（Geist），略与Asnyk相同。后一事伊识之于伊大利和希腊，而于古式（Antik形式）中赋以生命，伊又如Asnyk，是一个缜密的体式和响亮的言辞的好手（Meisterin），此外则倘伊高呼"祖国"以及到了雄辩的语调的时候，其奋发也近于波希米亚的女诗人Krásnohorská[4]。Konopnicka是"女人的苦楚和哀愁"的诗人，计其功绩，是在"用了民族的神祠（Nationale Pantheon）——饶富其民众"。伊以叙述移住民生活的，尚未完成的叙事诗（Epopöe）《在巴西之Balzar氏》，引起颇大的惊异来。伊又于运用历史的大人物如Moses[5]，Hus[6]，Galileo[7]等时，证明其宽博活泼的境地。形成伊"诗的认识"的高点者，为"断片"中的"Credo[8]"。在伊的国人的区别上，则Konopnicka于斯拉夫

1　德语，意为约瑟夫·凯拉绥克博士《斯拉夫文学史》第二卷。

2　Asnyk：亚斯尼克（1838—1897），波兰诗人。

3　クラシク：日语，意为古典。

4　Krásnohorská：克拉斯诺霍尔斯卡（1847—1926），捷克诗人。

5　Moses：摩西，公元前13世纪的犹太民族领袖，犹太教创始者。

6　Hus：胡斯（1369—1415），捷克思想家、宗教改革家。

7　Galileo：伽利略（1564—1642），意大利物理学家、天文学家。

8　Credo：信条。

世界最有兴趣，而尤在Ceche[1]，Kroate[2]，Slovene[3]，并且喜欢译那些的诗歌（特于Vrchlicky[4]——伊虽然也选译过Hamerling[5]，Heyse[6]和Ackermann[7]的集）；至于物语，则伊在Görz[8]的旅行记载中，是特抱了对于南斯拉夫的特爱而作的。但Konopnicka也识得诺尔曼的海岸，诗人之外又为动人的物语家，也做文学的论说和Essay[9]，虽然多为主观的，却思索记述得都奇特。伊的文学的祝典，不独在波兰，却在波希米亚也行庆祝，那里是Konopnicka的诗歌，已由翻译而分明入籍的了。

1　Ceche：捷克，欧洲国家。

2　Kroate：克罗地亚，欧洲国家。

3　Slovene：斯洛文尼亚，欧洲国家。

4　Vrchlicky：符尔列支奇（1853—1912），捷克作家。

5　Hamerling：哈美林（1830—1889），奥地利作家。

6　Heyse：海塞（1830—1914），德国作家。

7　Ackermann：阿克曼（1813—1890），法国诗人。

8　Görz：戈里齐亚，意大利东北部城市。

9　Essay：随笔。

1921年7月16日　致周作人

二弟览：

　　《犹太人》略抄好了，今带上，只不过带上，你大约无拜读之必要，可以原车带回的。作者的事实，只有《斯拉夫文学史》中的几行（且无诞生年代），别纸抄上；其小说集中无序。这篇跋语，我想只能由你出名去做了。因为如此三四校，老三似乎尚无此大作为。请你校世界语译，是狠近理的。请我校德译，未免太巧。如你出名，则可云用信托我，我造了一段假回信，录在别纸，或录入或摘用就好了。

　　德译虽亦有删略，然比英世[1]本似精神得多，至于英世不同的句子，德亦往往不与英世同，而较为易解，大约该一句原文本不易懂，而某女士与巴博士因各以意为之也。

　　　　　　　　　　　　　　　　　　　　树　上　七月十六日夜

抄跋之格子和白纸附上。

Dr. Josef Karásek《斯拉夫文学史》Ⅱ.§17.最新的波兰的散文。
Adam Szymanski[2]也经历过送往西伯利亚的流人的运命，是一个

1　英世：指英语和世界语。
2　Adam Szymanski：波兰作家什曼斯基。

身在异地而向祖国竭尽渴仰的，抒情的精灵（人物）。从他那描写流人和严酷的极北的自然相抗争的物语（叙事，小说）中，每飘出深沉的哀痛。他并非多作的文人，但是每一个他的著作事业的果实，在波兰却用了多大的同情而领受的。

所寄译稿，已用 S. Lopuszánski 之德译本对比一过，似各本皆略有删节，今互相补凑，或较近于足本矣。……德译本在 Deva Roman-Sammlung[1] 中，亦以消闲为目的，而非注重研究之书，惟因译者亦波兰人，知原文较深，故胜于英译及世界语译本处颇不少，今皆据以改正；此外单字之不同者尚多，既以英译为主则不复一一改易也*。

*即就开首数叶而言：如英译之在半冰冻的土地里此作在冰硬的土地里；陈放着B的死尸此作躺着B的渣（躯壳）；被雪洗濯的B的面貌此作除去积雪之后的B的面貌；霜雪依然极严冽此作霜雪更其严冽了；如可怜的小狗此作如可怜的小动物……

1　Deva Roman-Sammlung：德意志出版社小说丛书。

1921年8月17日　致周作人

二弟览：

　　老三回来，收到信并《在希腊岛》[1]，我想这登《晨报》[2]，固然可惜，但《东方》[3]也头里戉罗卜[4]，不如仍以《小说月报》[5]的被压民族号为宜，因其中有新希腊小说也。或者与你的《波兰文观》[6]同时寄去可耳。

　　你译エフタクリチス[7]小说已多，若将文言的两篇改译，殆已可出全本耶？

　　子佩[8]代买来《新青年》九の一[9]一本（便中当带上），据云九の二亦已出，而只有一本为分馆买之，拟尚托出往寻。每书坊中殆必不止一本，而不肯多拿出者，盖防侦探，虑其一起拿去也。九ノ一后（编辑室

1 《在希腊岛》：英国翻译家劳斯（W. H. D. Rouse, 1863—1950）为其所译《希腊诸岛小说集》作的序文，周
　作人将之译为中文。
2 《晨报》：原名《晨钟报》，1916年8月创刊，1918年9月因刊载政府向日本借款消息被封，同年12月改名为
　《晨报》后重新出版。
3 《东方》：即《东方杂志》，1904年3月由商务印书馆创办于上海，初为月刊，后改半月刊。
4 头里戉罗卜：吴地方言，意为没头没脑。
5 《小说月报》：1910年7月由商务印书馆创办于上海的文学月刊。
6 《波兰文观》：即《近代波兰文学概观》，由周作人译自波兰文学家诃勒温斯奇（Jan de Holowinski，生卒年
　不详）的《波兰文学史略》。
7 エフタクリチス：蔼夫达利阿蒂斯（A. Ephtalilotis, 1849—1923），希腊小说家。
8 子佩：宋子佩，浙江绍兴人，生卒年不详，鲁迅在浙江两级师范学堂任教时的学生。
9 九の一：同"九ノ一"，即第九卷第一号。

杂记）有云：本社社员某人因患肋膜炎不能执笔我们很希望他早日痊愈本志次期就能登出他的著作。我想：你也不能不给他作或译了，否则《说报》[1]之类中太多，而于此没有，也不甚好。

我想：老三于显克微支[2]不甚有趣味，不如不译，而由你选译之，现在可登《新青年》，将来可出单行本。老三不如再弄他所崇拜之Sologub[3]也。

星期我或上山，亦未可知，现在未定，大约十之九要上山也。我译Vazov[4]，M. Canth[5]各一篇已成，现与齐寿山校对，大约本星期中可腾[6]清耳。

兄树 十七日夜

---

1 《说报》：即《小说月报》。

2 显克微支（Henryk Sienkiewicz, 1846—1916）：波兰批判现实主义作家。

3 Sologub：索洛古勃（1863—1927），苏联作家。

4 Vazov：伐佐夫（1850—1921），保加利亚作家。这里代指其小说《战争中的威尔珂》。

5 M. Canth：明娜·康特（1844—1897），芬兰作家。这里代指其小说《疯姑娘》。

6 腾：同"誊"。

1921年8月26日　致宫竹心[1]

竹心先生：

　　昨天蒙访，适值我出去看朋友去了，以致不能面谈，非常抱歉。此后如见访，先行以信告知为要。

　　先生进学校去，自然甚好，但先行辞去职业，我以为是失策的。看中国现在情形，几乎要陷于无教育状态，此后如何，实在是在不可知之数。但事情已经过去，也不必再说，只能看情形进行了。

　　小说已经拜读了，恕我直说，这只是一种sketch[2]，还未达到结构较大的小说。但登在日报上的资格，是十足可以有的；而且立意与表现法也并不坏，做下去一定还可以发展。其实各人只一篇，也很难于批评，可否多借我几篇，草稿也可以，不必誊正的。我也极愿意介绍到《小说月报》去，如只是简短的短篇，便绍介到日报上去。

　　先生想以文学立足，不知何故，其实以文笔作生活，是世上最苦的职业。前信所举的各处上当，这种苦难我们也都受过。上海或北京的收稿，不甚讲内容，他们没有批评眼，只讲名声。其甚者且骗取别人的文章作自己的生活费，如《礼拜六》[3]便是，这些主持者都是一班上海之所谓"滑头"，不必寄稿给他们的。两位所做的小说，如用在

1　宫竹心：宫白羽（1899—1966），原名万选，改名竹心，武侠小说作家。

2　Sketch：速写。

3　《礼拜六》：鸳鸯蝴蝶派的主要刊物，1914年6月创刊于上海。

报上，不知用什么名字？ 再先生报考师范, 未知用何名字, 请示知

　　肋膜炎是肺与肋肉之间的一层膜发了热，中国没有名字，他们大约与肺病之类并在一起，统称痨病。这病很费事，但致命的不多。《小说月报》被朋友拿散了，《妇女杂志》[1]还有（但未必全），可以奉借。

　　不知先生能否译英文或德文，请见告。

　　　　　　　　　　　　　　　　　　　周树人　八月廿六日

---

1 《妇女杂志》：1915年1月创刊于上海的综合性月刊。

1921年8月29日　致周作人

二弟览：

　　老三来，接到稿并信，仲甫[1]信件当于明日寄去矣。我大为捷克所害[2]，"黄胖捕年糕"[3] "头里忒罗卜"悔之无及，但既已动手，只得译之。

　　雁冰译南罗达[4]作之按语，译著作家Céch[5]作珊区，可谓粗心。

　　《日本小说集》[6]目如此已甚好，但似尚可推出数人数篇，如加能[7]；又佐藤春夫[8]似尚应添一篇别的也。

　　张黄[9]今天来，大菲薄谷崎润一[10]，大约意见与我辈差不多，又大恶数泡メイ[11]。而亦不满夏目[12]，以其太低侚云。

1　仲甫：指陈独秀。

2　指翻译《近代捷克文学概观》一事。

3　"黄胖捕年糕"：绍兴歇后语，比喻吃力不讨好。

4　南罗达（J. Neruda，1834—1891）：通译聂鲁达，捷克作家。

5　Céch：通译捷赫（1846—1908），捷克诗人。

6　《日本小说集》：即由鲁迅、周作人翻译的《现代日本小说集》，内收15位日本作家的30篇小说。1923年6月由商务印书馆出版。

7　加能：加能作次郎（1886—1941），日本作家。

8　佐藤春夫（1892—1964）：日本诗人、小说家、评论家。

9　张黄：指张定璜（1895—1986），别名凤举，江西南昌人。1921年由日本留学回国，任北京女子师范大学教授。

10　谷崎润一：谷崎润一郎（1886—1965），日本作家。

11　泡メイ：疑指岩野泡鸣（1873—1920），日本作家。

12　夏目：夏目漱石（1867—1916），日本作家。

又云郭沫若[1]在上海编《创造》（？）。我近来大看不起沫若田汉[2]之流。又云东京留学生中，亦有喝加菲[3]（因アブサン[4]之类太贵）而自称デカーダン[5]者，可笑也。

西班牙话已托潘公[6]查过，今附上。

兄树　八月廿九日

1　郭沫若（1892—1978）：字鼎堂，号尚武，四川乐山人。当时正在日本留学，与郁达夫等人创立文学学社"创造社"，主持筹办《创造》季刊。

2　田汉（1898—1968）：字寿昌，湖南长沙人，曾留学日本，时任中华书局编辑。

3　加菲：即咖啡。

4　アブサン：苦艾酒。

5　デカーダン：颓废派。

6　潘公：指潘垂统（1896—1993），浙江慈溪人，周作人在绍兴第五中学任教时的学生。

1921年9月5日　致宫竹心

竹心先生：

　　前日匆匆寄上一函想已到。

　　《晨报》杂感本可随便寄去，但即登载恐也未必送报，他对于我们是如此办的。寄《妇女杂志》的文章由我转去也可以，但我恐不能改窜，因为若一改窜，便失了原作者的自性，很不相宜，但倘觉得有不妥字句，删改几字，自然是可以的。

　　鲁迅就是姓鲁名迅，不算甚奇。唐俟大约也是假名，和鲁迅相仿。然而《新青年》中别的单名还有，却大抵实有其人，《狂人日记》也是鲁迅作，此外还有《药》《孔乙己》等都在《新青年》中，这种杂志大抵看后随手散失，所以无从奉借，很抱歉。别的单行本也没有出版过。

　　《妇女杂志》和《小说月报》也寻不到以前的，因为我家中人数甚多，所以容易拖散。昨天问商务印书馆，除上月份之外，也没有一册，我日内去问上海本店去，倘有便教他寄来。《妇女杂志》知已买到，现在寄上《说报》八月份一本，但可惜里面恰恰没有叶，落¹两人的作品。

周树人　九月五日

1　叶，落：指叶圣陶和许地山（落华生）。

1921年9月17日　致周作人

二弟览：

　　三弟今日有信，今寄上。

　　查武者小路[1]的《或日ノ一休》[2]系戏剧，于我辈之小说集不合，尚须别寻之。此次改定之《日本小说》目录，既然如此删汰，则我以为漱石只须一篇《一夜》，鸥外[3]亦可减去其一，但《沉默之塔》太軽イ[4]，当别译；而若嫌页数太少，则增加别人著作（如武者，有岛[5]之类）可也。该书自然以今年出版为合，但不知来得及否耳。

　　我自从挤出捷克文学后，现在大被补课所轧，因趣味已无而须做讲义，是大苦也。此次已去补一次，高师不甚缺少，而大学只有听讲者五枚，可笑也。女师之熊[6]仍不走，我以为倘有信来，大可不必再答，即续假亦可不请，听其自然，盖感情已背，无可弥缝，而熊系魔子，亦难喻以理或动之以情也。

　　我为《新青年》译《狭ノ籠》[7]已成，中有ラヅジ拟加注，查德文

1　武者小路：武者小路实笃（1885—1976），日本小说家、剧作家、画家。

2　《或日ノ一休》：即《一日里的一休和尚》。

3　鸥外：森鸥外（1862—1922），日本作家。

4　軽イ：日语，意为程度不深，浅薄。

5　有岛：有岛武郎（1878—1923），日本作家。

6　女师之熊：指熊崇煦（1875—？），字知白，湖南南县人，时任北京女子高等师范学校校长。

7　《狭ノ籠》：即俄国诗人爱罗先珂（Vasili Eroshenko，1890—1952）的童话《狭的笼》。

字典云"Rádscha, or Rájh = 土着[1]的东印度侯爵",未知即此否,以如何注法为合,望告知。至于老三之一篇,则须两星期方能抄成,拟一同寄去,因豫算稿子,你已有两次,可以直用至第五期也。

中秋无月。今日《晨报》亦停。潘太太之作尚佳,可以删去序文,寄与《说报》,潘公之《风雨之下》,经改题而去其浪漫チク[2]之后,亦尚不恶也。但宫小姐之作,则据老三云:因有"日货"字样,故章公[3]颇为踌躇。此公常因女人而バンダン[4],则神经过敏亦固其所,拟令还我,转与孙公耳。

《说报》于我辈之稿费,尚不寄来,殊奇。我之《小露西亞文学观》[5]系九日寄出,已告结束矣,或者以中秋之故而迟迟者乎。家中俱安,勿念。余后谈。

兄树 上 九月十七日

---

1 土着:同"土著"。

2 浪漫チク:浪漫主义。

3 章公:指章锡琛(1889—1969),别名雪村,浙江绍兴人,时为《妇女杂志》主编。

4 バンダン:读音为bangdang,形容滑倒的声音。

5 《小露西亞文学观》:作者用日本汉字书写,即《小露西亚文学观》,"小露西亚"指乌克兰。

1924年9月24日　致李秉中[1]

庸倩兄：

　　回家后看见来信。给幼渔[2]先生的信，已经写出了，我现在也难料结果如何，但好在这并非生死问题的事，何妨随随便便，暂且听其自然。

　　关于我这一方面的推测，并不算对。我诚然总算帮过几回忙，但若是一个有力者，这些便都是些微的小事，或者简直不算是小事，现在之所以看去很像帮忙者，其原因即在我之无力，所以还是无效的回数多。即使有效，也算什么[3]，都可以毫不放在心里。

　　我恐怕是以不好见客出名的。但也不尽然，我所怕见的是谈不来的生客，熟识的不在内，因为我可以不必装出陪客的态度。我这里的客并不多，我喜欢寂寞，又憎恶寂寞，所以有青年肯来访问我，很使我喜欢。但我说一句真话罢，这大约你未曾觉得的，就是这人如果以我为是，我便发生一种悲哀，怕他要陷入我一类的命运；倘若一见之后，觉得我非其族类，不复再来，我便知道他较我更有希望，十分放心了。

　　其实我何尝坦白？我已经能够细嚼黄连而不皱眉了。我很憎恶我自己，因为有若干人，或则愿我有钱，有名，有势，或则愿我陨灭，死亡，而我偏偏无钱无名无势，又不灭不亡，对于各方面，都无以报答

1　李秉中（1902—1940）：字庸倩，鲁迅在北京大学教学时的学生。

2　幼渔：马裕藻（1878—1945），字幼渔，浙江宁波人，时任北京大学国文系主任。

3　也算什么：当为"也不算什么"。

盛意，年纪已经如此，恐将遂以如此终。我也常常想到自杀，也常想杀人，然而都不实行，我大约不是一个勇士。现在仍然只好对于愿我得意的便拉几个钱来给他看，对于愿我灭亡的避开些，以免他再费机谋。我不大愿意使人失望，所以对于爱人和仇人，都愿意有以骗之，亦即所以慰之，然而仍然各处都弄不好。

　　我自己总觉得我的灵魂里有毒气和鬼气，我极憎恶他，想除去他，而不能。我虽然竭力遮蔽着，总还恐怕传染给别人，我之所以对于和我往来较多的人有时不免觉到悲哀者以此。

　　然而这些话并非要拒绝你来访问我，不过忽然想到这里，写到这里，随便说说而已。你如果觉得并不如此，或者虽如此而甘心传染，或不怕传染，或自信不至于被传染，那可以只管来，而且敲门也不必如此小心。

　　　　　　　　　　　　　　　　　　　　　　树人　廿四日夜

1924年9月28日　致李秉中

庸倩兄：

　　看了我的信而一夜不睡，即是又中我之毒，谓不被传染者，强辩而已。

　　我下午五点半以后总在家，随时可来，即未回，可略候。

鲁迅　九月廿八夜

1925年3月11日 致许广平[1]

广平兄：

今天收到来信，有些问题恐怕我答不出，姑且写下去看。

学风如何，我以为和政治状态及社会情形相关的，倘在山林中，该可以比城市好一点，只要办事人员好。但若政治昏暗，好的人也不能做办事人员，学生在学校中，只是少听到一些可厌的新闻，待到出校和社会接触，仍然要苦痛，仍然要堕落，无非略有迟早之分。所以我的意思，倒不如在都市中，要堕落的从速堕落罢，要苦痛的速速苦痛罢，否则从较为宁静的地方突到闹处，也须意外地吃惊受苦，其苦痛之总量，与本在都市者略同。

学校的情形，向来如此，但一二十年前，看去仿佛较好者，因为足够办学资格的人们不很多，因而竞争也不猛烈的缘故。现在可多了，竞争也猛烈了，于是坏脾气也就彻底显出。教育界的清高，本是粉饰之谈，其实和别的什么界都一样，人的气质不大容易改变，进几年大学是无甚效力的，况且又有这样的环境，正如人身的血液一坏，体中的一部分决不能独保健康一样，教育界也不会在这样的民国里特别清高的。

所以，学校之不甚高明，其实由来已久，加以金钱的魔力，本是非常之大，而中国又是向来善于运用金钱诱惑法术的地方，于是自然

---

1 许广平（1898—1968）：笔名景宋，广东番禺人，1923年考入北京女子高等师范学校国文系，听鲁迅讲课。后与鲁迅相恋并结婚。

就成了这现象。听说现在是中学校也有这样的了，间有例外者，大概即因年龄太小，还未感到经济困难或花费的必要之故罢。至于传入女校，当是近来的事，大概其起因，当在女性已经自觉到经济独立的必要，所以获得这独立的方法，不外两途，一是力争，一是巧取，前一法很费力，于是就堕入后一手段去，就是略一清醒，又复昏睡了。可是这不独女界，男人也都如此，所不同者巧取之外，还有豪夺而已。

我其实那里会"立地成佛"，许多烟卷，不过是麻醉药，烟雾中也没有见过极乐世界。假使我真有指导青年的本领——无论指导得错不错——我决不藏匿起来，但可惜我连自己也没有指南针，到现在还是乱闯，倘若闯入深坑，自己有自己负责，领着别人又怎么好呢，我之怕上讲台讲空话者就为此。记得有一种小说里攻击牧师，说有一个乡下女人，向牧师历诉困苦的半生，请他救助，牧师听毕答道，"忍着罢，上帝使你在生前受苦，死后定当赐福的。"其实古今的圣贤以及哲人学者所说，何尝能比这高明些，他们之所谓"将来"，不就是牧师之所谓"死后"么？我所知道的话就是这样，我不相信，但自己也并无更好解释。章锡琛的答话是一定要胡涂的，听说他自己在书铺子里做伙计，就时常叫苦连天。

我想，苦痛是总与人生联带的，但也有离开的时候，就是当睡熟之际。醒的时候要免去若干苦痛，中国的老法子是"骄傲"与"玩世不恭"，我自己觉得我就有这毛病，不大好。苦茶加"糖"，其苦之量如故，只是聊胜于无"糖"，但这糖就不容易找到，我不知道在那里，只好交白卷了。

以上许多话，仍等于章锡琛，我再说我自己如何在世上混过去的方法，以供参考罢——

一、走"人生"的长途，最易遇到的有两大难关。其一是"岐路"，倘若墨翟先生，相传是恸哭而返的。但我不哭也不返，先在岐路头坐下，歇一会，或者睡一觉，于是选一条似乎可走的路再走，倘遇见老实人，也许夺他食物充饥，但是不问路，因为我知道他并不知道的。如果遇见老虎，我就爬上树去，等它饿得走去了再下来，倘它竟不走，我就自己饿死在树上，而且先用带子缚住，连死尸也决不给它吃。但倘若没有树呢？那么，没有法子，只好请它吃了，但也不妨也咬它一口。其二便是"穷途"了，听说阮籍先生也大哭而回，我却也像岐路上的办法一样，还是跨进去，在刺丛里姑且走走，但我也并未遇到全是荆棘毫无可走的地方过，不知道是否世上本无所谓穷途，还是我幸而没有遇着。

二、对于社会的战斗，我是并不挺身而出的，我不劝别人牺牲什么之类者就为此。欧战的时候，最重"壕堑战"[1]，战士伏在壕中，有时吸烟，也唱歌，打纸牌，喝酒，也在壕内开美术展览会，但有时忽向敌人开他几枪。中国多暗箭，挺身而出的勇士容易丧命，这种战法是必要的罢。但恐怕也有时会迫到非短兵相接不可的，这时候，没有法子，就短兵相接。

总结起来，我自己对于苦闷的办法，是专与苦痛捣乱，将无赖手段当作胜利，硬唱凯歌，算是乐趣，这或者就是糖罢。但临末也还是归结到"没有法子"，这真是没有法子！

以上，我自己的办法说完了，就是不过如此，而且近于游戏，不像步步走在人生的正轨上（人生或者有正轨罢，但我不知道），我相信写了出来，未必于你有用，但我也只能写出这些罢了。

鲁迅 三月十一日

1 "壕堑战"：指利用战壕进行的战斗。

1925年3月18日　致许广平

广平兄：

　　这回要先讲"兄"字的讲义了。这是我自己制定，沿用下来的例子，就是：旧日或近来所识的朋友，旧同学而至今还在来往的，直接听讲的学生，写信的时候我都称"兄"。其余较为生疏，较需客气的，就称先生，老爷，太太，少爷，小姐，大人……之类。总之我这"兄"字的意思，不过比直呼其名略胜一筹，并不如许叔重[1]先生所说，真含有"老哥"的意义。但这些理由，只有我自己知道，则你一见而大惊力争，盖无足怪也。然而现已说明，则亦毫不为奇焉矣。

　　现在的所谓教育，世界上无论那一国，其实都不过是制造许多适应环境的机器的方法罢了，要适如其分，发展各各的个性，这时候还未到来，也料不定将来究竟可有这样的时候。我疑心将来的黄金世界里，也会有将叛徒处死刑，而大家尚以为是黄金世界的事，其大病根就在人们各各不同，不能像印版书似的每本一律。要彻底地毁坏这种大势的，就容易变成"个人的无政府主义者"，《工人绥惠略夫》[2]里所描写的绥惠略夫就是。这一类人物的运命，在现在，——也许虽在将来，是要救群众，而反被群众所迫害，终至于成了单身，忿激之余，一转而仇视一切，无论对谁都开枪，自己也归于毁灭。

1　许叔重：许慎（约58—约147），字叔重，汝南召陵（今河南漯河）人，东汉文字学家，著有《说文解字》。
2　《工人绥惠略夫》：鲁迅所译的俄国作家阿尔志跋绥夫（Mikhail Artsybashev, 1878—1927）的中篇小说。

社会上千奇百怪，无所不有；在学校里，只有捧线装书和希望得到文凭者，虽然根柢上不离"利害"二字，但是还要算好的。中国大约太老了，社会里事无大小，都恶劣不堪，像一只黑色的染缸，无论加进什么新东西去，都变成漆黑，可是除了再想法子来改革之外，也再没有别的路。我看一切理想家，不是怀念"过去"，就是希望"将来"，对于"现在"这一个题目，都交了白卷，因为谁也开不出药方。其中最好的药方，即所谓"希望将来"的就是。

"将来"这回事，虽然不能知道情形怎样，但有是一定会有的，就是一定会到来的，所虑者到了那时，就成了那时的"现在"。然而人们也不必这样悲观，只要"那时的现在"比"现在的现在"好一点，就很好了，这就是进步。

这些空想，也无法证明一定是空想，所以也可以算是人生的一种慰安，正如信徒的上帝。我的作品，太黑暗了，因为我只觉得"黑暗与虚无"乃是"实有"，却偏要向这些作绝望的抗战，所以很多着偏激的声音。其实这或者是年龄和经历的关系，也许未必一定的确的[1]，因为我终于不能证实：惟黑暗与虚无乃是实有。所以我想，在青年，须是有不平而不悲观，常抗战而亦自卫，荆棘非践不可，固然不得不践，但若无须必践，即不必随便去践，这就是我所以主张"壕堑战"的原因，其实也无非想多留下几个战士，以得更多的战绩。

子路[2]先生确是勇士，但他因为"吾闻君子死冠不免"，于是"结缨而死"，则我总觉得有点迂。掉了一顶帽子，有何妨呢，却看得这

1　的的确确：即"是正确的"。

2　子路（前542—前480）：名仲由，字子路，又字季路，春秋末期鲁国卞（今山东临沂）人，孔子的弟子。

么郑重，实在是上了仲尼[1]先生的当了。仲尼先生自己"厄于陈蔡"[2]，却并不饿死，真是滑得可观。子路先生倘若不信他的胡说，披头散发的战起来，也许不至于死的罢，但这种散发的战法，也就是属于我所谓"壕堑战"的。

时候不早了，就此结束了。

鲁迅 三月十八日

---

1 仲尼：即孔子（前551—前479），名丘，字仲尼，春秋末期鲁国陬邑（今山东曲阜）人，儒家学派创始人。

2 "厄于陈蔡"：指孔子及其弟子从陈国到蔡国的途中被围困，断绝粮食之事。

1925年3月31日　致许广平

广平兄：

现在才有写回信的工夫，所以我就写回信。那一回演剧时候，我之所以先去者，实与剧的好坏无关，我在群集里面，向来坐不久的。那天观众似乎不少，筹款目的，该可以达到一点了罢。好在中国现在也没有什么批评家，鉴赏家，给看那样的戏剧，已经尽够了，严格的说起来，则那天的看客，什么也不懂而胡闹的很多，都应该用大批的蚊烟，将它们熏出的。

近来的事件，内容大抵复杂，实不但学校为然。据我看来，女学生还要算好的，大约因为和外面的社会不大接触之故罢，所以还不过谈谈衣饰宴会之类。至于别的地方，怪状更是层出不穷，东南大学事件[1]就是其一，倘细细剖析，真要为中国前途万分悲哀。虽至小事，亦复如是，即如《现代评论》[2]的"一个女读者"的文章，我看那行文造语，总疑心是男人做的，所以你的推想，也许不确。世上的鬼蜮是多极了。

说起民元[3]的事来，那时确是光明得多，当时我也在南京教育部，觉得中国将来很有希望。自然，那时恶劣分子固然也有的，然而他总失败。一到二年二次革命[4]失败之后，即渐渐坏下去，坏而又坏，遂成

1　东南大学事件：指1925年的东南大学"易长风波"。当年1月6日，教育部突然免去东南大学校长郭秉文之职，由胡敦复继任，引发该校师生强烈不满。3月9日，胡敦复强行履职，遭学生围攻，未能就职。

2　《现代评论》：1924年12月在北京创刊的综合周刊。

3　民元：民国元年，即1912年。

4　二次革命：孙中山等国民党人于1913年发动的反对袁世凯的武装革命，又称"讨袁之役"。

了现在的情形。其实这不是新添的坏，乃是涂饰的新漆剥落已尽，于是旧相又显了出来。使奴才主持家政，那里会有好样子。最初的革命是排满，容易做到的，其次的改革是要国民改革自己的坏根性，于是就不肯了。所以此后最要紧的是改革国民性，否则，无论是专制，是共和，是什么什么，招牌虽换，货色照旧，全不行的。

但说到这类的改革，便是真叫作无从措手。不但此也，现在虽想将"政象"稍稍改善，尚且非常之难。在中国活动的现有两种"主义者"，外表都很新的，但我研究他们的精神，还是旧货，所以我现在无所属，但希望他们自己觉悟，自动的改良而已。例如世界主义者，而同志自己先打架；无政府义者[1]的报馆，而用护兵守门，真不知是怎么一回事。土匪也不行，河南的单知道烧抢，东三省的渐趋于保护雅片，总之是抱"发财主义"的居多，梁山泊劫富济贫的事，已成为书本子上的故事了。军队里也不好，排挤之风甚盛，勇敢无私的一定孤立，为敌所乘，同人不救，终至阵亡，而巧滑骑墙，专图地盘者反很得意。我有几个学生在军中，倘不同化，怕终不能占得势力，但若同化，则占得势力又于将来何益。一个就在攻惠州，虽闻已胜，而终于没有信来，使我常常苦痛。

我又无拳无勇，真没有法，在手头的只有笔墨，能写这封信一类的不得要领的东西而已。但我总还想对于根深蒂固的所谓旧文明，施行袭击，令其动摇，冀于将来有万一之希望。而且留心看看，居然也有几个不问成败而要战斗的人，虽然意见和我并不尽同，但这是前几年所没有遇到的。我所谓"正在准备破坏者目下也仿佛有人"的人，不过这么一回事。要成联合战线，还在将来。

希望我做点什么事的人，颇有几个了，但我自己知道，是不行的。

1　无政府义者：当为"无政府主义者"。

凡做领导的人，一须勇猛，而我看事情太仔细，一仔细，即多疑虑，不易勇往直前；二须不惜用牺牲，而我最不愿使别人做牺牲（这其实还是革命以前的种种事情的刺激的结果），也就不能有大局面。所以，其结果，终于不外乎用空论来发牢骚，印一通书籍杂志。你如果也要发牢骚，请来帮我们，倘曰"马前卒"，则吾岂敢，因为我实无马，坐在人力车上，已经是阔气的时候了。

投稿到报馆里，是碰运气的，一者编辑先生总有些胡涂，二者投稿一多，确也使人头昏眼花。我近来常看稿子，不但没有空闲，而且人也疲乏了，此后想不再给人看，但除了几个熟识的人们。你投稿虽不写什么"女士"，我写信也改称为"兄"，但看那文章，总带些女性。我虽然没有细研究过，但大略看来，似乎"女士"的说话的句子排列法，就与"男士"不同，所以写在纸上，一见可辨。

北京的印刷品现在虽然比先前多，但好的却少。《猛进》[1]很勇，而论一时的政象的文字太多。《现代评论》的作者固然多是名人，看去却显得灰色。《语丝》[2]虽总想有反抗精神，而时时有疲劳的颜色，大约因为看得中国的内情太清楚，所以不免有些失望之故罢。由此可知见事太明，做事即失其勇，庄子所谓"察见渊鱼者不祥"，盖不独谓将为众所忌，且于自己的前进亦有碍也。我现在还要找寻生力军，加多破坏论者。

鲁迅 三月卅一日

1 《猛进》：1925年3月在北京创刊的周刊。
2 《语丝》：1924年11月由文学社团"语丝社"在北京创办的周刊，鲁迅是其主要撰稿人之一。

1925年4月11日　致赵其文[1]

××兄：

　　我现在说明我前信里的几句话的意思，所谓"自己"，就是指各人的"自己"，不是指我。无非说凡有富于感激的人，即容易受别人的牵连，不能超然独往。

　　感激，那不待言，无论从那一方面说起来，大概总算是美德罢。但我总觉得这是束缚人的。譬如，我有时很想冒险，破坏，几乎忍不住，而我有一个母亲，还有些爱我，愿我平安，我因为感激他的爱，只能不照自己所愿意做的做，而在北京寻一点糊口的小生计，度灰色的生涯。因为感激别人，就不能不慰安别人，也往往牺牲了自己，——至少是一部分。

　　又如，我们通了几回信，你就记得我了，但将来我们假如分属于相反的两个战团里开火接战的时候呢？你如果早已忘却，这战事就自由得多，倘你还记着，则当非开炮不可之际，也许因为我在火线里面，忽而有点踌躇，于是就会失败。

　　《过客》的意思不过如来信所说那样，即是虽然明知前路是坟而偏要走，就是反抗绝望，因为我以为绝望而反抗者难，比因希望而战斗者更勇猛，更悲壮。但这种反抗，每容易蹉跌在"爱"——感激也在内——里，所以那过客得了小女孩的一片破布的布施也几乎不能前进了。

　　　　　　　　　　　　　　　　　　　　鲁迅　四月十一日

1　赵其文（1903—1980）：四川江北人，时为北京大学附属音乐传习所及美术专科学生，旁听过鲁迅的课程。

1925年5月18日　致许广平

广平兄：

　　两信均收到，一信中并有稿子，自然照例"感激涕零"而阅之。小鬼"最怕听半截话"，而我偏有爱说半截话的毛病，真是无可奈何。本来想做一篇详明的《朱老夫子论》呈政，而心绪太乱，又没有工夫。简截地说一句罢，就是：他历来所走的都是最稳的路，不做一点小小的冒险事，所以他的话倒是不负责任的，待到别人被祸，他不作声了。

　　群众不过如此，由来久矣，将来也不过如此。公理也和事之成败无关。但是，女师之教员也太可怜了，只见暗中活动之鬼，而竟没有站出来说话的人。我近来对于黎先生[1]之赴西山，也有些怀疑了，但也许真真恰巧，疑之者倒是我自己的神经过敏。

　　我现在愈加相信说话和弄笔的都是不中用的人，无论你说话如何有理，文章如何动人，都是空的。他们即使怎样无理，事实上却著著得胜。然而，世界岂真不过如此而已么？我还要反抗，试他一试。

　　提起牺牲，就使我记起前两三年被北大开除的冯省三[2]。他是闹讲义风潮之一人，后来讲义费撤去了，却没有一个同学再提起他。我

1　黎先生：指黎锦熙（1889—1978），湖南湘潭人，时任北京女子师范大学国文系代理主任。该系原定5月13日开课程会议，届时又发通知："黎先生因失眠赴西山休养，不克到会主席，本日会议，即行停止。"

2　冯省三（1902—1924）：山东平原人，北京大学预科法文班学生。1922年10月参加反对学校征收讲义费的风潮，后被开除学籍。

那时曾在《晨报副刊》上做过一则杂感，意思是牺牲为群众祈福，祀了神道之后，群众就分了他的肉，散胙。

听说学校当局有打电报给家属之类的举动，我以为这些手段太毒辣了。教员之类该有一番宣言，说明事件的真相，几个人也可以的。如果没有一个人肯负这一点责任（署名），那么，即使校长竟去，学籍也恢复了，也不如走罢，全校没有人了，还有什么可学？

　　　　　　　　　　　　　　　　　　　鲁迅　五月十八日

1925年5月30日　致许广平

广平兄：

　　午回来，看见留字。现在的现象是各方面黑暗，所以有这情形，不但治本无从说起，便是治标也无法，只好跟着时局推移而已。至于《京报》事[1]，据我所闻却不止秦小姐一人，还有许多人运动，结果是两面的新闻都不载，但久而久之，也许会反而帮牠们（男女一群，所以只好用"牠"），办报的人们，就是这样的东西。（其实报章的宣传于实际上也没有多大关系。）

　　今天看见《现代评论》，所谓西滢[2]也者，对于我们的宣言出来说话了，装作局外人的样子，真会玩把戏。我也做了一点寄给《京副》[3]，给他碰一个小钉子。但不知于伏园[4]饭碗之安危如何。牠们是无所不为的，满口仁义，行为比什么都不如。我明知道笔是无用的，可是现在只有这个，只有这个而且还要为鬼魅所妨害。然而只要有地方发表，我还是不放下，或者《莽原》[5]要独立，也未可知。独立就独立，完结就完结，都无不可。总而言之，笔舌常存，是总要使用的，东滢

1　《京报》事：指1925年5月27日《京报》刊载《对北京女子师范大学风潮宣言》一事。该宣言由鲁迅拟稿，鲁迅与他人联合署名。《京报》，北京民间报纸，创刊于1918年10月5日。

2　西滢：指陈源（1896—1970），字通伯，笔名西滢，江苏无锡人，时任《现代评论》的《闲话》专栏主编。

3　《京副》：即《京报副刊》，1924年12月5日创刊。

4　伏园：孙伏园（1894—1966），原名福源，字养泉，笔名伏庐、柏生等，浙江绍兴人，时任《京报》副刊主编。

5　《莽原》：鲁迅主编杂志，1925年4月初刊时附于《京报》发行，1926年1月单独出版。

西滢，都不相干也。

　　西滢文托之"流言"，以为此次风潮是"某系某籍教员所鼓动"，那明是说"国文系浙籍教员"了。别人我不知道，至于我之骂杨荫榆[1]，却在此次风潮之后，而"杨家将"偏来诬赖，可谓卑劣万分。但浙籍也好，夷籍也好，既经骂起，就要骂下去，杨荫榆尚无割舌之权，总还要被骂几回的。

　　文已改好，但邮寄不便，当于便中交出，好在现尚不用。所云团体，我还未打听，但我想，大概总就是前日所说的一个。其实也无须打听，这种团体，一定有范围，尚服从公决的。所以只要自己决定，如要思想自由，特立独行，便不相宜。如能牺牲若干自己的意见，就可以。只有"安那其"[2]是没有规则的，但在中国却有首领，实在希奇。

　　现在老实说一句罢，"世界岂真不过如此而么？……"这些话，确是"为对小鬼而说的"。我所说的话，常与所想的不同，至于何以如此，则我已在《呐喊》的序上说过：不愿将自己的思想，传染给别人。何以不愿，则因为我的思想太黑暗，而自己终不能确知是否正确之故。至于"还要反抗"，倒是真的，但我知道这"所以反抗之故"，与小鬼截然不同。你的反抗，是为希望光明到来罢？（我想，一定是如此的。）但我的反抗，却不过是偏与黑暗捣乱。大约我的意见，小鬼很有几点不大了然，这是年龄，经历，环境等等或不同之故，不足为奇。例如我是诅咒"人间苦"而不嫌恶"死"的，因为"苦"可以设法减轻而"死"是必然的事，虽曰"尽头"，也不足悲哀。而你却不高

1　杨荫榆（1884—1938）：别名申官，江苏无锡人，时任北京女子师范大学校长。
2　"安那其"：英语anarchy的音译，指无政府主义。

兴听这类话，——但是，为什么吞藤黄[1]的？这就比不做"痛哭流涕的文字"还"该打"！又如来信说，"凡有死的同我有关的，同时我就诅咒所有与我无关的。……"而我正相反，同我有关的活着，我就不放心，死了，我就安心，这意思也在《过客》中说过：都与小鬼的不同。其实，我的意见原也不容易了然，因为其中本有着许多矛盾，教我自己说，或者是"人道主义"与"个人的无治主义"的两种思想的消长起伏罢。所以我忽而爱人，忽而憎人；做事的时候，有时确为别人，有时却为自己玩玩，有时则竟因为希望将生命从速消磨，所以故意拚命的做。此外或者还有什么道理，自己也不甚了然。但我对人说话时，却总拣择光明些的说出，然而偶不留意，就露出阎王并不反对，而小鬼反不乐闻的话来。总而言之，我为自己和为别人的设想，是两样的。所以者何，就因为我的思想太黑暗，但是究竟是否真确，不得而知，所以只能在自身试验，不能邀请别人。其实小鬼希望父兄长存，而自己会吞藤黄，也是如此。

《莽原》实在有些穿棉花鞋了，但没有撒泼文章，真是无法。自己呢，又做惯了晦涩的文章，一时改不过来，初做时立志要显豁，而后来往往仍以晦涩结尾，实在可气之至！现在除附《京报》分送外，另售千五百，看的人也算不少。待"闹潮"略有结束，你这一匹"害群之马"[2]多来发一点议论罢。

鲁迅 五月三十日

1　吞藤黄：许广平曾在1925年5月27日致鲁迅信中说："虽则在初师时，凭一时的血气和一个同学怄气，很傻的吞了些藤黄，终于成笑话的被救。"藤黄，指藤黄树皮渗出的黄色树脂，用于绘画，有毒。

2　"害群之马"：许广平因参加驱逐杨荫榆的活动，被杨称为"害群之马"，鲁迅便以"害群之马""害马""H.M.""HM"之类称呼许广平。

1925年6月28日　致许广平

训词：

　　你们这些小姐们，只能逃回自己的窠里之后，这才想出方法来夸口；其实则胆小如芝麻（而且还是很小的芝麻），本领只在一齐逃走。为掩饰逃走起见，则云"想拿东西打人"，辄以"想"字妄加罗织，大发挥其杨家勃谿[1]式手段。呜呼，"老师"之"前途"，而今而后，岂不"棘矣"也哉！

　　不吐而且游白塔寺，我虽然并未目睹，也不敢决其必无。但这日二时以后，我又喝烧酒六杯，蒲桃酒五碗，游白塔寺四趟，可惜你们都已逃散，没有看见了。若夫"居然睡倒，重又坐起"，则足见不屈之精神，尤足为万世师表。总之：我的言行，毫无错处，殊不亚于杨荫榆姊姊也。

　　又总之：端午这一天，我并没有醉，也未尝"想"打人；至于"哭泣"，乃是小姐们的专门学问，更与我不相干。特此训谕知之！

　　此后大抵近于讲义了。且夫天下之人，其实真发酒疯者，有几何哉，十之九是装出来的。但使人敢于装，或者也是酒的力量罢。然而世人之装醉发疯，大半又由于倚赖性，因为一切过失，可以归罪于醉，自己不负责任，所以虽醒而装起来。但我之计划，则仅在以拳击"某

1　勃谿：家庭中吵架。

籍"小姐两名之拳骨而止，因为该两小姐们近来倚仗"太师母"之势力，日见跋扈，竟有欺侮"老师"之行为，倘不令其喊痛，殊不足以保架子而维教育也。然而"殃及池鱼"，竟使头罩绿纱及自称"不怕"之人们，亦一同逃出，如脱大难者然，岂不为我所笑？虽"再游白塔寺"，亦何能掩其"心上有杞天之虑"的狼狈情状哉。

今年中秋这一天，不知白塔寺可有庙会，如有，我仍当请客，但无则作罢，因为恐怕来客逃出之后，无处可游，扫却雅兴，令我抱歉之至。

"……者"是什么？

"老师"六月二十八日

1925年7月16日　致许广平

"愚兄"：

你的"勃谿"程度高起来了，"教育之前途棘矣"了，总得惩罚一次才好。

第一章　"嫩棣棣"[1]之特征。

1.头发不会短至二寸以下，或梳得很光，或炮得蓬蓬松松。

2.有雪花膏在于面上。

3.穿莫名其妙之材料（只有她们和店铺和裁缝知道那些麻烦名目）之衣；或则有绣花衫一件藏在箱子里，但于端节[2]偶一用之。

4.嚷；哭……　　　　　（未完）

第二章　论"七·一六，"[3]之不误。

"七·一六，"就是今天，照"未来派"写法，丝毫不错。"愚兄"如执迷于俗中通行之月份牌，可以将那封信算作今天收到就是。

第三章　石驸马大街确在"宣外"[4]。

且夫该街，普通皆以为在宣内，我平常也从众写下来。但那天因为看见天亮，好看到见所未见，大惊小怪之后，不觉写了宣外。然而，

1　"嫩棣棣"：即"嫩弟弟"，是许广平1925年7月15日致鲁迅信中对鲁迅的戏称。

2　端节：即端午节。

3　"七·一六"：许广平在15日信中说："你的信太令我发笑了，今天是星期三——七·一五——而你的信封上就大书特书的'七·一六'……这一天的差误，想是扯错了月份牌罢。"

4　"宣外"：许广平在15日信中说鲁迅把宣内（宣武门内大街）"写作宣外，尤其该打"。

并不错的，我这次乃以摆着许多陶器的一块小方地为中心，就是"宣
内"。邮差都从这中心出发，所以向桥去的是往宣外，向石驸马街去
的也是往宣外，已经送到，就是不错的确证。你怎么这样粗心，连自
己住在那里都不知道？该打者，此之谓也欤！

第四章　"其妙"[1]在此。

《京报的话》[2]承蒙费神一通，加以细读，实在劳驾之至。一张信
纸分贴前后者，前写题目，后写议论，仿"愚兄"之办法也，惜未将
本文重抄，实属偷懒，尚乞鉴原。至于其中有"刁作谦之伟绩"[3]，则
连我自己也没有看见。因为"文艺"是"整个"的，所以我并未细看，
但将似乎五花八门的处所剪下一小"整个"，封入信中，使勃豀者看
了许多工夫，终于"莫名其抄"，就算大仇已报。现在居然"姑看作
'正经'"，我的气也有些消了。

第五章　"师古"[4]无用。

我这回的"教鞭"，系特别定做，是一木棒，端有一绳，略仿马鞭
格式，为专打"害群之马"之用。即使蹲在桌后，绳子也会弯过去，
虽师法"哥哥"，亦属完全无效，岂不懿欤！

第六章　"模范文"之分数。

拟给九十分。其中给你五分：抄工三分，末尾的几句议论二分。

1　"其妙"：许广平在15日信中说"'京报的话'，太叫我'莫名其抄'了"。

2　《京报的话》：鲁迅在15日致许广平信中附《京报》剪报一张，并在其前加《京报的话》的题目。

3　"刁作谦之伟绩"：鲁迅所附剪报下方有《古巴华侨界之大风潮》一则新闻，写了驻古巴公使刁作谦"霸占
　　领馆，踢烂房门，抢夺文件"等事。许广平回信说"大概注重在刁作谦之伟绩，以集作象征人物乎"。

4　"师古"：许广平在15日信中说："记得我在家读书时……我的一个哥哥就和先生相对地围住桌子乱转，先
　　生要伸长手将鞭打下来时，他就蹲下，终于挨不着打，如果嫩棣'犯上作乱'的用起'教鞭'，愚兄只得
　　'师古'了，此告不怕。"

其余的八十五分，都给罗素[1]。

  第七章 "不知是我好疑呢？还是许多有可以令人发疑的原因
      呢？"（这题目长极了！）

  答曰："许多有可以令人发疑的原因"呀！且夫世间以他人之文，
冒为己作而告人者，比比然也。我常遇之，非一次矣。改"平"为
"萍"，尚半冒也。虽曰可笑，奈之何哉？以及"补白"，由它去罢。

  第九章 结论。

  肃此布复，顺颂

攘祉。

  第十章 署名。

  鲁迅。

  第十一章 时候。

  中华民国十四年七月十六日下午七点二十五分八秒半。

1 罗素（B. Russell, 1872—1970）：英国哲学家。许广平13日致鲁迅信中附寄《罗素的话》一文，除首尾部分
  外，都是大段摘抄的罗素的话。

1925年9月29日 致许钦文[1]

钦文兄：

七日信早到，因忙未复，后来生病了，大约是疲劳与睡眠不足之故，现在吃药，大概就可以好罢。

商务馆制板[2]，既然自以为未必比北京做得好，那么，成绩就可疑了，三色板又不相宜。所以我以为不如仍交财部印刷局制去，已嘱乔峰将原底子寄来。

《苏俄的文艺论战》[3]已出版，别封寄上三本。一本赠兄，两本赠璇卿[4]兄，请转交。

十九日所寄封面画及信均收到，请转致璇卿兄，给我谢谢他。我的肖像是不急的，自然还是书面要紧。现在我已与小峰[5]分家，《乌合丛书》[6]归他印（但仍加严重的监督），《未名丛刊》则分出自立门户；虽

---

1 许钦文（1897—1984）：原名绳尧，浙江绍兴人，在北京大学旁听鲁迅的《中国小说史》课程，自称鲁迅的"私淑弟子"。

2 板：同"版"。

3 《苏俄的文艺论战》：任国桢编译，内收1923年至1924年间苏联文艺论争的论文三篇，并附《蒲力汗诺夫与文艺问题》一篇。鲁迅为之作《前记》。任国桢（1898—1931），原名鸿锡，字子卿，辽宁安东人，1918年考入北京大学俄文系，在校期间与鲁迅结识。

4 璇卿：陶元庆（1893—1929），字璇卿，浙江绍兴人，美术家，书籍装帧艺术家。

5 小峰：李小峰（1897—1971），字荣弟，笔名林兰，江苏江阴人，出版家，北新书局创办者之一。

6 《乌合丛书》与《未名丛刊》均为鲁迅主编的文学丛书，前者专收创作，后者专收译作。

云自立，而仍交李霁野[1]等经理。《乌合》中之《故乡》[2]已交去；《未名》中之《出了象牙之塔》[3]已付印，大约一月半可成。还有《往星中》[4]亦将付印。这两种，璇卿兄如不嫌其烦，均请给我们作封面，但须知道内容大略，今天来不及了，一两日后当开出寄上。

时局谈不胜谈，只能以不谈了之。内子[5]进病院约有五六天出[6]已出来，本是去检查的，因为胃病；现在颇有胃癌嫌疑，而是慢性的，实在无法（因为此病现在无药可医），只能随时对付而已。

迅 上 九月二十九日

璇卿兄处给我问候问候。

---

1 李霁野（1904—1997）：名又作季野、寄野，安徽霍丘人，1925年8月，由鲁迅发起，同韦素园、韦丛芜等人成立现代文学团体"未名社"，同年秋天在鲁迅资助下入燕京大学读书。韦素园（1902—1932），又名漱园，安徽六安人。韦丛芜（1905—1978），安徽六安人。

2 《故乡》：徐钦文所著短篇小说集。

3 《出了象牙之塔》：鲁迅选译的日本文学评论家厨川白村（1880—1923）的文艺评论集。

4 《往星中》：俄国作家安特来夫的作品，李霁野译。

5 内子：指鲁迅原配朱安（1878—1947），浙江绍兴人。

6 出：当为"现"字之误。

1925年9月30日　致许钦文

钦文兄：

昨天寄上一信并三本书，大约已到了。那时匆匆，不及细写。还有一点事，现在补写一点。

《未名丛刊》已别立门户，有两种已付印，一是《出了象牙之塔》，一是《往星中》。这两种都要封面，想托璇卿兄画之。我想第一种即用璇卿兄原拟画给我们之普通用面已可，至于第二种，则似以另有一张为宜，而译者尤所希望也。如病已很复原，请一转托，至于其书之内容大略，别纸开上。

《苦闷之象征》[1]就要再版，这回封面，想用原色了。那画稿，如可寄，乞寄来，想仍交财部印刷局印。即使走点样，总比一色者较特别。

记得前回说商务馆印《越王台》[2]，要多印一千张，未知是否要积起来，俟将来出一画集。倘如此，则《大红袍》及《苦闷的象征》封面亦可多印一千张，以备后日汇订之用。纸之大小想当如《东方杂志》乎？

我其实无病，自这几天经医生检查了一天星斗，从血液以至小便等等。终于决定是喝酒太多，吸烟太多，睡觉太少之故。所以现已不

---

1 《苦闷之象征》：鲁迅所译厨川白村的文艺论文集。
2 《越王台》和下文的《大红袍》均为陶元庆的绘画。

喝酒而少吸烟，多睡觉，病也好起来了。

《故乡》稿已交去，选而又选，存卅一篇，大约有三百页。

迅　九月卅日

《往星中》　四幕戏剧

作者 安特来夫。全然是一个绝望厌世的作家。他那思想的根柢是：一，人生是可怕的（对于人生的悲观）；二，理性是虚妄的（对于思想的悲观）；三，黑暗是有大威力的（对于道德的悲观）。

内容 一个天文学家，在离开人世的山上的天文台上，努力于与星界的神秘的交通；而其子却为了穷民之故去革命，因此入了狱。于是天文台上的人们的意见便分为两派：活在冷而平和的"自然"中呢，还是到热，然而满有着苦痛和悲惨的人间世去？但是，其子入狱之后，受了虐待，遂发狂，终于成为白痴了，其子之未婚妻，却道情愿"回到人生去"，在"活死尸"之旁度过一世：她是愿意活在"诗的"，"罗漫的"，"情感"的境界里的。

而天文学家则并非只要活在"有限的人世"的人；他要生活在无限的宇宙里。对于儿子的被虐，以为"就如花儿匠剪去了最美的花一般。花是被剪去了，但花香则常在地面上。"但其子的未婚妻却不能懂这远大的话，终于下山去了。

　　"（祝你）幸福呵！我的辽远的未知之友呀！"天文学者抬起两手，向了星的世界说。

　　"（祝你）幸福呵！我所爱的苦痛的兄弟呀！"她伸下两手，向着地上的世界说。

　　　　　　　　　　~ ~ ~ ~ ~

　　我以为人们大抵住于这两个相反的世界中，各以自己为是，但从我听来，觉得天文学家的声音虽然远大，却有些空虚的。这大约因为作者以"理想为虚妄"之故罢。然而人间之黑暗，则自然更不待言。

　　以上不过聊备参考。璇卿兄如作书面，不妨毫不切题，自行挥洒也。

　　　　　　　　　　　　　　　　　　迅　上　九月卅日

1926年6月17日　致李秉中

秉中兄：

收到你的来信后，的确使我"出于意表之外"地喜欢。这一年来，不闻消息，我可是历来没有忘记，但常有两种推测，一是在东江负伤或战死了，一是你已经变了一个武人，不再写字，因为去年你从梅县给我的信，内中已很有几个空白及没有写全的字了。现在才知道你已经跑得如此之远，这事我确没有预先想到，但我希望你早早从休养室走出，"偷着到啤酒店去坐一坐"，我以为倒不妨，但多喝酒究竟不好。去年夏间，我因为各处碰钉子，也很大喝了一通酒，结果是生病了，现在已愈，也不再喝酒，这是医生禁止的。他又禁止我吸烟，但这一节我却没有听。

从去年以来，我因为喜欢在报上毫无顾忌地发议论，就树敌很多，章士钊[1]之来咬，乃是报应之一端，出面的虽是章士钊，其实黑幕中大有人在。不过他们的计划，仍然于我无损，我还是这样，因为我目下可以用印书所得之版税钱，维持生活。今年春间，又有一般人大用阴谋，想加谋害，但也没有什么效验。只是使我很觉得无聊，我虽然对于上等人向来并不十分尊敬，但尚不料其卑鄙阴险至于如此也。

多谢你的梦。新房子尚不十分旧，但至今未加修葺，却是真的。我大约总该老了一点，这是自然的定律，无法可想，只好"就这样

1　章士钊（1881—1973）：字行严，笔名黄中黄、青桐、秋桐，湖南善化人。他在教育总长任上施行"整顿学风"，遭到一些师生的反对。

罢"。直到现在，文章还是做，与其说"文章"，倒不如说是"骂"罢。但是我实在困倦极了，很想休息休息，今年秋天，也许要到别的地方去，地方还未定，大约是南边。目的是：一，专门讲书，少问别事（但这也难说，恐怕仍然要说话），二，弄几文钱，以助家用，因为靠版税究竟还不够。家眷不动，自己一人去，期间是少则一年，多则两年，此后我还想仍到热闹地方，照例捣乱。

"指导青年"的话，那是报馆替我登的广告，其实呢，我自己尚且寻不着头路，怎么指导别人。这些哲学式的事情，我现在不很想它了，近来想做的事，非常之小，仍然是发点议论，印点关于文学的书。酒也想喝的，可是不能。因为我近来忽然还想活下去了。为什么呢？说起来或者有些可笑，一，是世上还有几个人希望我活下去，二，是自己还要发点议论，印点关于文学的书。

我现在仍在印《莽原》，以及印些自己和别人的翻译及创作。可惜没有钱，印不多。我今天另封寄给你三本书，一是翻译，两本是我的杂感集，但也无甚可观。

我的住址是"西四，宫门口，西三条胡同，二十一号"，你信面上写的并不大错，只是门牌多了五号罢了。即使我已出京，信寄这里也可以，因为家眷在此，可以转寄的。

你什么时候可以毕业回国？我自憾我没有什么话可以寄赠你，但以为使精神堕落下去，是不好的，因为这能使自己受苦。第一着须大吃牛肉，将自己养胖，这才能做一切事。我近来的思想，倒比先前乐观些，并不怎样颓唐。你如有工夫，望常给我消息。

迅 六月十七日

肆 · 厦门

鲁迅于1926年9月到达厦门，任厦门大学国文系教授兼国学院研究教授，11月收到广州中山大学聘书，12月31日辞去厦门大学职务，1927年1月16日离开厦门。

1926年9月4日　致许广平

广平兄：

我于九月一日夜半上船，二日晨七时开，四日午后一时到厦门，一路无风，船很平稳，这里的话，我一字都不懂，只得暂到客寓，打电话给林语堂[1]，他便来接，当晚即移入学校居住了。

我在船上时，看见后面有一只轮船，总是不远不近地走着，我疑心是"广大"。不知你在船中，可看见前面有一只船否？倘看见，那我所悬拟的便不错了。

此地背山面海，风景佳绝，白天虽暖——约八十七八度[2]——夜却凉。四面儿无人家，离市面约有十里，要静养倒好的。普通的东西，亦不易买。听差懒极，不会做事也不肯做事，邮政也懒极，星期六下午及星期日都不办事。

因为教员住室尚未造好——据说一月后可完工，但未必确——所以我暂住在一间很大的三层楼上，上下虽不便，眺望却佳。学校开课是二十日，还有许多天可闲。

1 林语堂（1895—1976）：原名和乐，后改玉堂，又改语堂，福建龙溪（今漳州）人，时任厦门大学文科主任、文学院教授。

2 此处为华氏温度，约三十一摄氏度。

　　我写此信时，你还在船上，但我当于明天发出，则你一到校，此信也就到了。你到校后望即见告，那时再写较详细的情形罢，因为现在我初到，还不知道什么。

迅　九月四日夜

1926年9月7日　致许寿裳

季市兄：

　　四日下午到厦门，即迁入校中，因未悉大略，故未发信，今稍观察，知与我辈所推测者甚为悬殊。玉堂极被掣肘，校长有秘书姓孙，无锡人，可憎之至，鬼祟似皆此人所为，我与矜士[1]等三人，虽已有聘书，而孙伏园等四人已到两星期，则校长尚未签字，与以切实之定议，是作态抑有中变，未可知也。

　　在国文系尚且如此，则于他系有所活动，自然更难。兄事[2]曾商量数次，皆不得要领，据我看去，是没有结果的。矜士于合同尚未签字，或者亦不久居，我之行止，临时再定。

　　此地风景极佳，但食物极劣，语言一字不懂，学生止四百人，寄宿舍中有京调及胡琴声，令人聆之气闷。离市约十余里，消息极不灵通，上海报章，到此常须一礼拜。

迅　上　八月[3]七日之夜

1　矜士：沈兼士（1887—1947），名臤，一名矜士、坚士，笔名兼士，浙江吴兴（今湖州）人，与鲁迅同赴厦门
　　大学国文系任教。

2　兄事：指为许寿裳谋职一事。

3　八月：当为"九月"。

1926年9月14日　致许广平

广平兄：

　　依我想，早该得到你的来信了，然而还没有。大约闽粤间的通邮，不大便当，因为并非每日都有船。此地只有一个邮局代办所，星期六下午及星期日不办事，所以今天什么信件也没有——因为是星期——且看明天怎样罢。

　　我到厦门后便发一信（五日），想早到。现在住了已经近十天，渐渐习惯起来了，不过言语仍旧不懂，买东西仍旧不便。开学在二十日，我有六点钟功课，就要忙起来，但未开学之前，却又觉得太闲，有些无聊，倒望从速开学，而且合同的年限早满。学校的房子尚未造齐，所以我暂住在国学院的陈列所里，是三层楼上，眺望风景，极其合宜，我已写好一张有这房子照相的明信片，或者将与此信一同发出。季黻的事没有结果，我心中很不安，然而也无法可想。

　　十日之夜发飓风，十分利害，林玉堂的住宅的房顶也吹破了，门也吹破了。粗如笔干[1]的铜闩也都挤弯，毁东西不少。我所住的屋子只破了一扇外层的百叶窗，此外没有损失。今天学校近旁的海边漂来不少东西，有卓[2]子，有枕头，还有死尸，可见别处还翻了船或漂没了房屋。

1　干：同"杆"。
2　卓：同"桌"。

　　此地四无人烟，图书馆中书籍不多，常在一处的人，又都是"面笑心不笑"，无话可谈，真是无聊之至。海水浴倒是很近便，但我多年没有浮水了；又想，倘使害马在这里，恐怕一定不赞成我这种举动，所以没有去洗；以后也不去洗罢，学校有洗浴处的。夜间，电灯一开，飞虫聚集甚多，几乎不能做事，此后事情一多，大约非早睡而一早起来做不可。

九月十二日夜　迅。

　　今天（十四日）上午到邮政代办所去看看，得到你六日八日的两封来信，高兴极了。此地的代办所太懒，信件往往放在柜台上，不送来，此后来信可于厦门大学下加"国学院"三字，使他易于投递，且看如何。这几天，我是每日去看的，昨天还未见你的信，因想起报载英国鬼子在广州胡闹，入口船或者要受影响，所以心中很不安，现在放心了。看上海报，北京已解严[1]，不知何故；女师大已被合并为女子学院，师范部的主任是林素园[2]（小研究系[3]），而且于四日武装接收了，真令人气愤，但此时无暇管也无法管，只得暂且不去理会它，还有将来呢。

　　回上去讲我途中的事，同房的是一个五十多岁的广东人，姓魏或

1　解严：当为"戒严"之误。1926年9月初，奉系军阀张宗昌突然发布戒严令，驱逐直系军阀吴佩孚委派的京畿卫戍司令王怀庆，换上奉系将领于珍。

2　林素园（1890—1967）：原名兴群，福建福州人，研究系中的小官僚。

3　研究系：从民国初年的进步党脱胎的政治派系，得名于1916年在北京成立的"宪法研究会"。该派系试图凭借固有的旧势力来改良中国。

韦，我没有问清楚，似乎也是民党[1]中人，所以还可谈，也许是老同盟会[2]员罢。但我们不大谈政事，因为彼此都不知道底细；也曾问他从厦门到广州的走法，据说最好是从厦门到汕头，再到广州，和你所闻的客栈中人的话一样，我将来就这么走罢。船中的饭菜顿数，和"广大"一样，也有鸡粥，船也平稳，但无耶稣教徒，比你所遭遇的好得多了。小船的倾侧，真太危险，幸而终于"马"已登陆，使我得以放心。我到厦时亦以小船搬入学校，浪也不小，但我是从小惯于坐小船的，所以一点也没有什么。

我前信似乎说过这里的听差很不好，现在熟识些了，觉得殊不尽然。大约看惯了北京的听差的唯唯从命的，即易觉得南方人的倔强，其实是南方的阶级观念，没有北方之深，所以便是听差，也常有平等言动，现在我和他们的感情已经好起来了，觉得并不可恶。但茶水很不便，所以我现在少喝茶了，或者这倒是好的。烟卷似乎也比先前少吸。

我上船时，是建人送我去的，并有客栈里的茶房。当未上船之前，我们谈了许多话。谈到我的事情时，据说伏园已经宣传过了。（怎么这样地善于推测，连我也以为奇）所以上海的许多人，见我的一行组织，便多已了然，且深信伏园之说。建人说：这也很好，省得将来自己发表。

建人与我有同一之景况，在北京所闻的流言，大抵是真的。但其人在绍兴，据云有时到上海来。他自己说并不负债，然而我看他所住

1　民党：即国民党。

2　同盟会：即"中国同盟会"，是由孙中山领导和组织的统一的全国性资产阶级革命政党，1905年在日本东京成立。1912年8月7日与统一共和党、国民公党、国民共进会、共和实进会联合在北京成立国民党。

的情形，实在太苦了，前天收到八月分[1]的薪水，已汇给他二百元，或者可以略作补助。听说他又常喝白干，我以为很不好，此后想勒令喝蒲桃酒，每月给与酒钱十元，这样，则三天可以喝一瓶了，而且是每瓶一元的。

我已不喝酒了；饭是每餐一大碗（方底的碗，等于尖底碗的两碗），但因为此地的菜总是淡而无味（校内的饭菜是不能吃的，我们合雇了一个厨子，每月工钱十元，每人饭菜钱十元，但仍然淡而无味），所以还不免吃点辣椒末，但我还想改良，逐渐停止。

我的功课，大约每周当有六小时，因为玉堂希望我多讲，情不可却。其中两点是小说史，无须豫备；两点是专书研究，须豫备；两点是中国文学史，须编讲义。看看这里旧存的讲义，则我随便讲讲就很够了，但我还想认真一点，编成一本较好的文学史。你已在大大地用功，豫备讲义了罢，但每班一小时，八时相同，或者不至于很费力罢。此地北伐顺利的消息也甚多，极快人意。报上又常有闽粤风云紧张之说，在此却看不出；不过听说鼓浪屿上已有很多寓客，极少空屋了，这屿就在学校对面，坐舢板一二十分钟可到。

迅。九月十四日午。

1 分：同"份"。

1926年9月26日　致许广平

广平兄：

　　十八日之晚的信，昨天收到了。我十三日所发的明信片既然已经收到，我惟有希望十四日所发的信也接着收到。我惟有以你现在一定已经收到了我的几封信的事，聊自慰解而已。至于你所寄的七，九，十二，十七的信，我却都收到了，大抵是我或孙伏园从邮务代办处去寻来的，他们很乱，堆成一团，或送或不送，只要人去说要拿那几封，便给拿去，但冒领的事倒似乎还没有。我或伏园是每日自去看一回。

　　看厦大的国学院，越看越不行了。顾颉刚[1]是自称只佩服胡适陈源两个人的，而潘家洵[2]陈万里[3]黄坚[4]三人，皆似他所荐引。黄坚（江西人）尤善兴风作浪，他曾在女师大，你知道的罢，现在是玉堂的襄理，还兼别的事，对于较小的职员，气焰不可当，嘴里都是油滑话。我因为亲闻他密语玉堂"谁怎样不好"等等，就看不起他了。前天就很给他碰了一个钉子，他昨天借题报复，我便又给他碰了一个大钉子，而自己则辞去国学院兼职，我是不与此辈共事的；否则，何必到

1　顾颉刚（1893—1980）：名诵坤，字铭坚，号颉刚，笔名余毅、铭坚等，江苏苏州人，历史学家、民俗学家。

2　潘家洵（1896—1989）：江苏吴县人，时任厦门大学国学院英文编辑，兼外国语言文学系讲师。

3　陈万里（1891—1969）：江苏吴县人，时任厦门大学国学院考古学导师，兼造型部干事和文科国文系名誉讲师。

4　黄坚：字振玉，江西清江县人，生卒年不详。曾任北京女子师范大学职员，经顾颉刚推荐任厦门大学国学研究院陈列部干事，兼文科主任办公室襄理。

厦门。

我原住的房屋，须陈列物品了，我就须搬。而学校之办法甚奇，一面催我们，却并不指出搬到那里，此地又无客栈，真是无法可想。后来指给我一间了，又无器具，向他们要，而黄坚又故意刁难起来（不知何意，此人大概是有喜欢给别人为难的脾气的），要我开账签名，所以就给他碰了钉子而又大发其怒。大发其怒之后，器具就有了，又添了一个躺椅；总务长[1]亲自监督搬运。因为玉堂邀请我一场，我本想做点事，现在看来，恐怕不行的，能否到一年，也很难说，所以我已决计将工作范围缩小，希图在短时日中，可以有点小成绩，不算来骗别人的钱。

此校用钱并不少，也很不得法，而有许多悭吝举动，却令人难耐。即如今天我搬房时，就又有一件。房中有两个电灯，我当然只用一个的，而有电机匠来必要取去其一个玻璃泡，止之不可。其实对于一个教员，薪水已经化[2]了这许多了，多点一个电灯或少点一个，又何必如此计较呢？取下之后，我就即刻发见了一件危险事，就是他只是宝贝似的将电灯泡拿走，并不关闭电门。如果凑巧，我就也许竟会触电。将他叫回来，他才关上了，真是麻木万分。

至于我今天所搬的房，却比先前的静多了，房子颇大，是在楼上。前回的明信片上，不是有照相么？中间一共五座，其一是图书馆，我就住在那楼上，间壁是孙伏园与张颐[3]（今天才到，也是北大教员），那一面本是钉书作场，现在还没有人。我的房有两个窗门，可以看见

1　总务长：指周辨明（1891—1984），字汴明，福建惠安人，时任厦门大学外国语言文学系主任，兼总务处主任。

2　化：同"花"。

3　张颐（1887—1969）：字真如，四川叙永人，曾任北京大学哲学教授，时任厦门大学哲学系教授。

山。今天晚上，心就安静得多了，第一是离开了那些无聊人，也不必一同吃饭，听些无聊话了，这就很舒服。今天晚饭是在一个小铺里买了面包和罐头牛肉吃的，明天大概仍要叫厨子包做。又自雇了一个当差的，每月连饭钱十二元，懂得两三句普通话。但恐怕很有点懒。如果再没有什么麻烦事，我想开手编《中国文学史略》了。来听我的讲义的学生，一共有二十三人（内女生二人），这不但是国文系全部，而且还含有英文、教育系的。这里的动物学系，全班只有一人，天天和教员对坐而听讲。

但是我也许还要搬。因为现在是图书馆主任请假着，玉堂代理，所以他有权。一旦本人回来，或者又有变化也难说。在荒地中开学校，无器具，无房屋给教员住，实在可笑。至于搬到那里去，现在是无从捉摸的。

这是我住的地方　　寄宿舍　图书馆　礼堂　讲堂　　　寄宿舍

孙张

这两个是我的住房的窗　　这边是杂志阅览所

现在的住房还有一样好处，就是到平地只须走扶梯二十四级，比原先要少七十二级了。然而"有利必有弊"，那"弊"是看不见海，只能见轮船的烟通[1]。

今夜的月色还很好，在楼下徘徊了片时，因有风，遂回，已是

1　烟通：即烟囱。

十一点半了。我想，我的十四的信，到二十，二十一或二十二总该寄到了罢，后天（二十七）也许有信来，先来写了这两张，待二十八日寄出。

二十二日曾寄一信，想已到了。

迅。二十五日之夜

今天是礼拜，大风，但比起那一回来，却差得远了。明天未必一定有从粤来的船，所以昨天写好的两张信，我决计于明天一早寄出。

昨天雇了一个人，叫作流水，然而是替工；今天本人来了，叫作春来，也能说几句普通话，大约可以用罢。今天又买了许多器具，大抵是铝做的，又买了一只小水缸，所以现在是不但茶水饶足，连吃散拿吐瑾[1]也不为难了。（我从这次旅行，才觉到散拿吐瑾是补品中之最麻烦者，因为它须兼用冷水热水两种，别的补品不如此。）

有人看见我这许多器具，以为我在此要作长治久安之计了，殊不知其实不然。我仍然觉得无聊。我想，一个人要生活必需[2]有生活费，人生劳劳，大抵为此。但是，有生活而无"费"，固然痛苦；在此地则似乎有"费"而没有了生活，更使人没有趣味了。我也许敷衍不到一年。

今天忽然有瓦匠来给我刷墙壁了，懒懒地乱了一天。夜间大约也未必能静心编讲义，玩一整天再说罢。

迅 九月二十六日晚七点钟

1 散拿吐瑾：一种德国产的补脑健胃药。

2 必需：同"必须"。

1926年9月30日　致许广平

广平兄：

廿七日寄上一信，到了没有？今天是我在等你的信了，据我想，你于廿一二大约该有一封信发出，昨天或今天要到的，然而竟还没有到。所以我等着。

我所辞的兼职，（研究教授）终于辞不掉，昨晚又将聘书送来了，据说林玉堂因此一晚睡不着。使玉堂睡不着，我想，这是对他不起的，所以只得收下，将辞意取消。玉堂对于国学院，虽然很热心，但由我看来，希望不多，第一是没有人才，第二是校长有些掣肘（我觉得这样）。但我仍然做我该做的事，从昨天起，已开手编中国文学史讲义，今天编好了第一章；眠食都好，饭两浅碗，睡觉是可以有八或九小时。

从前天起，开始吃散拿吐瑾，只是白糖无法办理。这里的蚂蚁可怕极了，小而红的，无处不到。我现在将糖放在碗里，将碗放在贮水的盘中，然而倘若偶然忘记，则顷刻之间，满碗都是小蚂蚁，点心也这样；这里的点心很好，而我近来却怕敢买了，买来之后，吃过几个，其余的竟无处安放，我住在四层楼上的时候，常将一包点心和蚂蚁一同抛到草地里去。

风也很厉害，几乎天天发，较大的时候，使人疑心窗玻璃就要吹破，若在屋外，则走路倘不小心，也可以被吹倒的。现在就呼呼地吹着。我初到时，夜夜听到波声，现在不听见了，因为习惯了，再过几时，风声也会习惯的罢。

现在的天气，同我初来时差不多，须穿夏衣，用凉席，在太阳下行走，即遍身是汗。听说这样的天气，要继续到十月（阳历？）底。

九月二十八日夜　H. M.

今天下午收到廿四发的来信了，我所料的并不错，粤中学生情形如此，却真出于我的"意表之外"，北京似乎还不至此。你自然只能照你来信所说的做，但看那些职务，不是忙得连一点闲空都没么？我想做事自然是应该做的，但不要拚命地做才好。此地对于外面情形，也不大了然。北伐军[1]是顺手的，看今天的报章，登有上海电（但这些电甚什来路，却不明），总结起来：武昌还未降，大约要攻击；南昌猛扑数次，未取得。孙传芳[2]已出兵。吴佩孚[3]似乎在郑州，现正与奉天方面[4]暗争保定大名[5]。

我之愿"合同早满"者，就是愿意年月过得快，快到民国十七年，可惜到此未及一月，却如过了一年了。其实此地对于我的身体，仿佛倒好，能吃能睡，便是证据，也许肥胖一点了罢。不过总有些无聊，有些不满足，仿佛缺了什么似的，但我也以转瞬便是半年，一年，……聊自排遣，或者开手编讲义，来排遣排遣，所以眠食是好的。我在这里的心绪，还不能算不安，还可以毋须帮助，你可以给学校做点事再说。

1　1926年7月9日，广州国民政府成立国民革命军，从广东起兵北上，发起以统一全国为目的的北伐战争。

2　孙传芳（1885—1935）：字馨远，山东泰安人，直系军阀将领。当时其所部在江西北部与国民革命军对峙。

3　吴佩孚（1874—1939）：字子玉，山东蓬莱人，直系军阀首领。

4　奉天方面：指以张作霖为首的奉系军阀。张作霖（1875—1928），字雨亭，奉天海城（今属辽宁）人。

5　吴佩孚逃至郑州后，张作霖趁机向他提出接防保定、大名的要求，双方为此进行了明争暗斗。

　　中秋的情形，前信说过了，在黑龙江的谢君的事[1]，我早向玉堂提过，没有消息。看这里的情形，似乎喜欢用外江佬[2]，据说是倘有不合，外江佬卷铺盖就走了，从此完事；本地人却永在近旁，容易结仇云。这也是一种特别的哲学。谢君令兄的事，我趁机还当一提；相见不如且慢，因为我在此不大有事情，倘他来招呼我，我也须回看他，反而多一番应酬也。

　　伏园今天接孟余[3]一电，招他往粤办报。他去否似尚未定。这电报是廿三发的，走了七天，同信一样慢，真奇。至于他所宣传的，是说：L家不但常有男学生，也常有女学生，有二人最熟，但L是爱长的那个的。他是爱才的，而她最有才气，所以他爱她。但在上海，听了这些话并不为奇。

　　此地所请的教授，我和兼士之外，还有顾颉刚。这人是陈源[4]，我是早知道的，现在一调查，则他所荐引之人，在此竟有七人之多，玉堂与兼士，真可谓胡涂之至。此人颇阴险，先前所谓不管外事，专看书云云的舆论，乃是全都为其所欺。他颇注意我，说我是名士派，可笑。好在我并不想在此挣子孙帝王万世之业，不管他了。只是玉堂们真是呆得可怜。

　　齐寿山所要的书，我记得是小板《说文解字注》(段玉裁[5]的？)但我却未闻广东有这样的板。我想是不必给他买的，他说了大约已忘

1　谢君的事：指敦南托许广平请鲁迅为其兄谢德南在厦门大学谋职一事。谢敦南，生卒年不详，许广平在河北省立第一女子师范学校读书时的同学常瑞麟的丈夫。

2　外江佬：粤闽等地对外省人的称呼。

3　孟余：顾孟余（1888—1972），河北宛平（今属北京）人，时任国民党中央政治会议委员、秘书长、宣传部代理部长，中山大学校务委员会副委员长等职。

4　作者将本信收入《两地书》时，在"陈源"之后加了"之流"二字。

5　段玉裁（1735—1815）：字若膺，号懋堂，江苏金坛人，清代文字训诂学家、经学家。

记了。他现在不在家，大概是上天津了，问何时回来，他家里的人答道不一定。（季巿来信说如此）

我到邮政代办处的路，大约有八十步，再加八十步，才到便所，所以我一天总要走过三四回，因为我须去小解，而它就在中途，只要伸首一窥，毫不费事。天一黑，我就不到那里去了，就在楼下的草地上了事。此地的生活法，就是如此散漫，真是闻所未闻。我因为多来了几天，渐渐习惯，而且骂来了一些用具，又自买了一些用具，又自雇了一个用人，好得多了；近几天有几个初来的教员，被迎进在一间冷房里，口干则无水，要小便则需远行，还在"茫茫若丧家之狗"哩。

听讲的学生倒多起来了，大概有许多是别科的。女生共五人。我决定目不邪视，而且将来永远如此，直到离开厦门，和HM相见。东西不大乱吃，只吃了几回香蕉，自然比北京的好。但价亦不廉，此地有一所小店，我去买时，倘五个，那里的一个老婆子就要"吉格浑"（一角钱），倘是十个，便要"能（二）格浑"了。究竟是确要这许多呢，还是欺我是外江佬之故，我至今还不得而知。好在我的钱原是从厦门骗来的，拿出"吉格浑""能格浑"去给厦门人，也不打紧。

我的功课现在有五小时了，只有两小时须编讲义，然而颇费事，因为文学史的范围太大了。我到此之后，从上海又买了约一百元书。建[1]已有信来，讶我寄他之钱太多，他已迁居，而与一个无锡人同住，我想这是不好的，但他也不笨，想不至于上当。

要睡觉了，已是十二时，再谈罢。

九月三十日之夜 迅

---

1 建：指周建人。

1926年10月3日　致章廷谦[1]

矛尘兄：

　　来信早到，本应早复，但因未知究竟在南在北，所以迟迟。昨接乔峰信，今天又见罗常培[2]君，知道已由上海向杭，然则确往道墟[3]而去矣，故作答。

　　且夫厦大之事，很迟迟，虽云办妥，而往往又需数日，总而言之，有些散漫也。但今川资既以需时一周之电汇而到，则此事已无问题；而且聘请一端，亦已经校长签字，则一到即可取薪水矣，此总而言之，所望令夫人可以荣行之时，即行荣行者也。

　　若夫房子，确是问题，我初来时，即被陈列于生物院四层楼上者三星期，欲至平地，一上一下，扶梯就有一百九十二级，要练脚力，甚合式也。然此乃收拾光棍者耳。倘有夫人，则当住于一座特别的洋楼曰"兼爱楼"，而可无高升生物院之虑矣。惟该兼爱楼现在是否有空，则殊不可知。总之既聘教员，当有住所，他们总该设法。即不配上兼爱楼如不佞，现亦已在图书馆楼上霸得一间房子，一上一下，只须走扶梯五十二级矣。

　　但饭菜可真有点难吃，厦门人似乎不大能做菜也。饭中有沙，其

1　章廷谦（1901—1981）：字矛尘，笔名川岛，浙江上虞人，北京大学教授。

2　罗常培（1899—1958）：字莘田，号恬庵，北京人，时任厦门大学文科国文系讲师。

3　道墟：上虞一集镇，章廷谦故乡。

色白，视之莫辨，必吃而后知之。我们近来以十元包饭，加工钱一元，于是而饭中之沙免矣，然而菜则依然难吃也，吃它半年，庶几能惯欤。又开水亦可疑，必须自有火酒灯之类，沸之，然后可以安心者也。否则，不安心者也。

　　夜深了，将来面谈罢。

迅上 十,三, 夜

1926年10月4日　致许寿裳

季黻兄：

十九日来函，于月底已到。思一别遂已匝月，为之怅然。此地虽是海滨，背山面水，而少住几日，即觉单调；天气则大抵夜即有风。

学校颇散漫，盖开创至今，无一贯计画也。学生止三百余人，因寄宿舍满，无可添招。此三百余人分为豫科及本科，本科有七门，门又有系，每系又有年级，则一级之中，寥落可知。弟课堂中约有十余人，据说已为盛况云。

语堂亦不甚得法，自云与校长甚密，而据我看去，殊不尽然，被疑之迹昭著。国学院中，佩服陈源之顾颉刚所汲引者，至有五六人之多，前途可想。女师大旧职员之黄坚，亦在此大跋扈，不知招之来此何为者也。

兄何日送家眷南行？闻中日学院[1]已成立，幼渔颇可说话，但未知有无教员位置，前数日已作函询之矣。兄可以自己便中面询之否？

此间功课并不多，只六小时，二小时须编讲义，但无人可谈，寂寞极矣。为求生活之费，仆仆奔波，在北京固无费，尚有生活，今乃有费而失了生活，亦殊无聊。或者在此至多不过一年可敷衍欤？上月因嫌黄坚，曾辞国学院兼职，后因玉堂为难，遂作罢论。

1　中日学院：1925年在天津成立的中日合办学校，马幼渔曾在该校任教。

北京想已凉，此地尚可著夏衣，但较之一月前确已稍凉矣。专此
顺颂曼福。

　　　　　　　　　　　　　　　　　　　　　　　　树　上　十月四日

1926年10月4日　致许广平

广平兄：

一日寄出一信并《莽原》两本，早到了罢。今天收到九月廿九的来信了，忽然于十分的邮票大发感慨，真是孩子气。花了十分，比寄失不是好得多么？我先前闻粤中学生情形，颇出于"意表之外"，今闻教员情形，又出于"意表之外"，我先前总以为广东学界状况，总该比别处好的多，现在看来，似乎也只是一种幻想。你初作事，要努力工作，我当然不能说什么，但也须兼顾自己，不要"鞠躬尽瘁"才好。至于作文，我怎样鼓舞，引导呢？我说：大胆做来，先寄给我！不够么？好否我先看，即使不好，现在太远，不能打手心，只得记账了，这就已可以放胆写来，无须畏缩了。称人"嫩弟"之罪，亦一并记在账上。

看起放大的住室来，似乎比我的阔些。我的房如上图，器具寥寥，皆以奋斗得来者也，所以只有半屋。但自从买了火酒灯之后，我也忙了一点，因为凡有饮用之水，我必煮沸一回才用，因为忙，无聊也仿佛减少了。酱油已买，也常吃罐头牛肉，何尝省钱！火腿我却不想吃，在西三条¹时吃厌了。在上海时，我和建人因为吃不多，只叫了一碗虾仁炒饭，不料又惹出影响，至于不在先施公司多买东西，孩子之神经过敏，真令人无法可想。相距又远，鞭长不及马腹，也还是姑且记在账上罢。

我在此常吃香蕉，柚子，都很好；至于杨桃，却没有见过，又不知道是甚么名字，所以也无从买。鼓浪屿也许有罢，但我还未去过，那地方无非像租界，我也无甚趣味，终于懒下来了。此地雨倒不多，只有风，现在还热，可是荷叶却干了，一切花，我大概不认识；羊是黑的。防止蚂蚁，我现也用四面围水之法，总算白糖已经安全；而在桌上，则昼夜总有十余匹爬着，拂去又来，没有法子。

我现在专取闭关主义，一切教职员，少与往来，也少说话。此地之学生似尚佳，清早便运动，晚亦常有；阅报室中也常有人。对我之感情似亦好，多说文科今年有生气了，我自省自己之懒惰，殊为内愧。小说史有成本；所以我对于编文学史讲义，不愿草率，现已有两章付印了，可惜此地藏书不多，编起来很不便。

西三条有信来，都平安的，煤已买，每吨至二十元。学校还未开课，北大学生去缴学费，而当局不收，可谓客气，然则开学之毫无把握可知。女师大的事，没有听到什么，单知道教员大抵换了男师大的，历史兼国文主任是白月恒²（字眉初），黎锦熙³也去教书了，大概

1　西三条：指鲁迅在北京阜成门内西三条二十一号的旧居。鲁迅在离开北京后，其母亲和原配朱安仍在此居住。

2　白月恒（1875—1940）：河北卢龙人，地理学家。

3　黎锦熙（1890—1978）：字劭西，湖南湘潭人，汉语言文字学家、词典编纂家、教育家。

暂时当是研究系势力，总之，环境如此，女师大是不会单独弄好的。

季黻要送家眷回南，自己行踪未定，我曾为之写信向中日学院（在天津）设法，但恐亦无效。他也想赴广东，而无介绍，去看寿山，则他已经不在家了。此地总无法想，玉堂也不能指挥如意，许多人的聘书，校长压了多日才发下来。他是尊孔的，对于我和兼士，倒还没有什么，但因为化了这许多钱，汲汲乎要有成效，如以好草喂牛，要挤好牛乳一般。玉堂也略有此意，所以不日要开展览会，除学校自买之泥人而外，还要将我的石刻拓片挂出。其实这些古董，此地人那里会懂，无非胡里胡涂，忙碌一番而已。

在此地似乎刺戟少些，所以我颇能睡，但也做不出文章来，北京来催，只好不理；这几天觉得心绪也平稳些，大约有些习惯了。开明书店想我有书给他印，我还没有。对于北新，则我还未将《华盖集续篇[1]》整理给他，因为没有工夫。长虹[2]和这两店，闹起来了，因为要钱的事。沉钟社[3]和创造社，也闹起来了，现已以文章口角。创造社伙计内部，也闹起来了，已将柯仲平[4]逐走，原因我不知道。

迅 十，四，夜。

---

1 篇：当为"编"字之误。

2 长虹：高长虹（1898—1954），本名仰愈，笔名长虹，山西盂县人，与鲁迅、韦素园等人合办新闻学刊物《莽原》。

3 沉钟社：中国现代文学团体，1925年秋成立于北京，因创办《沉钟》周刊得名。

4 柯仲平（1902—1964）：云南宝宁（今广南）人，诗人，1926年4月加入创造社，在出版部工作。

1926年10月10日　致章廷谦

矛尘兄：

　　侧闻大驾过沪之后，便奉一书于行素堂[1]，今得四日来信，略答于下——

　　你同斐君太太将要担任什么一节，今天去打听，据云玉堂已自有详函去了，所以不好再问。记得前曾窃闻：太太教官话，老爷是一种干事。至于何事之干，则不得而知。

　　厦大方面和我的"缘分"，有好的，有坏的，不可一概论也。但这些都无大关系，一听他们之便而已。至于住处，却已搬出生物之楼而入图书之馆，楼只两层，扶梯亦减为二十六级矣。饭菜仍不好。你们两位来此，倘不自做菜吃，怕有"食不下咽"之虞。

　　北京大捕[2]之事，此间无消息。不知何日之事乎？今天接到钦文九月卅日从北京来之信，绝未提起也。

迅　上　十月十日

1　行素堂：章廷谦老家住所的名称。

2　北京大捕：1926年10月初，京畿卫戍总司令于珍派侦缉队搜查北京各书店，凡有"俄""社会"等字样的图书尽行抄没，并在各学校搜捕学生81人。

1926年10月10日 致许广平

广平兄：

十月四日得九月廿九日来信后，即于五日寄一信，想已收到了。人间的纠葛真多，兼士直到现在，未在应聘书上签名，前几天便拟于国学研究院成立会开毕之后，便回北京去，因为那边也有许多事待他料理。玉堂就大不谓然，甚至于说了许多气话（对我）。然而兼士却非去不可。我便从中调和：先令兼士在应聘书上签名，然后请假到北京去一趟，年内再来厦门一次，算是在此半年。兼士有些可了，玉堂却又坚执不允，非他在此整半年不可。我只好退开。过了两天，玉堂也可了，大约也觉得除此更无别路了罢。现在此事只要经校长允许后，便要告一结束了。兼士大约十五左右动身，闻先将赴粤一看，再向上海。伏园恐怕也同行，是否便即在粤，抑接洽之后，仍再回厦门一次，则不得而知，孟余请他是办副刊，他已经答应了，但何时办起，则似未定。

从我想：兼士当初是未尝不豫备常在这里的，待到厦门一看，觉交通之不便，生活之无聊，就不免"归心如箭"了。这实在是无可奈何的事，叫我如何劝得他。

这里的学校当局，虽出重资聘请教员，而未免视教员如变把戏者，要他空拳赤手，显出本领来。即如这回开展览会，我就吃苦不少。当开会之先，兼士要我的碑碣拓片去陈列，我答应了。但我只有一张

小书桌和小方桌，不够用，只得摊在地上，一一选出。待到拿到会场
去时，则除孙伏园自告奋勇，同去陈列之外，没有第二人帮忙，寻校
役也寻不到。于是只得二人陈列，高处则须桌上放一椅子，由我站上
去。弄至中途，黄坚硬将孙伏园叫去了，因为他是"襄理"（玉堂的），
有叫孙伏园去之权力。兼士看不过去，便自来帮我，他喝了一点酒，
跳上跳下，晚上便大吐了一通。襄理的位置，正如明朝的太监，可以
倚靠权势，胡作非为，而受害的却不是他，是学校。昨天因为黄坚对
书记下条子（上谕式的），下午同盟罢工了，后事不知如何。玉堂信
用此人，可谓昏极。我前回辞国学院研究教授而又中止者，因恐怕兼
士玉堂为难也，现在看来，总非坚决辞去兼职不可，人亦何苦因为太
为别人计，而自轻自辱至此哉。

　　此地的生活也实在无聊，外省的教员，几乎无一人作长久之计。
兼士之去，固无足怪。但我比兼士随便些，又因为见玉堂的兄弟（他
有二兄一弟都在厦大）及太太，都很为我们的生活操心；学生对我尤
好，只恐怕我在此住不惯，有几个本地人，甚至于星期六不回家，豫
备星期日我要往市上去玩，他们好同去作翻译，所以只要没有什么大
下不去的事，我总想至少在此讲一年，否则，我也许早跑到广州或上
海去了。（但还有几个很欢迎我的人，是想我开口攻击此地的社会等
等，他们来跟着开枪。）

　　今天是双十节，却使我欢喜非常，本校先行升旗礼，三呼万岁，
于是有演说，运动，放鞭炮。北京的人，似乎厌恶双十似的，沉沉如
死，此地这才像双十节。我因为听北京过年的鞭炮听厌了，对鞭炮有
了恶感，这回才觉得却也好听。中午同学生上饭厅，吃了一碗不大可
口的面（大半碗是豆芽菜），晚上是恳亲会，有音乐和电影，电影因为

电力不足，不甚了然，但在此已视同宝贝了。教员太太将最新的衣服都穿上了，大约在这里，一年中另外也没有什么别的聚会了罢。

听说厦门市上今天也很热闹，商民都自动地挂旗结彩庆贺，不像北京那样，听警察吩咐之后，才挂出一张污秽的五色旗来。此地人民的思想，我看其实是"国民党的"的，并不老旧。

自从我到此之后，各种寄给我的期刊很杂乱，忽有忽无。我有时想分寄给你，但不见得期期有，勿疑为邮局失落，好在这类东西，看过便罢，未必保存，完全与否亦无什么关系。

我来此已一月余，只做了两篇讲义，两篇稿子给《莽原》；但能睡，身体似乎好些。今天听到一种传说，说孙传芳的主力兵已败，没有什么可用的了，不知确否。我想一二天内该可以得到来信，但这信我明天要寄出了。

迅　十月十日

1926年10月15日　致许广平

广平兄：

　　昨天刚寄出一封信，今天就收到你五日的来信了。你这封信，在船上足足躺了七天多，因为有一个北大学生来此做编辑员的，就于五日从广州动身，船因避风或行或止，直到今天才到，你的信大概就与他同船的。一封信的往返，来回就须二十天，真是可叹。

　　我看你的职务太烦剧[1]了，薪水又这么不可靠，衣服又须如此变化，你够用么？我想一个人也许应该做点事，但也无须乎劳而无功。天天看学生的脸色办事，于人我都无益，就是敝精神于无用之地，你说寻别的事并不难，然则何必一定要等到学期之末呢？忙自然不妨，但倘若连自己休息的时间都没有，那可是不值得的。

　　我的能睡，是出于自然的，此地虽然不乏琐事，但究竟没有北京的忙，即如校对等事，在此就没有。酒是自己不想喝，我在北京，太高兴和太愤懑时就喝酒，这里虽仍不免有小刺戟，然而不至于"太"，所以可以无须喝了，况且我本来没有瘾。少吸烟卷，可不知道是怎么一回事，大约因为编讲义，只要调查，不须思索之故罢。但近几天可又多吸了一点，因为我连做了四篇《旧事重提》。这东西还有两篇便完，拟下月再做；从明天起，又要编讲义了。

1　烦剧：繁重。

钟少梅[1]的事，我先前也知道一点，似乎是在《世界日报》[2]上看见的，赵世德的事却没有载。人心真是难测，兼士尚未动身，他连替他的人也还未弄妥，本来我最相宜，但我早拒绝了，不再自投于这样口舌是非之地。他因为急于回北京，听说不往广州了；伏园似乎还要去一趟。今天又得李遇安[3]从大连来信，知道他往广州，但不知道他去作何事。

广东多雨，天气和厦门竟这么不同么？这里不下雨，不过天天有风，而风中很少灰尘，所以并不讨厌。我从自买了火酒灯以后，开水不生问题了，但饭菜总不见佳。从后天起要换厨子了，然而大概总还是差不多的罢。

迅 十月十二日夜

八日的信，今天收到了；以前九月廿四，廿九，十月五日的信，也都收到。看你收入和做事的比例，实在太不值得了，与其如此，岂不是还是拿几十元的地方好些么？你不知能即另作他图否？那里可能即别有机会否？我以为如此情形，努力也都是白费的。

"经过一次解散而去的"，自然要算有福，倘我们在那里，当然要气愤得多。至于我在这里的情形，我信中都已陆续说出，辞去研究教授之后（我现在还想辞），还有国文系教授，所以于去留并不发生问题。我在此地其实也是卖身，除为了薪水之外，再没有别的什么，但我现在或

1　钟少梅和后文的赵世德均为北京女子师范大学的舍监。

2　《世界日报》：华北地区的民营报纸，1925年2月10日在北京创刊。

3　李遇安：河北人，生卒年不详，《莽原》《语丝》的投稿者，1926年在广州中山大学任职，不久离职。

者还可以暂时敷衍，再看情形。当初我也未尝不想起广州，后来一听情形，就暂时不作此想了，你看陈惺农[1]尚且站不住，何况我呢。

其实我在这里不大高兴的原因，首先是在周围多是语言无味的人，不足与语，令我觉得无聊。他们倘让我独自躲在房里看书，倒也罢了，偏又常常给我小刺戟。我也未尝不自己在设法消遣，例如大家集资看影戏，我也加入的，在这里要看影戏，也非请来做不可，一晚六十元。

你收入这样少，够用么？我希望你通知我。

伏园不远要到广州去看一看，但我的事绝不想他留心，所以我也不要他在顾先生面前说。我的离开厦门，现在似乎时机未到，看后来罢。其实我在此地，很有一班人当作大名士看，和在北京的提心吊胆时候一比，平安得多，只要自己的心静一静，也未尝不可暂时安住。但因为无人可谈，所以将牢骚都在信里对你发了，你不要以为我在这里苦得很。其实也不然的。身体大概比在北京还要好点。

今天本地报上的消息很好，但自然不知道可确的。一，武昌已攻下；二，九江已取得；三，陈仪[2]（孙之师长）等通电主张和平；四，樊钟秀[3]已取得开封，吴逃保定（一云郑州）。但总而言之，即使要打折扣，情形很好总是真的。

迅　十月十五夜

1　陈惺农：陈启修（1886—1960），后改名豹隐，字惺农（鲁迅时作"醒农"），笔名勺水、罗江，四川中江人，时任黄埔军校政治教官、第六届广州农民运动讲习所教员、国立中山大学法科务主席兼经济学系主任等。

2　陈仪（1883—1950）：字公侠，浙江绍兴人，时为孙传芳部浙江陆军第一师师长兼徐州镇守使。

3　樊钟秀（1888—1930）：河南宝丰人，时为建国豫军总司令，1926年9月率部参加国民革命军北伐，在河南追击吴佩孚。

1926年10月16日　致许广平

广平兄：

　　今天（十六日）刚寄一信，下午就收到双十节的来信了。寄我的信，是都收到的。我一日所寄的信，既然未到，那就恐怕已和《莽原》一同遗失。我也记不清那信里说的是什么了，由它去罢。

　　我的情形，并未因为怕害马神经过敏而隐瞒，大约一受刺激，便心烦，事情过后，即平安些。可是本校情形实在太不见佳，顾颉刚之流已在国学院大占势力，周览[1]（鲠生）又要到这里来做法律系主任了，从此《现代评论》色彩，将弥漫厦大。在北京是国文系对抗着的，而这里的国学院却弄了一大批胡适之陈源之流，我觉得毫无希望。你想：坚士至于如此胡涂，他请了一个顾颉刚，顾就荐三人，陈乃乾[2]，潘家洵，陈万里，他收了；陈万里又荐两人，罗某[3]，黄某[4]，他又收了。这样，我们个体，自然被排斥。所以我现在很想至多在本学期之末，离开厦大。他们实在有永久在此之意，情形比北大还坏。

　　另外又有一班教员，在作两种运动：一是要求永久聘书，没有年限的；一是要求十年二十年后，由学校付给养老金终身。他们似乎要

1　周鲠生（1889—1971）：湖南长沙人，国际法学家，当时受聘为厦门大学法律系主任，后未就职。

2　陈乃乾（1896—1971）：名乾，字乃乾，浙江海宁人，文献学家，编辑出版家，当时受聘为厦门大学国学院图书部干事兼国文系讲师，后未到任。

3　罗某：指罗常培。

4　黄某：指王肇鼎，江苏吴县人，生卒年不详，时任厦门大学国学院编辑兼陈列部事务员。

想在这里建立他们理想中的天国,用橡皮做成的。谚云"养儿防老",不料厦大也可以"防老"。

我在这里又有一事不自由,学生个个认得我了,记者之类亦有来访,或者希望我提倡白话,和旧社会大闹一通,或者希望我编周刊,鼓吹本地新文艺,而玉堂之流又要我在《国学季刊》上做些"之乎者也",还有学生周会去演说,我真没有这三头六臂。今天在本地报上载着一篇访我的记事,记者对于我的态度,以为"没有一点架子,也没有一点派头,也没有一点客气,衣服也随便,铺盖也随便,说话也不装腔作势……"觉得很出意料之外。这里的教员是外国博士很多,他们看惯了那俨然的模样的。

今天又得了朱家骅[1]君的电报,是给兼士玉堂和我的,说中山大学已改职[2]员制,叫我们去指示一切。大概是议定学制罢。兼士急于回京,玉堂是不见得去的。我本来大可以借此走一遭,然而上课不到一月,便请假两三星期,又未免难于启口,所以十之九总是不能去了,这实是可惜,倘在年底,就好了。

无论怎么打击,我也不至于"秘而不宣",而且也被打击而无怨。现在柚子是不吃已有四五天了,因为我觉得不大消化。香蕉却还吃,先前是一吃便要肚痛的,在这里却不,而对于便秘,反似有好处,所以想暂不停止它,而且每天至多也不过四五个。

一点泥人和一点拓片便开展览会,你以为可笑么?还有可笑的呢。陈万里并将他所照的照片陈列起来,几张古壁画的照片,还可以说是与"考古"相关,然而还有什么牡丹花,夜的北京,北京的刮风,

1 朱家骅(1893—1963):字骝先,又作骝仙,浙江湖州人,时任国立中山大学委员会管理委员。

2 职:当是"委"字之误。

苇子……。倘使我是主任，就非令撤去不可；但这里却没有一个人觉得可笑，可见在此也惟有陈万里们相宜。又国学院从商科借了一套历代古钱来，我一看，大半是假的，主张不陈列，没有通过；我说"那么，应该写作'古钱标本'。"后来也不实行，听说是恐怕商科生气。后来的结果如何呢？结果是看这假古钱的人们最多。

　　这里的校长是尊孔的，上星期日他们请我到周会演说，我仍说我的"少读中国书"主义，并且说学生应该做"好事之徒"。他忽而大以为然，说陈嘉庚[1]也正是"好事之徒"，所以肯兴学，而不悟和他的尊孔冲突。这里就是如此胡里胡涂。

H.M.　十月十六日之夜。

1　陈嘉庚（1874—1961）：福建厦门人，爱国华侨领袖，厦门大学创办者。

1926年10月20日　致许广平

广平兄：

　　伏园今天动身了。我于十八日寄你一信，恐怕就在邮局里一直躺到今天，将与伏园同船到粤罢。我前几天几乎也要同行，后来中止了。要同行的理由，小半自然也有些私心，但大部分却是为公，我以为中山大学既然需我们商议，应该帮点忙，而且厦大也太过于闭关自守，此后还应与他大学往还。玉堂正病着，医生说三四天可好，我便去将此意说明，他亦深以为然，约定我先去，倘尚非他不可，我便打电报叫他，这时他病已好，可以坐船了。不料昨天又有了变化，他不但自己不说去，而且对于我的自去也借口阻挠，说最好是向校长请假。教员请假，向来应归主任管理的，现在这样说，明明是拿难题给我做。我想了一通，就中止了。此外还有一个原因，大概因为与南洋相距太近之故罢，此地实在太斤斤于银钱，"某人多少钱一月"等等的话，谈话中常听见；我们在此，当局者也日日希望我们做许多工作，发表许多成绩，像养牛之每日挤牛奶一般。某人每日薪水几元，大约是大家念念不忘的。我一行，至少需两星期，有许多人一定以为我白白骗去了他们半月薪水，或者玉堂之不愿我旷课，也是此意。我已收了三月的薪水，而上课才一月，自然不应该又请假，但倘计画远大，就不必斤斤于此，因为将来可以尽力之日正长。然而他们是眼光不远的，我也不作久远之想，所以我便不走，拟于本年中为他们作一篇季刊上的文章，给他们到学术讲演会去讲演一次，又将我所辑的《古小说钩沉》献出，则学校可以觉得钱不白化，而我也可以来去自由了。至于研究教授，则自然不再去辞，因为即使辞掉，他们也仍要想法使你做别的工作，使利息与国文系教授之薪水相当，不会给我便宜的，倒是任它拖着的好。

关于银钱的推测，你也许以为我神经过敏，然而这是的确的。当兼士要走的时候，玉堂托我挽留，不得结果。玉堂便愤愤地对我道：他来了这几天就走，薪水怎么报销。兼士从到至去，那时诚然不满二月，但计画规程，立了国学院基础，费力最多，以厦大而论，给他三个月薪水，也不算多。今乃大有索还薪水之意，我听了实在倒抽了一口冷气。现在是说妥当了，兼士算应聘一年，前薪不提，此后是再来一两回；不在此的时候不支薪，他月底要走了。

此地研究系的势力，我看要膨涨起来，当局者的性质，也与此辈相合。理科也很忌文科，正与北大一样。闽南与闽北人之感情如水火，有几个学生很希望我走，但并非对我有恶意，乃是要学校倒楣。

这几天此地正在欢迎两个名人。一个是太虚和尚[1]到南普陀[2]来讲经，于是佛化青年会[3]提议，拟令童子军捧花，随太虚行踪而散之，以示"步步生莲花"[4]之意。但此议似未实行，否则和尚化为潘妃，倒也有趣。一个是马寅初[5]博士到厦门来演说，所谓"北大同人"，正在发昏章第十一，排班欢迎。我固然是"北大同人"之一，也非不知银行

1　太虚和尚（1890—1947）：俗名吕沛林，法名唯心，字太虚，浙江崇德人，主张佛教改革。

2　南普陀：即南普陀寺，位于厦门市东南五老峰下，毗邻厦门大学。

3　佛化青年会：指"闽南佛教新青年会"，1924年3月由厦门佛教居士叶青眼、蔡吉堂、王振邦等人发起组织。

4　"步步生莲花"：《南史·齐本纪》载，"（南齐东昏侯）为潘妃起神仙、永寿、玉寿三殿，皆匝饰以金璧……又凿金为莲华以帖地，令潘妃行其上，曰：'此步步生莲华也'。"

5　马寅初（1882—1982）：字元善。浙江嵊州人，经济学家，曾任北京大学经济系教授兼系主任。

可以发财，然而于"铜子换毛钱，毛钱换大洋"学说，实在没有什么趣味，所以都不加入，一切由它去罢。

（二十日下午）

　　写了以上的信之后，躺下看书，听得打四点的下课钟了，便到邮政代办所去看，收得了十五日的来信。我那一日的信既已收到，那很好。邪视尚不敢，而况"瞪"乎？至于张先生的伟论，我也很佩服，我若作文，也许这样说的；但事实怕很难，我若有公之于众的东西，那是自己所不要的，否则不愿意。以己之心，度人之心，知道私有之念之消除，大约当在二十五纪，所以决计从此不瞪了。

　　这里近三天凉起来了，可穿夹衫，据说到冬天，比现在冷得不多，但草却已颇有黄了的，蚂蚁已用水防止，纱厨太费事了，我用的是一盘贮水，上加一杯，杯上放一箱，内贮食物，蚂蚁倒也无法飞渡。至于学生方面，对我还是好的，他们想出一种文艺刊物，我已为之看稿，大抵尚幼稚，然而初学的人，也只能如此，或者下月要印出来。至于工作，我不至于拼命，我实在懒得多了，时常闲着玩，不做事。

　　你不会起草章程，并不足为能力薄弱之证据。草章程是别一种本领，一须多看章程之类，二须有法律趣味，三须能顾到各种事件。我就最厌恶这东西，或者也非你所长罢。然而人又何必定须会做章程呢？即使会做，也不过一个"做章程者"而已。

　　研究系比狐狸还坏，而国民党则太老实，你看将来实力一大，他们转过来来拉拢，民国便会觉得他们也并不坏。今年科学会在广州开会，即是一证，该会还不是多是灰色的学者么？科学在那里？而广州则欢迎之矣。现在我最恨什么"学者只讲学问，不问派别"这些话，假如研究造炮的学者，将不问是蒋介石[1]，是吴佩孚，都为之造么？国民党有力时，对于异党宽容大量，而他们一有力，则对于民党之压迫陷害，无所不至，但民党复起时，却又忘却了，这时他们自然也将故态隐藏起来。上午和兼士谈天，他也很以为然，希望我以此提醒众人，但我现在没有机会，待与什么言论机关有关系时再说罢。我想伏园未必做政论，是办副刊，孟余们的意思，大约以为副刊的效力很大，所以想大大的干一下。

北伐军得武昌，得南昌，都是确的；浙江确也独立了[2]，上海近旁也许又要小战，建人又要逃难，此人也是命运注定，不大能够安逸的。但走几步便是租界，不成问题。

重九日这里放一天假，我本无功课，毫无好处，登高之事，则厦门似乎不举行。肉松我不要吃，不去查考了。我现在买来吃的，只是点心和香蕉；偶然也买罐头。

明天要寄你一包书，都是另另碎碎[3]的期刊之类，历来积下，现在一总寄出了。内中的一本《域外小说集》，是北新新近寄来的，夏季你要，我托他们去买，回说北京没有，这回大约是碰见了，所以寄来的罢，但不大干净，也许是久不印，没有新书之故。现在你不教国文了，已没有用，但他们既然寄来，也就一并寄上，自己不要，可以给人的。

我已将《华盖集续编》编好，昨天寄去付印了。

（季黻终于找不到事做，真是可怜。我不得已，已托伏园面托孟余）

迅。二十日灯下。

1　蒋介石（1887—1975）：名中正，字介石，浙江奉化人，时任广州国民政府军事委员会主席，国民党中央组织部长、军人部长，国民革命军总司令，北伐军总司令等职。

2　1926年10月15日，孙传芳旧部、浙江省长夏超宣布浙江独立，次日就任国民革命军第十八军军长。

3　另另碎碎：同"零零碎碎"。

1926年10月23日　致许广平

广平兄：

我今天（二十一）上午刚发一信，内中说到厦门佛化青年会欢迎太虚的笑话，不料下午便接到请柬，是南普陀寺和闽南佛学院公宴太虚，并请我作陪，自然也还有别的人。我决计不去，而本校的职员硬邀我去，说否则他们以为本校看不起他们。个人的行动，会涉及全校，真是窘极了，我只得去，只穿一件蓝洋布大衫而不戴帽，乃敝人近日之服饰也。罗庸[1]说太虚"如初日芙蓉"，我实在看不出这样，只是平平常常。入席，他们要我与太虚并排上坐，我终于推掉，将一个哲学教员供上完事。太虚倒并不专讲佛事，常论世俗事情，而作陪之教员们，偏好问他佛法，真是其愚不可及，此所以只配作陪也欤。其时又有乡下女人来看，结果是跪下大磕其头，得意之状可掬而去。

这样，总算白吃了一餐素斋。这里的酒席，是先上甜菜，中间咸菜，末后又上一碗甜菜，这就完了，并无饭及稀饭，我吃了几回，都是如此，听说这是厦门特别习惯，福州即不然。

散后，一个教员[2]和我谈起，知道那些北京同来的小鬼之排斥我，渐渐显著了，因为从他们的口气里，他已经听得出来，而且他们似乎还

1　罗庸（1900—1950）：字膺中，江苏江都人，1924年毕业于北京大学研究所国学门，后在北洋政府教育部任职，与鲁迅同事，同时兼任北大讲师，女师大、北师大教授。曾从太虚和尚游，为他整理过一些讲经录。

2　一个教员：指陈定谟（1889—1961），江苏昆山人，1924年任天津南开大学教授时曾与鲁迅同去西安讲学，时任厦门大学社会科学教授。

同他去联络（他也是江苏人，去年到此，我是前年在陕西认识的）。他于是叹息，说：玉堂敌人颇多，对于国学院不敢下手者，只因为兼士和我两人在此；兼士去而我在，尚可支持，倘我亦走，则敌人即无所顾忌，玉堂的国学院就要开始动摇了。玉堂一失败，他们也站不住了。而他们一面排斥我，一面又个个接家眷，准备作长久之计，真是胡涂云云。我看这是确的，这学校，就如一坐梁山泊，你枪我剑，好看煞人。北京的学界在都市中挤轧，这里是在小岛上挤轧，地点虽异，挤轧则同。但国学院中的排挤现象，反对者还未知道（他们以为小鬼们是兼士和我的小卒，我们是给他们来打地盘的），将来一知道，就要乐不可支。我于这里毫无留恋，吃苦的还是玉堂，玉堂一失势，他们也就完，现在还欣欣然自以为得计，真是愚得可怜。我和玉堂交情，还不到可以向他说明这些事情的程度，即便说了，他是否相信，也难说的。我所以只好一声不响，做我的事，他们想攻倒我，一时也很难，我在这里到年底或明年，看我自己的高兴。至于玉堂，大概是爱莫能助的了。

二十一日灯下

十九的信和文稿，都收到了。文是可以用的，据我看来。但其中的句法有不妥处，这是小姐的老毛病，其病根在于粗心，写完之后，大约自己也未必再看一遍。过一两天，改正了寄去罢。

兼士拟于廿七日动身向沪，不赴粤；伏园却已走了，问陈惺农一定可以知道他住在那里。但我以为你殊不必为他出力，他总善于给别人一点长远的小麻烦。我不是雇了一个工人么？他却给这工人的朋友介绍，去包"陈源之徒"的饭，我叫他不要多事，也不听。现在是陈源之徒对我骂饭菜坏，工人是因为帮他朋友，我的事不大来做了。我总算出了十二块钱给他们雇了一个厨子的帮工，还要听费话。今天听说他们要不包了，真是感激之至。

　　季黻的事，除嘱那该死的伏园面达外，昨天又和兼士合写了一封信给孟余他们，可做的事已做，且听下回分解罢。孟余的"后转"，大约颇确而实不然，兼士告诉我，孟余的肺病，近来颇重，人一有这种病，便容易灰心，颓唐，那状态也近于后转；但倘若重起来，则党[1]中损失也不少，我们实在担心，最要的是要休息保养，但大概未必做得到罢。至于我的别处的位置，可从缓议，因为我在此虽无久留之心，但现在也还没有决去之必要，所以倒非常从容。既无"患得患失"的念头，心情也自然安闲，决非欲"骗人安心，所以这样说"的，切祈明鉴为幸。

　　理科诸公之攻击国学院，这几天已经开始了，因国学院屋未造，借用生物学院屋，所以他们第一着是讨还房屋。此事和我辈毫不相关，就含笑而旁观之，看一堆泥人儿搬在露天之下，风吹雨打，倒也有趣。此校大概很和南开[2]相像，而有些教授，则惟校长之喜怒是伺，妒别科之出风头，中伤挑眼，无所不至，妾妇之道也。我以北京为污浊，乃至厦门，现在想来，可谓妄想，大沟不干净，小沟就干净么？此胜于彼者，惟不欠薪水而已。然而"校主"一怒，亦立刻可以关门也。

　　我所住的这么一坐大洋楼上，到夜，就只住着三个人，一张颐教授（上半年在北大，似亦民党，人很好），一伏园，一即我。张因不便，住到他朋友那里去了，伏园又已走，所以现在就只有我一人。但我却可以静坐着默念HM，所以精神上并不感到寂寞。年假之期又已近来，于是就比先前沉静了。我自己计算，到此刚五十天，而恰如过了半年。但这不只我，兼士们也这样说，则生活之单调可知。

　　我新近想到了一句话，可以形容这学校的，是"硬将一排洋房，摆在荒岛的海边上"。然而虽然是这样的地方，人物却各式俱有，正

1　党：指国民党。

2　南开：指天津南开大学。

如一点水，用显微镜看，也是一个大世界。其中有一班"姿妇"们，上面已说过了，还有希望得爱，以九元一盒的糖果送人的老外国教授；有和著名的美人结婚，三月复离的青年教授；有以异性为玩艺儿，每年一定和一个人往来，先引之而终拒之的密斯先生；有打听糖果所在，群往吃之的好事之徒……世事大概差不多，地的繁华和荒僻，人的多少，都没有多大关系。

浙江独立，是确的了，今天听说陈仪的兵力已与卢香亭[1]开仗，那么，陈在徐州也独立了，但究竟确否，却不能知。闽边的消息倒少听见，似乎周荫人[2]是必倒的，而民军已到漳州。

长虹和韦素园又闹起来了，在上海出版的《狂飙》上大骂，又登了一封给我的信，要我说几句话。他们真是吃得闲空，然而我却不愿意陪着玩了，先前也陪得够苦了，所以拟置之不理。（闹的原因是因为《莽原》上不登培良的一篇剧本。）我的生命，实在为少爷们耗去了好几年，现在躲在岛上了，他们还不放。但此地的几个学生，已组织了一种出版物，叫做《波艇》，要我看稿，已经看了一期，自然是幼稚，但为鼓动空气计，所以仍然怂恿他们出版。逃来逃去，还是这样。

此地天气凉起来了，可穿夹衣。明天是星期，夜间大约要看影戏，是林肯[3]一生的故事。大家集资招来的，共六十元，我出了一元，可坐特别座。林肯之类的事，我是不大要看的，但在这里，能有好的影片看么？大家所知道而以为好看的，至多也不过是林肯的一生之类罢了。

这信将于明天寄出，开学以后，邮政代办所也办公半天了。

H.M.　十月二十三日灯下

1　卢香亭（1880—1948）：字子馨，河北河间人，孙传芳部陆军第二师师长、浙江总司令。

2　周荫人（1887—1956）：河北武强人，孙传芳部五省联军闽军总司令。

3　林肯（Abraham Lincoln，1809—1865）：美国第16任总统，美国黑人奴隶制的废除者。

1926年10月23日　致章廷谦

矛尘兄：

十五日信收到了，知道斐君太太出版[1]延期，为之怃然。其实出版与否，与我无干，用"怃然"殊属不合，不过此外一时也想不出恰当的字。总而言之，是又少拿多少薪水，颇亦可惜之意也。至于瞿英乃[2]之说，那当然是靠不住的，她的名字我就讨厌，至于何以讨厌，却说不出来。

伏园"叫苦连天"，我不知其何故也。"叫苦"还是情有可原，"连天"则大可不必。我看此处最不便的是饭食，然而凡有太太者却未闻叫苦之声。斐君太太虽学生出身，然而煎荷包蛋，**燉牛肉**，"做鸡蛋糕"，当必在六十分以上，然则买牛肉而燉之，买鸡蛋而糕之，又何惧食不甘味也哉。

至于学校，则难言之矣。北京如大沟，厦门则小沟也，大沟污浊，小沟独干净乎哉？既有鲁迅，亦有陈源。但你既然"便是黄连也决计吞下去"，则便没有问题。要做事是难的，攻击排挤，正不下于北京，从北京来的人们，陈源之徒就有。你将来最好是随时豫备走路，在此一日，则只要为"薪水"，念兹在兹，得一文算一文，庶几无咎也。

我实在熬不住了，你给我的第一信，不是说某君首先报告你事已

1　出版：这里戏指分娩。
2　瞿英乃：生卒年不详，当时北京的妇产科大夫。

弄妥了么？这实在使我很吃惊于某君之手段，据我所知，他是竭力反对玉堂邀你到这里来的，你瞧！陈源之徒！

玉堂还太老实，我看他将来是要失败的。

兼士星期三要往北京去了。有几个人也在排斥我。但他们很愚，不知道我一走，他们是站不住的。

这里的情形，我近来想到了很适当的形容了，是："硬将一排洋房，摆在荒岛的海边"。学校的精神似乎很像南开，但压迫学生却没有那么利害。

我现在寄居在图书馆的楼上，本有三人，一个搬走了，伏园又去旅行，所以很大的洋楼上，只剩了我一个了，喝了一瓶啤酒，遂不免说酒话，幸祈恕之。

迅 上 十月二十三日灯下

斐君太太尊前即此请安不另，如已出版，则请在少爷前问候。

1926年10月28日 致许广平

广平兄：

廿三日得十九日信及文稿后，廿四日即发一信，想已到。廿二日寄来的信，昨天收到了。闽粤间往来的船，当有许多艘，而邮递信件的船，似乎专为一个公司所包办，惟它的船才带信，所以一星期只有两回，上海也如此，我疑心这公司是太古。

我不得许可，不见得用对付三先生之法[1]，请放心。但据我想，自己是恐怕未必开口，真是无法可想。这样食少事繁的生活，怎么持久？但既然决心做一学期，又有人来帮忙，做做也好，不过万不要拼命。人自然要办"公"，然而总须大家都办，倘人们偷懒，而只有几个人拼命，未免太不"公"了，就该适可而止，可以省下的路少走几趟，可以不管的事少做几件，这并非昧了良心，自己也是国民之一，应该爱惜的，谁也没有要求独独几个人应该做得劳苦而死的权利。

我这几年来，常想给别人出一点力，所以在北京时，拼命地做，不吃饭，不睡觉，吃了药校对，作文。谁料结出来的，都是苦果子。一群人将我做广告自利，不必说了；便是小小的《莽原》，我一走也就闹架。长虹因为他们压下（压下而已）了投稿，和我理论，而他们则时时来信，说没有稿子，催我作文。我才知道牺牲一部分给人，是

---

1 对付三先生之法：指不等对方开口而主动资助。三先生，指周建人。

不够的，总非将你磨消完结，不肯放手。我实在有些愤怒了，我想至二十四期止，便将《莽原》停刊，没有了刊物，看他们再争夺什么。

我早已有点想到，亲戚本家，这回要认识你了，不但认识，还要要求帮忙，帮忙之后，还要大不满足，而且怨愤，因为他们以为你收入甚多，即使竭力地帮了，也等于不帮。将来如果偶需他们帮助时，便都退开，因为他们没有得过你的帮助，或者还要下石，这是对于先前吝啬的罚。这种情形，我都曾一一尝过了，现在你似乎也正在开始尝着这况味。这很使人苦恼，不平，但尝尝也好，因为更可以知道所谓亲戚本家是怎么一回事，知道世事就更真切了。倘永是在同一境遇，不忽而穷忽而有点收入，看世事就不能有这么多变化。但这状态是永续不得的，经验若干时之后，便须斩钉截铁地将他们撇开，否则，即使将自己全部牺牲了，他们也仍不满足，而且仍不能得救。

以上是午饭前写的，现在是四点钟，已经上了两堂课，今天没有事了。兼士昨天已走，早上来别，乃云玉堂可怜，如果可以敷衍，就维持维持他。至于他自己呢，大概是不再来，至多，不过再来转一转而已。伏园已有信来，云船上大吐，（他上船之前吃了酒，活该！）现寓长堤广泰来客店，大概我信到时，他也许已走了。浙江独立已失败，前回所闻陈仪反孙的话，可见也是假的。外面报上，说得甚热闹，但我看见浙江本地报，却很吞吐其词，似乎独立之初，本就灰色似的，并不如外间所传的轰轰烈烈。福建事也难明真相，有一种报上说周荫人已为乡团所杀，我想也未必真。

这里可穿夹衣，晚上或者可加棉坎肩，但近几天又无需了，今天下雨，也并不凉。我自从雇了一个工人之后，比较的便当得多。至于工作，其实也并不多，闲工夫尽有，但我总不做什么事，拿本无聊的书，玩玩的时候多，倘连编三四点钟讲义，便觉影响于睡眠，不易睡着，所以我讲义也编得很慢，而且少爷们来催我做文章时，大抵置之不理，做事没有上半年那么急进了，这似乎是退步，但从别一面看，倒是进步也难说。

楼下的后面有一片花圃，用有刺的铁丝拦着，我因为要看它有怎样的拦阻力，前几天跳了一回试试。跳出了，但那刺果然有效，刺了我两个小伤，一股上，一膝旁，不过并不深，至多不过一分。这是下午的事，晚上就全愈了，一点没有什么。恐怕这事将受训斥；然而这是因为知道没有危险，所以试试的。倘觉可虑，就很谨慎。这里颇多小蛇，常见打死着，腮部大抵不膨大，大概是没有什么毒的。但到天暗，我已不到草地上走，连晚上小解也不下楼去了，就用磁的唾壶装着，看没有人时，即从窗口泼下去。这虽然近于无赖，然而他们的设备如此不完全，我也只得如此。

玉堂病已好了。黄坚已往北京去接家眷，他大概决计要[1]这里安身立命。我身体是好的，不吸酒，胃口亦佳，心绪比先前较安帖。

迅 十月二十八日

1　此处作者疑漏写一"在"字。

1926年10月29日　致陶元庆

璇卿兄：

今天收到二十四日来信，知道又给我画了书面，感谢之至。惟我临走时，曾将一个武者小路作品的别的书面交给小峰，嘱他制板印刷，作为《青年的梦》[1]的封面。现在不知可已印成，如已印成，则你给我画的那一个能否用于别的书上，请告诉我。小峰那边，我也写信问去了。

《彷徨》的书面实在非常有力，看了使人感动。但听说第二板的颜色有些不对了，这使我很不舒服。上海北新的办事人，于此等事太不注意，真是无法可想。但第二版我还未见过，这是从通信里知道的。

很有些人希望你给他画一个书面，托我转达，我因为不好意思贪得无厌的要求，所以都压下了。但一面想，兄如可以画，我自然也很希望。现在就都开列于下：

　　一　《卷葹》　这是王品青[2]所希望的。乃是淦女士[3]的小说集，《乌合丛书》之一。内容是四篇讲爱的小说。卷葹是一种小草，拔了心也不死，然而什么形状，我却不知道。品青希望将书名"卷葹"两字，作者名用一"淦"字，都即由你组织在图画之内，不另用铅字排印。

1　《青年的梦》：即《一个青年的梦》，武者小路实笃著剧本，鲁迅译并作序。

2　王品青（？—1927）：名贵钦，字品青，河南济源人，《语丝》撰稿人之一。

3　淦女士：即冯沅君（1900—1974），名淑兰，笔名淦女士、沅君，河南唐河人，作家。

此稿大约日内即付印，如给他画，请直寄钦文转交小峰。

　　二　《黑假面人》　李霁野译的安特来夫戏剧，内容大概是一个公爵举行假面跳舞会，连爱人也认不出了，因为都戴着面具，后来便发狂，疑心一切人永远都戴着假面，以至于死。这并不忙，现在尚未付印。

　　三　《坟》　这是我的杂文集，从最初的文言到今年的，现已付印。可否给我作一个书面？我的意思是只要和"坟"的意义绝无关系的装饰就好。字是这样写：鲁迅 坟 1907—25（因为里面的都是这几年中所作）请你组织进去或另用铅字排印均可。

　　以上两种是未名社的，《黑假面人》不妨从缓，因为还未付印。《坟》如画成，请寄厦门，或寄钦文托其转交未名社均可。

　　还有一点，董秋芳[1]译了一本俄国小说革命以前的，叫作《争自由的波浪》，稿在我这里，将收入《未名丛刊》中了，可否也给他一点装饰。

　　一开就是这许多，实在连自己也觉得太多了。

　　　　　　　　　　　　　　　　　　　　　　　　　鲁迅　十月二十九日

1　董秋芳（1897—1977）：笔名冬芬，浙江绍兴人，翻译家。

1926年10月29日　致李霁野

霁野兄：

　　十四日的来信，昨天收到了，走了十五天。《坟》的封面画，自己想不出，今天写信托陶元庆君去了，《黑假面人》的也一同托了他。近来我对于他有些难于开口，因为他所作的画，有时竟印得不成样子，这回《彷徨》在上海再版，颜色都不对了，这在他看来，就如别人将我们的文章改得不通一样。

　　为《莽原》，我本月中又寄了三篇稿子，想已收到。我在这里所担的事情太繁，而且编讲义和作文是不能并立的，所以作文时和作了以后，都觉无聊与苦痛。稿子既然这样少，长虹又在捣乱见上海出版的《狂飙》，我想：不如至廿四期止，就停刊，未名社就专印书籍。一点广告，大约《语丝》还不至于拒绝罢。据长虹说，似乎《莽原》便是《狂飙》的化身，这事我却到他说后才知道。我并不希罕"莽原"这两个字，此后就废弃它。《坟》也不要称《莽原丛刊》之一了。至于期刊，则我以为有两法，一，从明年一月起，多约些做的人，改名另出，以免什么历史关系的牵扯，倘做的人少，就改为月刊，但稿须精选，至于名目，我想，"未名"就可以。二，索性暂时不出，待大家有兴致做的时候再说。《君山》[1]单行本也可以印了。

1　《君山》：韦丛芜所作诗集。

　　这里就是不愁薪水不发。别的呢，交通不便，消息不灵，上海信的往来也需两星期，书是无论新旧，无处可买。我到此未及两月，似乎住了一年了，文字是一点也写不出。这样下去是不行的，所以我在这里能多久，也不一定。

　　《小约翰》[1]还未动手整理，今年总没工夫了，但陶元庆来信，却云已准备给我画封面。

　　总之，薪水与创作，是势不两立的。要创作，还是要薪水呢？我现在一时还决不定。

　　此信不要发表。

迅 上 十，二九，夜

　　《坟》的序言，将来当做一点寄上。

　　（此信的下面，自己拆过了重封的。）

---

1 《小约翰》：荷兰作家弗雷德里克·凡·伊登（Frederik van Eeden, 1860—1932）所著的长篇哲学童话诗，鲁迅、齐寿山译。

1926年10月29日　致许广平

广平兄：

　　前日（廿七）得廿二日的来信后，写一回信，今天上午自己拿到邮局去，刚投入邮箱，局员便将二十二日发的快信交给我了。这两封信是同船来的，论理本应该先收到快信，但说起来实在可笑，这里的情形是异乎寻常的。平常信件，一到就放在玻璃箱内，我们倒早看见；至于挂号的呢，却秘而不宣，一个局员躲在房里，一封一封上账，又写通知单，叫人带印章去取。这通知单也并不送来，仍旧供在玻璃箱内，等你自己走过看见。快信也同样办理，所以凡挂号信和"快"信，一定比普通信收到得迟。

　　我暂不赴粤的情形，记得又在二十一日的信里说过了；现在伏园已有信来，并未有非我即去不可之意，既然开学在明年三月，则年底去也还不迟。我自然也有非即去不可之心，虽然并不全为公事。但事实的牵扯实在也太利害，就是，走开三礼拜后，所任的事搁下太多，倘此后一一补做，则工作太重，倘不补，就有沾了便宜的嫌疑。假如长在这里，自然可以慢慢地补做，不成问题，但我又并不作长久之计，而况还有玉堂的苦处呢。

　　至于我下半年那里去，那是不成问题的。上海，北京，我都不去，倘无别处可去，就仍在这里混半年。现在的去留，专在我自己，外界的鬼祟，一时还攻我不倒。我很想吃杨桃，其所以熬着者，为己，只有一个经济问题，为人，就只怕我一走，玉堂要立刻被攻击，所以有些彷徨。人就能为这样的小问题所牵制，实在可叹。

　　才发信，没有什么事了，再谈罢。

迅 十,二九, 夜

1926年11月1日　致许广平

"林"兄：

　　十月廿七日的信，今天收到了；十九，二十二，二十三的信，也都收到。我于廿四，廿九，卅日均发信，想已到。至于刊物，则查载在日记上的，是廿一，廿四各一回，什么东西，已经忘记，只记得有一回内中有《域外小说集》。至于十，六的刊物，则日记上不载，不知道是否失载，还是其实是廿一所发，而我将月日写错了。只要看你是否收到廿一寄的一包，就知道，倘没有，那是我写错的了；但我仿佛又记得六日的是别一包，似乎并不是包，而是三本书对叠，像普通寄期刊那样的。

　　伏园已有信来，据说季黻的事很有希望，学校的别的事情却没有提。他大约不久当可回校，我可以知道一点情形，如果中大[1]很想我去，我到后于学校有益，那我便于开学之前到那边去。此处别的都不成问题，只在对不对得住玉堂，但玉堂也太胡涂——不知道还是老实——无药可救。昨天谈天，有几句话很可笑。我之讨厌黄坚，有二事，一，因为他在食饭时给我不舒服；二，因为他令我一个人挂拓本，不许人帮忙。而昨天玉堂给他辨解，却道他"人很爽直"，那么，我本应该吃饭受气，独自陈列，他做的并不错，给我帮忙和对我客气的，

1　中大：指中山大学。1926年10月，广州大学为纪念孙中山而改名为中山大学。鲁迅时以"广大"代称。

倒都是"邪曲"的了。黄坚是玉堂的"襄理"，他的言动，是玉堂应该
负责的，而玉堂似乎尚不悟。现黄坚已同兼士赴京，去接家眷去了，
已大有永久之计，大约当与国学院同其始终罢。

顾颉刚在此专门荐人，图书馆有一缺，又在计画荐人了，是胡适
之的书记。但昨听玉堂口气，对于这一层却似乎有些觉悟，恐怕他不
能达目的了。至于学校方面，则这几天正在大敷衍马寅初；昨天浙江
学生欢迎他，硬要拖我同去照相，我严辞拒绝，他们颇以为怪。呜呼，
我非不知银行之可以发财，其如"道不同不相为谋"何。明天是校长
赐宴，陪客又有我，他们处心积虑，一定要我去和银行家扳谈[1]，苦哉
苦哉！但我在知单上只[2]了一个"知"字，不去可知矣。

据伏园信说，副刊十二月开手，那么他到厦之后，两三礼拜便又
须去了，也很好。

十一月一日午后

但我对于此后的方针，实在很有些徘徊不决，就是：做文章呢，
还是教书？因为这两件事，是势不两立的。作文要热情，教书要冷
静。兼做两样时，倘不认真，便两面都油滑浅薄，倘都认真，则一时
使热血沸腾，一时使心平气和，精神便不胜困惫，结果也还是两面不
讨好。看外国，做教授的文学家，是从来很少有的，我自己想，我如
写点东西，大概于中国怕不无小好处，不写也可惜；但如果使我研究
一种关于中国文学的事，一定也可以说出别人没有见到的话来，所以

1　扳谈：攀谈，闲谈。

2　此处作者疑漏写一"写"字。

放下也似乎可惜。但我想，或者还不如做些有益于目前的文章，至于研究，则于余暇时做，不过如应酬一多，可又不行了。

研究系应该痛击，但我想，我大约只能乱骂一通，因为我太不冷静，他们的东西一看就生气，所以看不完，结果就只好乱打一通了。季黻是很细密的，可惜他文章不辣。办了副刊鼓吹起来，或者会有新手出现。

你的一篇文章，删改了一点寄出去了。建人近来似乎很忙，写给我的信都只草草的一点，我疑心他的朋友又到上海了，所以他至于无心写信。

此地这几天很冷，可穿夹袍，晚上还可以加棉背心。我是好的，胃口照常，但菜还是不能吃，这在这里是无法可想的。讲义已经一共做了五篇，从明天起想做季刊的文章了，我想在离开此地之前，给做一篇季刊的文章，给在学术讲演会讲演一次，其实是没有什么人听的。

迅　十一月一日灯下。

1926年11月4日　致许广平

广平兄：

　　昨天刚发一信，现在也没有什么话要说，不过有一些小闲事，可以随便谈谈。我又在玩。——我这几天不大用功，玩着的时候多——所以就随便写它下来。

　　今天接到一篇来稿，是上海大学的曹轶欧[1]（女生）寄的，其中讲起我在北京穿着洋布大衫在街上走，看不出是有名的文学家的事。下面注道："这是我的朋友P京的HM女校生亲口对我说的。"P自然是北京，但那校名却奇怪，我总想不出是那一个学校来，莫非就是女师大，和我们所用的是同一意义么？

　　今天又知道一件事，一个留学生在东京自称我的代表去见盐谷温[2]氏，向他要他所印的书，自然说是我要的，但书尚未钉成，没有拿去。他怕事情弄穿，事后才写信到我这里来认错。你看他们的行为是多么荒唐，无论什么都要利用，可怕极了。

　　今天又知道一件事。先前顾颉刚要荐一个人到国学院，（是给胡适抄写的，冒充清华校研究生，）但没有成。现在这人终于来了，住在南普陀寺。为什么住到那里去的呢？因为伏园在那寺里的佛学院有几点钟功课（每月五十元），现在请人代着，他们就想挖取这地方。从

1　曹轶欧（1903—1989）：原名蕙芬、淑英，北京大兴人，1927年同康生结婚。

2　盐谷温（1878—1962）：日本汉学家，时为东京大学教授。

昨天起，顾颉刚已在大施宣传手段，说伏园假期已满（实则未满）而不来，乃是在那边已经就职，不来的了。今天又另派探子，到我这里来探听伏园消息，我不禁好笑，答得极其神出鬼没，似乎不来，似乎并非不来，而且立刻要来，于是乎终于莫名其妙而去。你看研究系下的小卒就这么阴险，无孔不入，真是可怕可恨。不过我想这实在难对付，譬如要我对付，就必须将别的事情放下，另用一番心机，本业抛荒，所做的事就浮浅了。研究系学者之浅薄，就因为分心于此等下流事情之故也。

　　　　　　　　　　　　　　　　　十一月三日大风之夜，迅。

　　十月卅日的信，今天收到了。马又要发脾气，我也无可奈何。事情也只得这样办，索性解决一下，较之天天对付，劳而无功自然好得多。叫我看戏目，我就看戏目；在这里也只能看戏目；不过总希望不要太做得力尽筋疲，一时养不转。

　　今天有从中大寄给伏园的信到来，那么，他早动身了，但尚未到，也许到汕头，福州游观去了罢。他走后给我两封信，关于我的事，一字不提。今天看见中大的考试委员（？）名单，文科中人多得很，他也在内，郭[1]，郁[2]也在，大约正不必再需别人，我似乎也不必太放在心上了。

　　关于我所用的听差的事，说起来话长了。初来时确是好的，现在也许还不坏。但自从伏园要他的朋友给大家包饭之后，他就忙得很，不大见面。后来他的朋友因为有几个人不大肯付钱（这是据听差说

1　郭：指郭沫若。
2　郁：指郁达夫（1896—1945），浙江富阳人，作家，时任中山大学英国文学系主任。

的），一怒而去，几个人就算了，而还有几个人要他续办，此事由伏园开端，我也无法禁止，也无从一一去接洽，劝他们另寻别人。现在这听差是忙，钱不够，我的饭钱和他的工钱都已预支一月以上，又伏园临走宣言：他不在时仍付饭钱。然而是一句话，现在这一笔账也在向我索取。我本来不善于管这些琐事，所以常常弄得头昏眼花。这些代付和预支的款，将来如能取回，则无须说，否则，在十月一日之内，我就是每日早上得一盆脸水，吃两顿饭，共需大洋约五十元。这样贵的听差，那里用得下去呢。解铃还仗系铃人，所以这回伏园回来，我仍要他将事情弄清楚，否则，我大概只能不再雇人了。

　　明天是季刊交稿的日期，所以昨夜我写信一张后，即动手做文章，别的东西不想动手研究了，便将先前弄过的东西东抄西撮，到半夜，今天一上半天，做好了，有四千字，并不吃力，从此就豫备玩几天；默念着一个某君，尤其是独坐在电灯下，窗外大风呼呼的时候。这里已可穿棉坎肩，似乎比广州冷。我先前同兼士往市上，见他买鱼肝油，便趁热闹也买了一瓶。近来散拿吐瑾吃完了，就试用鱼肝油，这几天胃口仿佛渐渐好起来似的，我想再试几天看，将来或者就吃鱼肝油（麦精的，即"帕勒塔"）也说不定。

　　　　　　　　　　　　　　　　　迅。十月¹四日灯下。

1　十月：当为"十一月"。

1926年11月8日　致许广平

广平兄：

　　昨上午寄出一信，想已到。下午伏园就回来了，关于学校的事，他不说什么，问了的结果，所知道的是（1）学校想我去教书，但并无聘书；（2）季黻的事尚无结果，最后的答复是"总有法子想"；（3）他自己除编副刊外，也是教授，已有聘书；（4）学校又另电请几个人，内有顾颉刚。顾之反对民党，早已显然，而广州则电邀之，对于热心办事如季黻者，说了许多回，则懒懒地不大注意，似乎当局者于看人一端，很不了然，实属无法。所以我的行止，当看以后的情形再定，但总当于阴历年假去走一回，这里阳历只放几天，阴历却有三礼拜。

　　李遇安前有信来，说访友不遇，要我给他设法介绍，我即给了一封绍介于陈惺农的信，从此无消息。这回伏园说遇诸途，他早在中大做职员了，也并不去见惺农，这些事真不知是怎么的，我如在做梦。他带一封信来，并不提起何以不去见陈，但说我如往广州，创造社的人们很喜欢，似乎又与那社的人在一处，真是莫名其妙。

　　伏园带了杨桃回来，昨晚吃过了。我以为味并不十分好，而汁多可取，最好是那香气，出于各种水果之上。又有"桂花蝉"和"龙虱"，样子实在好看，但没有一个人敢吃；厦门有这两种东西，但不吃。你吃过么？什么味道？

　　以上是午前写的，写到那地方，须往外面的小饭店去吃饭。因为我的听差不包饭了，说是本校的厨房要打他，（这是他的话，确否殊不可知）我们这里虽吃一点饭也就如此麻烦。在店里遇见容肇祖[1]（东莞人，本校讲师）和他的满口广东话的太太。对于桂花蝉之类，他们俩的主张就不同，容说好吃的，他的太太说不好吃的。

六日灯下

从昨天起，吃饭又发生问题了，须上小馆子或买面包来，这种问题都得自己时时操心，所以也不大静得下。我本可以于年底将此地决然舍去，但所迟疑的怕广州比这里还烦劳，认识我的少爷们也多，不几天就忙得如在北京一样。

中大的薪水比厦大少，这我倒并不在意。所虑的是功课多，听说每周最多可至十二小时，而作文章一定也万不能免，即如伏园所办的副刊，我一定也就是被用的器具之一，倘再加别的事情，我就又须吃药做文章了。前回因莽原社来信说无人投稿，我写信叫停刊，现在回信说不停，因为投稿又有了好几篇。我为了别人，牺牲已不可谓不少，现在从许多事情观察起来，只觉得他们对于我凡可以使役时便竭力使役，可以诘责时便竭力诘责，将来可以攻击时便自然竭力攻击，因此我于进退去就，颇有戒心，这或者也是颓唐之一端，但我觉得也是环境造成的。

其实我也还有一点野心，也想到广州后，对于研究系加以打击，至多无非我不能到北京去，并不在意；第二是同创造社连络，造一条战线，更向旧社会进攻，我再勉力做一点文章，也不在意。但不知怎的，看见伏园回来吞吞吐吐之后，就很心灰意懒了。但这也不过是这一两天如此，究竟如何，还当看后来的情形。

---

1 容肇祖（1897—1994）：字元胎，广东东莞人，时任厦门大学国文系讲师、国学研究院编辑。

今天大风，为一点吃饭的小事情而奔忙；又是礼拜，陪了半天客，无聊得头昏眼花了，所以心绪不大好，发了一通牢骚。望勿以为虑，静一静又会好的。

迅。十一月七日灯下

明天想寄给你一包书，没有什么好的，自己如不要，可以分给别人。

昨天信上发了一通牢骚后，又给《语丝》做了一点《厦门通信》，牢骚已经发完，舒服得多了。今天已经说好一个厨子包饭，每月十元，饭菜还可以吃，大概又可以敷衍半月一月罢。

昨夜玉堂来打听广东情形，我们因劝其将此处放弃，明春同赴广州，他想了一会说，我来时提出的条件，学校一一允许，怎能忽而不干呢？他大约决不离开这里的了，所以我看他对于国学院现状，似乎颇满足，既无决然舍去之心，亦无彻底改造之意，不过小小补苴[1]，混下去而已。他之不能活动，而必须在此，似与太太很有关系，太太之父在鼓浪屿，其兄在此为校医，玉堂之来，闻系彼力荐，今玉堂之二兄一弟，亦俱在校，大有生根之概，自然不能动弹了。

浙江独立早已灰色，夏超确已死了，是为自己的兵所杀的，浙江的警备队，全不中用。今天看报，知九江已克，周凤岐[2]（浙兵师长）降，也已见于路透电，定是确的，则孙传芳仍当声势日蹙耳，我想浙江或当还有点变化。

H. M.　十一月八日午后

1　补苴：指补缀，缝补。引申为弥补缺陷。
2　周凤岐（1879—1938）：字恭先，浙江长兴人，孙传芳所部浙江陆军第三师师长，在国民革命军攻入浙江境内后投降。

1926年11月9日　致韦素园

漱园兄：

　　昨才寄一信，下午即得廿九之信片。我想《莽原》只要稿，款两样不缺，便管自己办下去。对于长虹，印一张夹在里面也好，索性置之不理也好，不成什么问题。他的种种话，也不足与辩，《莽原》收不到，也不能算一种罪状的。

　　要鸣不平，我比长虹可鸣的要多得多多；他说以"生命赴《莽原》"了，我也并没有从《莽原》延年益寿，现在之还在生存，乃是自己寿命未尽之故也。他们不知在玩什么圈套。今年夏天就有一件事，是尚钺[1]的小说稿，原说要印入《乌合丛书》的。一天高歌[2]忽而来取，说尚钺来信，要拿回去整理一番。我便交给他了。后来长虹从上海来信，说"高歌来信说你将尚钺的稿交还了他，不知何故？"我不复。一天，高歌来，抽出这信来看，见了这话，问道，"那么，拿一半来，如何？"我答："不必了。"你想，这奇怪不奇怪？然而我不但不写公开信，并且没有向人说过。

　　《狂飙》已经看到四期，逐渐单调起来了。较可注意的倒是《幻洲》[3]《莽原》在上海减少百份，也许是受它的影响，因为学生的购买力只有这些，但第二期已不及第一期，未卜后来如何。《莽原》如作者多几个，大概是不足虑的，最后的决定究竟是在实质上。

迅　十一，九，夜

1　尚钺（1902—1982）：字宗武，河南罗山人，曾参加莽原社，后又为狂飙社成员。

2　高歌（1900—1966）：山西盂县人，高长虹的胞弟。

3　《幻洲》：文艺性半月刊，1926年10月在上海创刊。

1926年11月9日　致许广平

广平兄：

　　昨天上午寄出一包书并一封信，下午即得五日的来信。我想如果再等信来而后写，恐怕要隔许多天了。所以索性再写几句，明天付邮，任它和前信相接，或一同寄到罢。

　　校事也只能这么办。但不知近来如何？但如忙则无须详叙，因为我对于此事并不怎样放在心里，因为这一回的战斗，情形已和对杨荫榆不同也。

　　伏园已到厦，大约十二月中再去。遇安只托他带给我函函胡胡[1]的一封信，但我已研究出，他前信说无人认识是假的。《语丝》第百一期上徐祖正[2]做的《送南行的爱而君》的L就是他，给他好几封信，绍介给熟人（＝创造社中人），所以他和创造社人在一处了，突然遇见伏园，乃是意外之事，因此对我便只好吞吞吐吐。"老实"与否，可研究之。我又已探明他现在的地位，是中大委员会的速记员，和委员们很接近的，并闻，以备参考。

　　忽而写信来骂，忽而自行取消的黎锦明[3]也和他在一处，我这几天忽而对于到广州教书的事，很有些踌躇了，觉得情形将和在北京时相

1　函函胡胡：同"含含糊糊"。

2　徐祖正（1895—1978）：字耀辰，又作曜辰，江苏昆山人，作家，翻译家。

3　黎锦明（1905—1999）：湖南湘潭人，当时在广东海丰中学任教。

同，厦门当然难以久留，此外也无处可去，实在有些焦躁。我其实还敢于站在前线上，但发见[1]称为"同道"的暗中将我作傀儡或背后枪击我，却比被敌人所伤更其悲哀。长虹和素园的闹架还没有完，长虹迁怒于《未名丛刊》，连厨川白村的书也忽然不过是"灰色的勇气"了。听说小峰也并不能将约定的钱照数给家里，但家用却并没有不足。我的生命，被他们乘机另碎取去的，我觉得已经很不少，此后颇想不蹈这覆辙了。

突又发起牢骚来，这回的牢骚似乎日子发得长一点，已经有两三天，但我想明后天就要平复了，不要紧的。

这里还是照先前一样，并没有什么；只听说漳州是民军就要入城了。克复九江，则甚[2]事当甚确。昨天又听到一消息，说陈仪入浙后，也独立了，这使我很高兴，但今天无续得之消息，必须再过几天，才能知道真假。

中国学生学什么意大利，以趋奉北政府，还说什么"树的党"，可笑可恨。别的人就不能用更粗的棍子对打么？伏园回来说广州学生情形，似乎和北京的大差其远，这很出我意外。

迅 十一月九日灯下

1 见：同"现"。
2 甚：当为"其"字之误。

1926年11月15日　致许广平

广平兄：

　　十日寄出一信后，次日即得七日来信，略略一懒，便迟到今天才写回信了。

　　对于侄子的帮助，你的话是对的。我愤激的话多，有时几乎说："宁我负人，毋人负我。"然而自己也觉得太过，做起事来或者且正与所说的相反。人也不能将别人都作坏人看，能帮也还是帮，不过最好是"量力"，不要拼命就是了。

　　"急进"问题，我已经不大记得清楚了，这意思，大概是指"管事"而言，上半年还不能不管事者，并非因为有人和我淘气，乃是身在北京，不得不尔，譬如挤在戏台面前，想不看而退出，是不甚容易的。至于不以别人为中心，也很难说，因为一个人的中心并不一定在自己，有时别人倒是他的中心，所以虽说为人，其实也是为己，所以不能"以自己为定夺"的事，往往有之。

　　我先前为北京的少爷们当差，耗去生命不少，自己是知道的。但到这里，又有一些人办了一种月刊，叫作《波艇》，每月要做些文章。也还是上文所说，不能将别人都作坏人看，能帮还是帮的意思。不过先前利用过我的人，知道现已不能再利用，开始攻击了。长虹在《狂飙》第五期已尽力攻击，自称见过我不下百回，知道得很清楚，并捏造了许多会话[1]（如说我骂郭沫若之类）。其意盖在推倒《莽原》，一方面则推广《狂飙》消[2]路，其实还是利用，不过方法不同。他们专想利用我，我是知道的，但不料他看出活着他不能吸血了，就要杀了煮吃，有如此恶毒。我现在拟置之不理，看看他技俩[3]发挥到如何。现在看来，山西人究竟是山西人，还是吸血的。

　　校事不知如何，如少暇，简略地告知几句便好。我已收到中大聘书，月薪二百八，无年限的，大约那计画是将以教授治校，所以认为非研究系的，不至于开倒车的，不立年限。但我的行止如何，一时也还不易决定。此地空气恶劣，当然不愿久居，然而到广州也有不合的几点。（一）我对于行政方面，素不留心，治校恐非所长。（二）听说政府将移武昌，则熟人必多离粤，我独以"外江佬"留在校内，大约未必有味；而况（三）我的一个朋友，或者将往汕头，则我虽至广州，与在厦门何异。所以究竟如何，当看情形再定了，好在开学当在明年三月初，很有考量的余地。

　　我又有种感触，觉得现在的社会，可利用时则竭力利用，可打击时则竭力打击，只要于他有利。我在北京是这么忙，来客不绝，但倘一失脚，这些人便是投井下石的，反面不识还是好人；为我悲哀的大约只有两个，我的母亲和一个朋友。所以我常迟疑于此后所走的路：（1）积几文钱，将来什么都不做，苦苦过活；（2）再不顾自己，为人们做一点事，将来饿肚也不妨，也一任别人唾骂；（3）再做一点事，（被利用当然有时仍不免），倘同人排斥我了，为生存起见，我便不问什么

1　会话：对话。

2　消：同"销"。

3　技俩：同"伎俩"。

事都敢做，但不愿失了我的朋友。第三条[1]我已实行过两年多了，终于觉得太傻。前一条当托庇于资本家，须熬；末一条则颇险，也无把握（于生活），所以实在难于下一决心，我也就想写信和我的朋友商量，给我一条光。

　　昨天今天此地都下雨，天气稍凉。我仍然好的，也不怎么忙。

迅　十一月十五日灯下。

1　第三条：当为"第二条"之误。

1926年11月18日　致许广平

广平兄：

　　十六日寄出一信，想已到。十二日发的信，今天收到了。校事已见头绪，很好，总算结束了一件事。至于你此后所去的地方，却叫我很难下批评。你脾气喜欢动动，又初出来办事，向各处看看，办几年事；历练历练，本来也很好的，但于自己，却恐怕没有好处，结果变成政客之流。你大概早知道我有两种矛盾思想，一是要给社会上做点事，一是要自己玩玩。所以议论即如此灰色。折衷起来，是为社会上做点事而于自己也无害，但我自己就不能实行，这四五年来，毁损身心不少。我不知道你自己是要在政界呢还是学界。伏园下月中旬当到粤，我想如中大女生指导员之类有无缺额，或者（由我）也可以托他问一问，他一定肯出力的。季黻的事，我也要托他办。

　　曹某大约不是少爷们冒充的，因为回信的住址是女生宿舍。中山生日的情形，我以为于他本身是无关的，我的意思是"身后名，不如即时一杯酒"。但于别人有益。即如这里，竟没有这样有生气的盛会，只有和尚自做水陆道场，男男女女上庙拜佛，真令人看得索然气尽。默坐电灯下，还要算我的生趣，何得"打"之，莫非并"默念"也不准吗？近来只做了几篇付印的书的序跋，虽多牢骚，却有不少真话。还想做一篇记事，将五年来少爷们利用我，给我吃苦的事，讲一个大略，不过究竟做否，现在还未决定。至于真正的用功，却难，这里无须用功，也不是用功的地方。国学院也无非装面子，不要实际。对于指导教员的成绩，常要查问，上星期我气起来，对校长说，我的成绩是辑古小说十本，早已成功，只须整理，学校如如此急急，便可付印，我一面整理就是。于是他们便没有后文了。他们只是空急，并不准备付印。

我先前虽已决定不在此校，但时期是本学期末抑明年夏天，却没有定。现在是至迟至本学期末非走不可了。昨天出了一件可笑可叹的事。下午有恳亲会，我向来不赴这宗会的，而玉堂的哥哥硬拉我去。（玉堂有二兄一弟[1]在校内。这是第二个哥哥，教授兼学生指导员，每开会，他必有极讨人厌的演说）我不得已，去了。不料会中他又演说，先感谢校长给我们吃点心，次说教员吃得多么好，住得多么舒服，薪水又这么多，应该大发良心，拚命做事。而校长之如此体贴我们，真如父母一样……。我真就要跳起来，但立刻想到他是玉堂的哥哥，我一翻脸，玉堂必大为敌人所笑，我真是"哑子吃苦瓜"，说不出的苦，火焰烧得我满脸发热。照这里的人看起来，出来反抗的该是我了，但我竟不动，而别一个教员起来驳斥他，闹得不欢而散。

还有希奇的事情。教员里面，竟有对于驳斥他的教员，不以为然的。莫非真以儿子自居，我真莫名其妙。至于玉堂的哥哥，今天开学生周会，他又在演说了，依然如故。他还教"西汉哲学"哩，冤哉西汉哲学，苦哉玉堂。

昨天的教职员恳亲会，是第三次，我却初次到，见是男女分房的，不但分坐。

4-26　　1926 年 11 月 18 日　致许广平

1　林语堂的二哥林玉霖在林语堂来厦门大学之前便已在该校任外语系教授，林语堂来校后，林玉霖将教授一　职让给他，自己改任学生指导长。大哥林景良、六弟林幽随林语堂来校，任国学研究院编辑部编辑。

　　我才知道在金钱下的人们是这样的，我决定要走了，但为玉堂面子计，决不以这一事作口实，且须于学期之类作一结束。至于到何处，一时难定，总之无论如何，年假中我总要到广州走一遭，即使无噉饭处，厦门也决不居住的了。又我近来忽然对于做教员发生厌恶，于学生也不愿意亲近起来，接见这里的学生时，自己觉得很不热心，不诚恳。

　　我还要忠告玉堂一回，劝他离开这里，到武昌或广州做事。但看来大大半是无效的，他近来看事情似乎颇胡涂，又牵连的人物太多，非大失败，大概是决不走的。我的计画，也不过聊尽同事一场的交情而已。结果一定是他怪我舍他而去，使他为难。

　　　　　　　　　　　　　　　　　　　　迅。十八，夜。

1926年11月20日　致许广平

广平兄：

　　十九日寄出一信；今天收到十五，六，七日来信了，一同来的。看来广州有事做，所以你这么忙，这里是死气沉沉，也不能改革，学生也太沉静，数年前闹过一次，激烈的都走出，在上海另立大夏大学了。我决计至迟于本学期末（阳底[1]正月底）离开这里，到中山大学去。

　　中大的薪水是二百八十元，可以不搭库券。据朱骝仙对伏园说，另觅兼差，照我现在的收入数也可以想法的，但我却并不计较这一层，实收百余元，大概也已够用，只要不在不死不活的空气里就够了。我想我还不至于完在这样的空气里，到中大后大概也不难择一不很繁杂吃力，而较有益于学校或社会的事。至于厦大，其实是不必请我的，因为我虽颓唐，而他们还比我颓唐得多。

　　玉堂今天辞职了，因为减缩豫算的事。但只辞国学院秘书，未辞文科主任。我已乘间令伏园达[2]我的意见，劝他不必烂在这里，他无回话。我还要亲自对他说一回。但我看他的辞职是不会准的，不过有此一事，则我有辞可借，比较容易脱身。

　　从昨天起，我的心又平静了。一是因为决定赴粤，二是因为决定对长虹们给一打击。你的话并不错的；但我之所以愤慨，却并非因为

1　底：当为"历"字之误。

2　达：转达，传达。

他们以平常待我，而在他日日吮血，一觉到我不肯给他们吮了，便想一棒打杀，还将肉作罐头卖以获利。这回长虹笑我对章士钊的失败道"于是遂戴其纸糊的'思想界的权威者'之假冠，而入于身心交病之状态矣"。但他八月间在《新女性》登广告，却云"与思想先驱者鲁迅合办《莽原》"，自己加我"假冠"，又因别人所加之"假冠"而骂我，真是不像人样。我之所以苦恼，是因我平生言动，即使青年来杀我，我总不愿意还手，而况是常常见面的人。因为太可恶，昨天竟决定了，虽是什么青年，我也不再留情面，于是作一启事，将他利用我的名字，而对于别人用我名字的事，则加笑骂等情状，揭露出来，比他的长文要刻毒些。且毫不客气，刀锋正对着他们的所谓"狂飙社"，即送登《语丝》，《莽原》，《新女性》，《北新》四种刊物。我已决定不再彷徨，拳来拳对，所以心里也舒服了。

其实我大约也终于不见得因为小障碍而不走路，不过因为神经不好，所以容易说愤话。小障碍能绊倒我，我不至于要离开厦门了。但我也极愿意知道还在开垦的路，可惜现在不能知道，非不愿，势不可也。本校附近是不能暂时停留的，市上，则离校有五六里，客栈坏极，有一窗门之屋，便称洋房，中间只有一床一桌一凳，别的什么也没有，倘有人访我，不但安身，连讲话的便利也没有。好在我还不至于怎样天鹅绒，所以无须有"劳民伤财"之举，学期结末也快到了。况且我的心也并不"空虚"，有充实我的心者在。

你说我受学生的欢迎，足以自慰吗？我对于他们不大敢有希望，我觉得特出者很少，或者竟没有。但我做事是还要做的，希望是在未见面的人们，或者如你所说："不要认真"。所以我的态度其实毫不倒退，一面发牢骚，一面编好《华盖续编》，做完《旧事重提》，编好

《争自由的波浪》（董秋芳译小说），《卷葹》，都寄出去了。至于有一个人，我自然足以自慰的，且因此增加我许多勇气，但我有时总还虑他为我而牺牲。并且也不能"推及一二以至无穷"，有这样多的么？我倒不要这样多，有一个就好了。

说起《卷葹》，又想到一件事了。这是淦女士做的，共四篇，皆在《创造》上发表过。这回送来印入《乌合丛书》，是因为创造社印成丛书，自行发卖，所以这边也出版，借我来抵制他们的，凡未在那边发表过者，一篇也不在内。我明知这也是被人利用，但给她编定了。你看，这种皮气[1]，怎么好呢？

我过了明天礼拜，便要静下来，编编讲义，大约至汉末止，作一结束。余闲便玩玩。待明年换了空气，再好好做事。今天来客太多，无工夫可写信，写了这两张，已经夜十二点半了，心也不静。

和这信同时，我还想寄一束杂志，计《新女性》十一月号，《北新》十一，二，《语丝》一百三，四。又九、七、八两本，则因为上回所寄是切边的，所以补寄毛边者两本，但你大概是不管这些的，不过我的皮气如此，所以仍寄。

迅。十一月廿日。

1　皮气：同"脾气"。

1926年11月21日　致章廷谦

矛尘兄：

　　前得十日信后，即于十七日奉上一函，想已到。今日收到十二日来信了，路上走了十天，真奇。你所闻北京传来的话，都是真的，伏[1]将于下月初动身，我则至多敷衍到本学期末，广大的聘书，我已接收了。玉堂对你，毫无恶意，他且对伏园说过几次，深以不能为你的薪水争至二百为歉。某公之阴险，他亦已知，这一层不成问题，所虑者只在玉堂自己可以敷衍至何时之问题耳，盖因他亦常受掣肘，不能如志也。所以你愈早到即愈便宜，因为无论如何，川资总可挣到手，一因谣言，一因京信，又迟迟不行，真可惜也。

　　某公之阴谋，我想现在已可以暂不对你了。盖彼辈谋略，无非欲多拉彼辈一流人，而无位置，则攻击别人。今则在厦者且欲相率而去，大小饭碗，当空出三四个，他们只要有本领，拿去就是。无奈校长并不听玉堂之指挥，玉堂也并不听顾公之指挥，所以陈乃乾不来之后，顾公私运了郑某[2]来厦，欲以代替，而终于无法，现住和尚庙里，又欲挖取伏园之兼差（伏曾为和尚之先生，每星期五点钟），因伏园将赴广，但又被我们抵制了。郑某现仍在，据说是在研究"唯物史观之中国哲学史"云。试思于自己不吃之饭碗，顾公尚不能移赠别人，而况并不声明不吃之川岛之饭碗乎？他们自己近来似乎也不大得意，

1　伏：指孙伏园。

2　郑某：指程憬（1903—1950），字仰之，安徽绩溪人，曾托顾颉刚代谋教职。

大约未必再有什么积极的进攻。他们的战将也太不出色，陈万里已经专在学生会上唱昆腔，被大家"优伶蓄之"了。

我的意见是：事已至此，你们还是来。倘令夫人已生产，你们一同来，倘尚无消息，你就赶紧先来，夫人满月后，可托人送至沪，又送上船，发一电，你去接就是了。但两人须少带笨重器具，准备随时可走。总而言之，勿作久长之计，只要目前有钱可拿，便快快来拿，拿一月算一月，能拿至明年六月，固好，即不然，从速拿，盘川即决不会折本，若回翔审慎，则现在的情形时时变化，要一动也不能动了。

其实呢，这里也并非一日不可居，只要装聋作哑。校中的教员，谋为"永久教员"者且大有其人。我的脾气太不好，吃了三天饱饭，就要头痛，加以一卷行李一个人，容易作怪，毫无顾忌。你们两位就不同，自有一个小团体，只要还他们应尽的责任，此外则以薪水为目的，以"爱人呀"为宗旨，关起门来，不问他事，即偶有不平，则于回房之后，夫曰：某公是畜生！妇曰：对呀，他是虫豸！闷气既出，事情就完了。我看凡有夫人的人，在这里都比别人和气些。顾公太太已到，我觉他比较先前，瘟得多了，但也许是我的神经过敏。

若夫不佞者，情状不同，一有感触，就坐在电灯下默默地想，越想越火冒，而无人浇一杯冷水，于是终于决定曰：仰东硕杀[1]！我勤来带者！其实这种"活得弗靠活"，亦不足为训，所以因我要走而以为厦大不可一日居，也并非很好的例证。至于"糟不可言"，则诚然不能为讳，然他们所送聘书上，何尝声明要我们来改良厦大乎？薪水不糟，亦可谓责任已尽也矣。

迅　上　十一月二十一日

1　仰东硕杀：绍兴方言中骂人的话。

1926年11月23日　致李霁野

霁野兄：

　　十四日发出的快信，今天收到了，比普通的信要迟一天。因为这里只有一个邮政代办处，不分送，要我们自己去留心。一批信到，他就将刊物和平常信塞在玻璃柜内，给各人自己拿去。这才慢慢地将宝贵的——包裹，挂号信，快信——一批在房里打开，一张一张写通知票，将票又塞在玻璃柜内，我们见票，取了印章去取信，所以凡是快信，一定更慢，外边不知道这情形，时常上当的。

　　《莽原丛刊》，我想改作《未名新集》;《坟》不在内，独立，如《中国小说史略》一般。该集以《君山》为第一部。至于半月刊，我想，应以你们为中坚，如大家都有兴趣，或译或作，就办下去，半侬[1]，沉君们的帮忙，都不能作为基本的。至于我，却很难说，因为仍不能用功，我确拟于年底离开这里。这里是死海一样，不愁没饭吃，而令人头痛之事常有，往往反而不想吃饭，宁可走开。此后之生活状态如何，此时实难豫测，大约总是仍不能关起门来用功的。我现在想，一月一回，该可以作，因为倘没有文思，做出来也是无聊的东西，如近来这几月，就是如此。

　　你们青年且上一年阵试试看，卖不去也不要紧，就印千五百，倘

1　半侬：即刘半农（1891—1934），原名寿彭，后名复，初字半侬，后改半农，江苏江阴人，文学家，语言学家。时任北京大学国文系教授，兼任北大研究所国学门导师。

再卖不去，就印一千，五百，再卖不去，关门未迟。如果以为如此不妥，那就停刊罢。

倘不停，我想名目也不必改了，还是《莽原》。《莽原》究竟不是长虹家的。我看他《狂飙》第五期上的文章，已经堕入黑幕派了，已无须客气。我已作了一个启事，寄《北新》，《新女性》，《语丝》，《莽原》，和他开一个小玩笑。

《莽原》的合本，我以为最好至廿四期出全了，一齐发卖。

"圣经"两字，使人见了易生反感，我想就分作两份，称"旧约"及"新约"的故事，何如？

六斤家只有这一个钉过的碗，钉是十六或十八，我也记不清了。总之两数之一是错的，请改成一律。记得七斤曾说用了若干钱，将钱数一算，就知道是多少钉。倘其中没有七斤口述的钱数（手头无书，记不清了），则都改十六或十八均可。

关于《创世纪》的作者，随他错去罢，因为是旧稿。人猿间确没有深知道连锁，这位Haeckel[1]博士一向是常不免"以意为之"的。

陶元庆君来信言《坟》的封面已寄出但未到，嘱我看后寄给钦文。用三色版印，钦文于校三色板多有经验，我想就托他帮忙罢。只要知道这书大约多少厚，便可以付京华印书面。

　　　　　　　　　　　　　　　　迅　十一月二十三日

1　Haeckel：海克尔（1834—1919），德国生物学家，达尔文主义的捍卫者和传播者。

1926年11月26日　致许广平

广平兄：

　　二十一日寄一信，想已到。十七日所发之又一简信，二十二日收到了；包裹尚未来，大约包裹及书籍之类，照例比普通信件迟，我想明天大概要到，或者还有信，我等着。我还想从上海买一合¹较好的印色来，印在我到厦后所得的书上。

　　近日因为校长要减少国学院豫算，玉堂颇愤慨，要辞主任，我因进言，劝其离开此地，他极以为然。我亦觉此是脱身之机会。今天和校长开谈话会，乃提出强硬之抗议，且露辞职之意，不料校长竟取消前议了，别人自然大满足，玉堂亦软化，反一转而留我，谓至少维持一年，因为教员中涂²难请云云。又我将赴中大消息，此地报上亦揭载，大约是从广州报上来的，学生因亦有劝我教满他们一年者。这样看来，年底要脱身恐怕麻烦得很，我的豫计，因此似乎也无从说起了。

　　我自然要从速走开此地，但结果如何，殊难预料。我想这大半年中，HM不如不以我之方针为方针，而到于自己相宜的地方去，否则也许做了很牵就，非意所愿的事务，而结果还是不能常见。我的心绪往往起落如波涛，这几天却很平静。我想了半天，得不到结论，但以为，这一学期居然已经去了五分之三，年底已不远，可以到广州看一回，此时

1　合：同"盒"。

2　涂：同"途"。

即使仍不能脱离厦大，再熬五个月，似乎也还做得到，此后玉堂便不能以聘书为口实，可以自由了。自然，以后如何，我自然也茫无把握。

今天本地报上的消息很好，泉州已得，浙陈仪又独立，商震反戈攻张家口，国民一军将至潼关，此地报纸大概是民党色采，消息或倾于宣传，但我想，至少泉州攻下总是确的。本校学生民党不过三十左右，其中不少是新加入者，昨夜开会，我觉他们都不经训练，不深沉，甚至于连暗暗取得学生会以供我用的事情都不知道，真是奈何奈何。开一回会，徒令当局者注意，那夜反民党的职员却在门外窃听。

　　　　　　　　　　　　　二十五日之夜，大风时。

写了一张之（刚写了这五个字，就来了一个学生，一直坐到十二点）后，另写了一张应酬信，还不想睡，再写一点罢。伏园下月准走，十二月十五左右，一定可到广州了。他是大学教授兼编辑，位置很高，但大家正要用他，也无怪其然。季巿的事，则至今尚无消息，不知何故，我同兼士曾合发一信，又托伏园面说，又写一信，都无回音，其实季巿的办事能力，比我高得多多。

我想HM正要为社会做事，为了我的牢骚而不安。实在不好，想到这里，忽然静下来了，没有什么牢骚。其实我在这里的不方便，仔细想起来，大半在于言语不通，例如前天厨房又不包饭了，我竟无法查问是厨房自己不愿包，还是听差和他冲突，叫我不要他办了。不包则不包亦可。乃同伏园去到一个福州馆，要他包饭，而馆中只有面，问以饭，曰无有，废然而返。今天我托一个福州学生去打听，才知道无饭者，乃适值那时无饭，并非永远无饭也，为之大笑。大约明天起，当在该福州馆包饭了。

仍是二十五日之夜，十二点半。

　　此刻是上午十一时，到邮务代办处去看了一回，没有信；而我这信要寄出了，因为明天大约有从厦赴粤之船，倘不寄，便须待下星期三这一只了。但我疑心此信一寄，明天便要收到来信，那时再写罢。

　　记得约十天以前，见报载新宁轮由沪赴粤，在汕头被盗劫，纵火。不知道我的信可有被烧在内。我的信是十日之后，有十六，十九，二十一等三封。

　　此外没有什么事了，下回再谈罢。

迅。十一月二十六日。

　　午后一时经过邮局门口，见有别人的东莞来信，而我无有，那么，今天是没有信的了，就将此发出。

1926年11月28日　致许广平

广平兄：

二十六日寄出一信，想当已到。次日即得二十三日来信，包裹的通知书，也一并送到了，即刻向邮政代办处取得收据，星期六下午已来不及，星期日不办事，下星期一（廿九日）可以取来，这里的邮政，就是如此费事。星期六这一天（廿七），我同玉堂往集美学校演说，以小汽船来往，还耗去一整天；夜间会客，又耗去了许多工夫，客去正想写信，间壁的礼堂走了电，校役吵嚷，校警吹哨，闹得石破天惊，究竟还是物理学教员有本领，进去关住了总电门，才得无事，只烧焦了几块木头。我虽住在并排的楼上，但因为墙是石造的，知道不会延烧，所以并不搬动，也没有损失，不过因为电灯俱熄，洋烛的光摇摇而昏暗，于是也不能写信了。

我一生的失计，即在历来并不为自己生活打算，一切听人安排，因为那时豫计是生活不久的。后来豫计并不确中，仍须生活下去，于是遂弊病百出，十分无聊。后来思想改变了，而仍是多所顾忌，这些顾忌，大部分自然是为生活，几分也为地位，所谓地位者，就是指我历来的一点小小工作而言，怕因我的行为的剧变而失去力量。但这些瞻前顾后，其实也是很可笑的，这样下去，更将不能动弹。第三法最为直截了当，其次如在北京所说则较为安全，但非经面谈，一时也决不下。总之我以前的办法，已是不妥，在厦大就行不通，所以我也决计不再敷衍了，第一步我一定于年底离开此地，就中大教授职。但我极希望那一个人也在同地，至少也可以时常谈谈，鼓励我再做有益于人的工作。

昨天我向玉堂提出以本学期为止，即须他去的正式要求，并劝他同走。对于我走这一层，略有商量的话，终于他无话可说了，所以前信所说恐怕难于脱身云云，已经不成问题，届时他只能听我自便。他自己呢，大约未必走，他很佩服陈友仁[1]，自云极愿意在他旁边学学。但我看他仍然于厦门颇留恋，再碰几个钉子，则来年夏天可以离开。

此地无甚可为，近来组织了一种期刊，而作者不过寥寥数人，或则受创造社影响，过于颓唐（比我颓唐得多），或则太大言无实；又在日报上添了一种文艺周刊，恐怕不见得有什么好结果。大学生都很沉静，本地人文章，则"之乎者也"居多，他们一面请马寅初写字，一面请我做序，真是殊属胡涂。有几个因为我和兼士在此而来的，我们一走，大约也要转学到中大去。

离开此地之后，我必须改变我的农奴生活；为社会方面，则我想除教书外，或者仍然继续作文艺运动，或更好的工作，待面谈后再定。我觉得现在HM比我有决断得多，我自到此地以后，仿佛全感空虚，不再有什么意见，而且时有莫名其妙的悲哀，曾经作了一篇我的杂文集的跋，就写着那时的心情，十二月末的《语丝》上可以发表，一看就知道。自己也知道这是须改变的，我现在已决计离开，好在已只有五十天，为学生编编文学史讲义，作一结束（大约讲至汉末止），时光也容易度过的了，明年从新来过罢。

---

1 陈友仁（1875—1944）：出生于特立尼达，民国华侨外交家，1926年3月任国民政府外交部长。

　　遇安既知通信的地方，何以又须详询住址，举动颇为离奇，或者是在研究HM是否真在羊城，亦未可知。因他们一群中流言甚多，或者会有HM在厦门之说也。

　　校长给三主任的信，我在报上早见过了，现未知如何？能别有较好之地，自以离开为宜，但不知可有这样相宜的处所？

迅　十一月廿八日十二时。

1926年11月28日　致韦素园

漱园兄：

　　十六日来信，今天收到了。我后又续寄《坟》跋一，《旧事重提》一，想已到。《狂飙》第五期已见过，但未细看，其中说诳挑拨之处似颇多，单是记我的谈话之处，就是改头换面的记述，当此文未出之前，我还想不到长虹至于如此下劣。这真是不足道了。关于我在京从五六年前起所遇的事，我或者也要做一篇记述发表，但未一定，因为实在没有工夫。

　　明年的半月刊，我恐怕一月只能有一篇，深望你们努力。我曾有信给季野，你大约也当看见罢。我觉得你，丛芜，霁野，均可于文艺界有所贡献，缺点只是疏懒一点，将此点改掉，一定可以有为。但我以为丛芜现在应该静养。

　　《莽原》改名，我本为息事宁人起见。现在既然破脸，也不必一定改掉了，《莽原》究竟不是长虹的。这一点请与霁野商定。

迅　十一月廿八日

　　《坟》的封面画，陶元庆君已寄来，嘱我看后转寄钦文，托他印时校对颜色，我已寄出，并附一名片，绍介他见你，接洽。这画是三色的，他于印颜色版较有经验，我想此画即可托他与京华接洽，并校对。因为是石印，大约价钱也不贵的。

1926年12月2日　致许广平

广平兄：

上月二十九日寄一信，想已收到了。廿七日发来的信，今天已到。同时伏园也接陈醒农信，知道政府将移武昌，他和孟余都将出发，报也移去，改名《中央日报》。叫伏园直接往那边去，因为十二月下旬须出版，所以伏园大概不再往广州。广州情状，恐怕比较地要不及先前热闹了。

至于我呢，仍然决计于本学期末离开这里而往广州中大，教半年书看看再说。一则换换空气，二则看看风景，三则……。要活动，明年夏天又可以活动的，倘住得便，多教几时也可以。不过"指导员"一节，无人先为设法了。

你既然不宜于"五光十色"之事，教几点钟书如何呢？要豫备足，则钟点可以少一些。办事与教书，在目下都是淘气之事，但我们舍此亦无事可为。我觉得教书与办别事实在不能并行，即使没有风潮，也往往顾此失彼。你不知此后可别有教书之处（国文之类），有则可以教几点钟，不必多，每日匀出三四点钟来看书，也算豫备，也算自己玩玩，就好了；暂时也算是一种职业。你大约世故没有我深之故，似乎思想比我明晰些，也较有决断，研究一种东西，不会困难的，不过那粗心要纠正。还有一种吃亏之处是不能看别国书，我想较为便利是来学日本文，从明年起我想勒令学习，反抗就打手心。

至于中央政府迁移而我到广州，于我倒并没有什么。我并非追踪政府，却是别有追踪。中央政府一移，许多人一同移去，我或者反而可以闲暇些，不至于又大欠文章债，所以无论如何，我还是到中大去的。

包裹已经取来了，背心已穿在小衫外，很暖，我看这样就可以过冬，无需棉袍了。印章很好，没有打破，我想这大概就是称为"金星石"的，并不是玻璃。我已经写信到上海去买印泥，因为盒内的一点油太多，印在书上是不合式的。

计算起来，我在此至多也只有两个月了，其间编编讲义，烧烧开水，也容易混过去。何况还有默念，但这默念之度常有加增的倾向，不知其故何也，似乎终于也还是那一个人胜利了。厨子的菜又不能吃，现在是单买饭，伏园自己做一点汤，且吃罐头。伏园十五左右当去，我是什么菜都不会做的，那时只好仍包菜，但好在其时离放学已只四十多天了。

阅报，知女师大失火，焚烧不多，原因是学生自己做菜，烧坏了两个人：杨立侃，廖敏。姓名很生，大约是新生，你知道吗？她们后来都死了。

以上是午后四点钟写的，因琐事放下，后来是吃饭，陪客，现已是夜九点钟了。在钱下呼吸，实在太苦，苦还不妨，受气却难耐。大约中国在最近几十年内，怕未必能够做若干事，即得若干相当的报酬，干干净净。（写到这里，又放下了，因为有人来，我这里是毫无躲避处，有人进来就进来，你看如此住处，岂能用功）往往须费额外的力，受无谓的气，无论做什么事，都是如此。我想此后只要以工作赚得生活费，不受意外的气，又有点自己玩玩的余暇，就可以算是幸福了。

我现在对于做文章的青年，实在有些失望，我想有希望的青年似乎大抵打仗去了，至于弄弄笔墨的，却还未看见一个真有几分为社会的，他们多是挂新招牌的利己主义者。而他们却以为他们比我新一二十年，我真觉得他们无自知之明，这也就是他们之所以"小"的地方。

上午寄出一束刊物，是《语丝》《北新》各两本，《莽原》一本。《语丝》上有我的一篇文章，不是我前信所说发牢骚的那一篇；那一篇还未登出，大概当在一〇八期。

迅 十二月二日之夜半。

1926年12月3日　致许广平

广平兄：

　　今天刚发一信，也许这信要一同寄到罢。你或者初看以为又有什么要事了，其实并不，不过是闲谈。前回的信，我半夜放在邮筒中；这里邮筒有两个，一在所内，五点后就进不去了，夜间便只能投入所外的一个。而近日邮政代办所里的伙计是新换的，满脸呆气，我觉得他连所外的一个邮筒也未必记得开，我的信不知送往总局否，所以再写几句，俟明天上午投到所内的一个邮筒里去。

　　我昨夜的信里是说：伏园也得醒农信，说国民政府要搬了，叫他直接上武昌去，所以他不再往广州。至于我，则无论如何，仍于学期末离开厦门而往中大，因为我倒并不一定要跟随政府，熟人如伏园辈不在一起，或者反而可以清闲些。但你如离开师范，不知在原地可有做事之处，我想还不如教一点国文，钟点以少为妙，可以多豫备。大略不过如此。

　　政府一搬，广东的"外江佬"要减少了，广东被"外江佬"刮了许多天，此后也许要向"遗佬"报仇，连累我未曾搜刮的外江佬吃苦，但有害马保镳，所以不妨胆大。《幻洲》上有一篇东西，很称赞广东人，所以我愿意去看看，至少也住到夏季。大约说话是一点不懂，和在此相同，但总不至于连买饭的处所也没有。我还想吃一回蛇，尝一点龙虱。

　　到我这里来空谈的人太多，即此一端也就不宜久居于此。我到中大后，拟静一静，暂时少与别人往来，或用点功，或玩玩。我现在身体是好的，能吃能睡，但今天我发见我的手指有点抖，这是吸烟太多了之故，近来我吸到每天三十支了，我从此要减少。我回忆在北京因节制吸烟之故而令一个人碰钉子的事，心里很难受，觉得脾气实在坏得可以。但不知怎的，我于这一点不知何以自制力竟这么薄弱，总是戒不掉。但愿明年有人管束，得渐渐矫正，并且也甘心被管，不至于再闹脾气的了。

　　我明年的事，自然是教一点书；但我觉得教书和创作，是不能并立的，郭沫若郁达夫之不大有文章发表，其故盖亦由于此。所以我此后的路还当选择，研究而教书呢，还是仍作游民而创作？倘须兼顾，即两皆没有好成绩。或者研究一两年，将文学史编好，此后教书无须豫备，则有余暇，再从事于创作之类也可以。但这也并非紧要问题，不过随便说说。

　　《阿Q正传》的英译本已经出版了，译得似乎并不坏，但也有一点小错处，你要否？如要，当寄上，因为商务馆有送给我的。

　　写到这里，还不到五点钟，也没有什么别的事了，就此封入信封，赶今天寄出罢。

　　　　　　　　　　　　　　　　　　　　迅 十二月三日下午。

1926年12月5日　致韦素园

漱园兄：

　　十一月二十八日信已到。《写在〈坟〉后面》登《莽原》，也可以的。《坟》能多校一回，自然较好；封面画我已寄给许钦文了，想必已经接洽过。

　　《君山》多加插画，很好。我想：凡在《莽原》上登过而印成单行本的书，对于定《莽原》全年的人，似应给以特别权利。倘预定者不满百人，则简直[1]各送一本，倘是几百，就附送折价（对折？）券（或不送而只送券亦可），请由你们在京的几位酌定。我的《旧事重提》（还要改一个名字）出版时，也一样办理。

　　《黑假面人》费了如许工夫，我想卖掉也不合算，倘自己出版，则以《往星中》为例，半年中想亦可售出六七百本。未名社之立脚点，一在出版多，二在出版的书可靠。倘出版物少，亦觉无聊。所以此书仍不如自己印。霁野寒假后不知需款若干，可通知我，我当于一月十日以前将此款寄出，二十左右便可到北京，作为借给他的，俟《黑假面人》印成，卖去，除掉付印之本钱后，然后再以收来的钱还我就好了。这样，则未名社多了一本书，且亦不至于为别的书店去作苦工，因为我想剧本卖钱是不会多的。

1　简直：索性，干脆。

　　对于《莽原》的意见，已经回答霁野，但我想，如果大家有兴致，就办下去罢。当初我说改名，原为避免纠纷，现长虹既挑战，无须改了，陶君的画，或者可作别用。明年还是叫《莽原》，用旧画。退步须两面退，倘我退一步而他进一步，就只好拔出拳头来。但这仍请你与霁野酌定，我并不固执。至于内容，照来信所说就好。我的译作，现在还说不定什么题目，因为正编讲义，须十日后才有暇，那时再想。我不料这里竟新书旧书都无处买，所以得材料就很难，或者头几期只好随便或做或译一点，待离开此地后，倘环境尚可，再来好好地选译。我到此以后，琐事太多，客也多，工夫都耗去了，一无成绩，真是困苦。将来我想躲起来，每星期只定出日期见一两回客，以便有自己用功的时间，倘这样下去，将要毫无长进。

　　留学自然很好，但既然对于出版事业有兴趣，何妨再办若干时。我以为长虹是泼辣有余，可惜空虚。他除掉我译的《绥惠略夫》和郭译的尼采小半部[1]而外，一无所有。所以偶然作一点格言式的小文，似乎还可观，一到长篇，便不行了，如那一篇《论杂交》，直是笑话。他说那利益，是可以没有家庭之累，竟不想到男人杂交后虽然毫无后患，而女人是要受孕的。

　　在未名社的你们几位，是小心有余，泼辣不足。所以作文，办事，都太小心，遇见一点事，精神上即很受影响，其实是小小是非，成什么问题，不足介意的。但我也并非说小心不好，中国人的眼睛倘此后渐渐亮起来，无论创作翻译，自然只有坚实者站得住，《狂飙》式的恫吓，只能欺骗一时。

4-35　　1926年12月5日　致韦素园

1　指郭沫若所译尼采的《查拉图司屈拉钞》第一部。尼采（F. W. Nietzsche, 1844—1900），德国哲学家。

　　长虹的骂我，据上海来信，说是除投稿的纠葛之外，还因为他与开明书店商量，要出期刊，遭开明拒绝，疑我说了坏话之故。我以为这是不对的，由我看来，是别有两种原因。一，我曾在上海对人说，长虹不该擅登广告，将《乌合》《未名》都拉入什么"狂飙运动"去，我不能将这些作者都暗暗卖给他。大约后来传到他耳朵里去了。二，我推测得极奇怪，但未能决定，已在调查，将来当面再谈罢，我想，大约暑假时总要回一躺¹北京。

　　前得静农²信，说起《卷葹》，我为之叹息，他所听来的事，和我所经历的是全不对的。这稿子，是品青来说，说愿出在《乌合》中，已由小峰允印，将来托我编定，只四篇。我说四篇太少；他说这是一时期的，正是一段落，够了。我即心知其意，这四篇是都登在《创造》上的，现创造社不与作者商量，即翻印出售，所以要用《乌合》去抵制他们，至于未落创造社之手的以后的几篇，却不欲轻轻送入《乌合》之内。但我虽这样想，却答应了。不料不到半年，却变了此事全由我作主，真是万想不到。我想他们那里会这样信托我呢？你不记得公园里饯行那一回的事吗？静农太老实了，所以我无话可答。不过此事也无须对人说，只要几个人（丛，霁，静）心里知道就好了。

　　　　　　　　　　　　　　　　　　　　　　　迅　十二月五日

1　躺：同"趟"。
2　静农：台静农（1903—1990），本姓澹台，字伯简，原名传严，改名静农，安徽六安人，1925年春初识鲁迅，同年夏季成为未名社成员。

1926年12月6日　致许广平

广平兄：

　　三日寄出一信，并刊物一束，系《语丝》等五本，想已到。今天得二日来信，可谓快矣。对于廿六日函中的一段议论，我于廿九日即发一函，想当我接到此函时，那边亦已寄到，知道我已决计离开此地，所以我也无须多说了。其实我这半年来并不发生什么"奇异感想"，不过"我不太将人当作牺牲么"这一种思想——这是我一向常常想到的思想——却还有时起来，一起来，便沉闷下去，就是所谓"静下去"，而间或形于词色。但也就悟出并不尽然，故往往立即恢复，二日得中央政府迁移消息后，即连夜发一信（次日又发一信），说明我的意思与廿九日信中所说并无变更，实未曾有愿意害马"终生被播弄于其中而不自拔"之意，当初仅以为在社会上阅历几时，可以得较多之经验而已，并非我将永远静着，以至于冷眼旁观，将害马卖掉，而自以为在孤岛中度寂寞生活，咀嚼着寂寞，即足以自慰自赎也。

　　但廿六日信中的事，已成过去，也不必多说了，到年底或可当作闲谈的材料。广大的钟点虽然较多，但我想总可以设法教一点担子较轻的功课，以求有休息的余暇。况且抄录材料等等，又可以有忙[1]我的人，所以钟点倒不成问题，每周二十时左右者，大概是纸面文章，未必实做。

1　忙：帮助。

你们的学校，真是好像"湿手捏了干面粉"，粘缠极了。虽说"天下兴亡，匹夫有责"，但当局不讲信用，专责"匹夫"，使几个人挑着重担，未免太任意将人做牺牲。我想事到如此，别的都可不管了，以自己为主，觉得耐不住，便即离开；倘因生计关系及别的关系，须敷衍若干时，便如我之在厦大一样，姑且敷衍敷衍，"以德感""以情维系"等等，只好置之度外，一有他处可去，也便即离开，什么都不管它。

伏园须直往武昌去了，不再转广州，前信似已说过。昨（五日）有人到从汕头到此地（据云系民党），说陈启修因为泄漏机密，被党部捕治了。我和伏园正惊疑，拟电询，今日得你信，知二日看见他，则以日期算来，此人是造谣言的，但何以要造如此谣言，殊不可解。

前一束刊物不知到否？记得前回也有一次，久不到，而在学校的刊物中找来。三日又寄一束，到否也是问题。此后寄书，殆非挂号不可。《桃色之云》再版已出了，拟寄上一册，但想写上几个字，并用新印，而印泥才向上海去带，大约须十日后才来，那时再寄罢。

迅　十二月六日之夜。

1926年12月8日　致韦素园

漱园兄：

　　十二月一日的快信，今天收到了。关于《莽原》的事，我于廿九，本月五日所发两信，均经说及，现在不必重说。总之：能办下去，就很好了。我前信主张不必改名，也就因为长虹之骂，商之霁野，以为何如？

　　《范爱农》一篇，自然还是登在24期上，作一结束。来年第一期，创作大约没有了，拟译一篇《说"幽默"》，是日本鹤见祐辅[1]作的，虽浅，却颇清楚明白，约有十面，十五以前可寄出。此后，则或作译，殊难定，因为此间百事须自己经营，繁琐极了，无暇思索；译呢，买不到一本新书，没有材料。这样下去，是要淹死在死海里了，薪水虽不欠，又有何用？我决计于学期末离开，或者可以较有活气。那时再看。倘万不得已，就用《小约翰》充数。

　　我对于你们几位，毫无什么意见；只有对于目寒[2]是不满的，因为他有时确是"无中生有"的造谣，但他不在京了，不成问题。至于长虹，则我看了他近出的《狂飙》，才深知道他很卑劣，不但挑拨，而且于我的话也都改头换面，不像一个男子所为。他近来又在称赞周建人了，大约又是在京时来访我那时的故技。

1　鹤见祐辅（1885—1972）：日本文艺评论家。
2　目寒：即张目寒（1903—1983），安徽霍丘人，鲁迅在北京世界语专门学校时的学生。

《莽原》印处改换也好。既然销到二千，我想何妨增点页数，每期五十面，纸张可以略坏一点（如《穷人》那样），而不加价。因为我觉得今年似乎薄一点。

迅　十二月八日

1926年12月11日　致许广平

广平兄：

　　本月六日接到三日来信后，次日（七日）即发一信，想已到。我推想昨今两日当有信来，但没有；昨天是星期，没有信件到校的了。我想或者是你校事太忙没有发，或者是轮船误了期。

　　从粤，从沪，到此的信，一星期两回；从此向沪向粤的船，似乎也是一星期两回。但究竟是星期几呢，我终于推算不出，又仿佛并不一定似的。

　　计算从今天到一月底，只有五十天了，已不满两月；我到此，是已经三个月又一星期了。现在倒没有什么事。我每天能睡八九小时，但是仍然懒；有人说我胖了一点了，也不知塙否？恐怕也未必。对于学生，我已经说明了学期末要离开。有几个因我在此而来的，大约也要走。至于厦门学生，无药可医，他们整天读《古文观止》。

　　伏园就要动身，仍然十五左右；但也许仍从广州，取陆路往武昌。

　　我想一两日内，当有信来，我的廿九日的信的回信也应该就到了。那时再写罢。

　　　　　　　　　　　　　　　　　　　　迅　十二月十一日夜

1926年12月12日　致许广平

广平兄：

今天早上寄了一封信。现在虽是星期日，邮政代办所也开半天了。我今天也起得早，因为平民学校成立大会要我演说，我说了五分钟，又恭听校长辈之胡说至十一时，溜出会场，再到代办所去一看，果然已有三封信在：两封是七日发的，一封是八日发的。

金星石虽然中国也有，但看印盒的样子，还是日本做的，不过这也没有什么关系。"随便叫它曰玻璃"，则可谓胡涂，玻璃何至于这样脆？若夫"落地必碎"，则凡有印石，大抵如斯，岂独玻璃为然。可惜的是包印章者，当时竟未细心研究，因为注意移到包裹之白包上去了，现在还保存着。对于这，我倒立刻感觉到是用过的。特买印泥，亦非多事，因为非如此，则不舒服也。

此地冷了几天，但夹袍亦已够，大约穿背心而无棉袍，足可过冬了。背心我现穿在小衫外，较之穿在夹袄之外暖得多，或者也许还有别种原因。我之失败，我现在细想，是只能承认的。不过何至于"没出色"？天下英雄，不失败者有几人？恐怕人们以为"没出色"者，在他自己正以为大有"出色"，失败即胜利，胜利即失败，总而言之，就是这样，莫名其妙。置首于一人之足下，甘心什倍于戴王冠，久矣夫，已非一日矣……。

近来对于厦大一切，已不过问了，但他们还常要来找我演说，一演说，则与当局者的意见，一定是相反的，此校竟如教会学校或英国人所开的学校；玉堂现在亦深知其不可为，有相当机会，什九是可以走的。我手已不抖，前信竟未说明。至于寄给《语丝》的那篇文章，因由未名社转寄，被他们截留了，登在《莽原》第廿三期上。其中倒没有什么未尽之处。当时著作的动机，一是愤慨于自己为生计起见，不能不戴假面；二是感得少爷们于我，见可利用则尽情利用，倘觉不能利用则便想一棒打杀，所以很有些哀怨之言。寄来时当寄上；不过这种心情，现在也已经过去了。我时时觉得自己很渺小；但看少爷们著作，竟没有一个如我，敢自说是戴着假面和承认"党同伐异"的，他们说到底总必以"公平"自居。因此，我又觉得我或者并不渺小；现在故意要轻视我和骂倒我的人们的眼前，终于黑的妖魔似的站着L. S.[1]两个字，大概就是为此。

我离厦门后，恐怕有几个学生要随我转学，还有一个助教也想同我走，因为我的金石的研究于他有帮助。我在这里常有学生来谈天，弄得自己的事无暇做；倘这样下去，是不行的。我将来拟在校中取得一间屋，算是住室，作为豫备功课及会客之用，而实不住。另在外面觅一相当地方，作为创作及休息之用，庶几不至于起居无节，饮食不时，再蹈在北京时之覆辙。但这可待到粤时再说，无须"未雨绸缪"。总之：我的意见，是想少陪无聊之访问之客而已。倘在学校，大家可以直冲而入，殊不便也。

现在我们的饭是可笑极了，外面仍无好的包饭处，所以还是从本校厨房买饭，每人每月三元半，伏园做菜，辅以罐头。而厨房屡次宣

---

1 L. S.：鲁迅的笔名之一。

言：不买菜，他要连饭也不卖了。那么，我们为买饭计，必须月出十元，一并买他不能吃之菜。现在还敷衍着，伏园走后，我想索性一并买菜，以免麻烦，好在他们也只能讹去我十余元了。听差则欠我二十元，其中二元，是他兄弟急病时借去的，我以为他可怜，说这二元不要他还了，算是欠我十八元；他便第二日又来借二元，仍是二十元。伏园订洋装书，每本要他一元。厦门人对于"外江佬"，似乎颇欺侮。

以中国人的脾气而论，倒后的著作，是没有人看的，他们见可利用则尽量利用，遇可骂则尽量地骂，虽一向怎样常常往来，也即刻翻脸不识，看和我往还的少爷们的举动，便可推知。只要作品好，大概十年或数十年后，便又有人看了，但这大抵只是书坊老板得益，至于作者，也许早被逼死了，不再有什么相干。遇到这样的时候，我以为走外国也行；为争存计，无所不为也行，倒行逆施也行；但我还没有细想过，好在并不急迫，可以慢慢从长讨论。

"能食能睡"，是的确的，现在还如此，每天可以睡至八九小时，然而人还是懒，这大约是气候之故。我想厦门的气候，水土，似乎于居人都不宜，我所见的人们，胖子很少，十之九都黄瘦，女性也很少美丽活泼的，加以街道污秽，空地上就都是坟，所以人寿保险的价格，居厦门者比别处贵。我想国学院倒大可以缓办，不如作卫生运动，一面将水，土壤，都分析分析，讲个改善之方。

此刻已经夜一时了，本来还可以投到所外的箱子里去，但既有命令，就待至明晨罢，真是可惧。

迅 十二月十二日

1926年12月16日　致许广平

广平兄：

昨（十三日）寄一信；今天则寄出期刊一束，怕失少，所以挂号，非因特别宝贵也。内计《莽原》一本；《新女性》一本，有大作在内；《北新》两本，其十四号或前已寄过，亦未可知，记不清楚了，如重出，则可不要其一；又《语丝》两期，我之发牢骚文，即登在内，盖先被未名社截留，到底又被小峰夺过去了，所以终于还在《语丝》上。

慨自二十三日之信发出之后，几乎大不得了，伟大之钉子，迎面碰来，幸而上帝保佑，早有廿九日之信发出，声明前此一函，实属大逆不道，合该取消，于是始蒙褒为"傻子"，赐以"命令"，作善者降之百祥，幸何如之。现在对于校事，一切不问，但编讲义，拟至汉末为止，作一结束，授课已只有五星期，此后便是考试了。但离开此地，恐当在二月初，因为一月薪水，是要等着拿走的。

朱家骅又有信来，催我速去，且云教员薪水，当设法加增。但我还是只能于二月初出发。至于伏园，却于二十左右要走了，大约先至粤，再从陆路入武汉。今晚语堂饯行，亦颇有活动之意，而其太太则不大谓然，以为带着两个孩子，常常搬家，如何是好。其实站在她的地位上来观察，的确也困苦的，旅行式的家庭，大抵的女性确乎也大都过不惯。但语堂则颇激烈，后事如何，只得"且听下回分解"了。

狂飙社中人，一面骂我，一面又要用我了。培良要我寻地方，尚钺要将小说印入《乌合丛书》。我想，我先前种种不客气，大抵施之于同辈及地位相同者，至于对少爷们，则照例退让，或者自甘牺牲一点。不料他们竟以为可欺，或纠缠，或责骂，反弄得不可开交。现在是方针要改变了，都置之不理。我常叹中国无"好事之徒"，所以什么也没有人管，现在看来，做好事之徒实在不容易，我略管闲事，便弄得这么麻烦。现在我将门关上，且看他们另向何处寻这类的牺牲。

《妇女之友》第五期上，有沄沁[1]给你的一封公开信，见了没有？内中也没有什么，不过是对于女师大再被毁坏的牢骚。我看《世界日报》，似乎程干云[2]还在那里；罗静轩[3]却只得滚出了，报上有一封她的公开信，说卖文也可以过活。我想：怕很难罢。

今天白天有雾，器具都有点潮湿；蚊子很多，过于夏天，真是奇怪。叮得可以，要躲进帐子里去了。下次再写。

十四日灯下。

天气今气[4]仍热，但大风，蚊子却忽而很少了，真不知是怎么一回事。于是编了一篇讲义。印泥已从上海寄来，所以此刻就在《桃色的云》上写了几个字，将那"玻璃"印和印泥都第一次用在这上面；预备《莽原》第二十三期到来时，一同寄出。但因为天气热，印泥软，所以印得不大好，不过那也不要紧。必须如此办理，才觉舒服，虽被

---

1 沄沁：即吕云章（1891—1974），字倬人，别名沄沁，山东福山人。1926年毕业于北京女子师范大学，同年组织妇女之友社，主编《妇女之友》半月刊。

2 程干云：生卒年不详，北京女子师范大学前总务长。

3 罗静轩（1896—1979）：湖北红安人，曾任北京女子师范大学舍务主任，因学校失火烧死学生而引咎辞职。

4 今气：当为"今天"之误。

斥为"多事"，都不再辩，横竖已经失败，受点申斥算得什么。

本校并无新事发生。惟顾颉刚是日日夜夜布置安插私人；黄坚从北京到了，一个太太，四个小孩，两个用人，四十件行李，大有"山河永固"之意。我的要走已经宣传开去，大半是我自己故意说的。下午一个广大的学生来，他是本地人，问我广大来聘，我已应聘的话，可是真的。我说都真。他才高兴，说，我来厦门，他们都以为奇，但大概系不知内容之故，想总是住不久的，今果然，云云。可见能久在厦大者，必须不死不活的人才合宜，大家都以为我还不至于此。此人本是厦大学生，因去年的风潮而转广大，所以深知情形。

十五夜。

十二日的来信，今天（十六）上午就收到了，也算快的。我想广厦间的邮信船大约每周有二次，假如星期二五开的罢，那么，星期一四发的信便快，三六发的就慢了，但我终于研究不出那船期是星期几。

贵校的情形，实在不大高妙，也如别处的学校一样，恐怕不过是不死不活，不上不下。一接手，一定为难。倘使直截痛快，或改革，或被攻倒，爽快，或苦痛，那倒好了，然而大抵不如此。就是办也办不好，放也放不下，不爽快，也并不大苦痛，只是终日浑身不舒服，那种感觉，我们那里有一句俗语，叫作"穿'湿布衫'"，就是有如将没有晒干的小衫，穿在身体上。我所经过的事，无不如此，近来的作文印书，即是其一。我想接手之后，随俗敷衍，你一定不能；改革呢，能够固然好，即使因此失职，然而未必有改革之望罢。那就最好是不接手，倘难却，就仿"前校长"的方法：躲起来。待有结束后另觅事做。

政治经济，我觉得你是没有研究的，幸而只有三星期。我也有这类苦恼，常不免被逼去做"非所长""非所好"的事。然而往往只得做，如在戏台下一般，被挤在中间，退不开去了，不但于己有损，事情也做不好；而别人看见推辞，却以为客气，仍坚执要你去做。这样地玩"杂耍"一两年，就都只剩下油滑学问，失了专长，而也逐渐被社会所弃，变了"药渣"了，虽然也曾煎熬了请人喝过汁。一变药渣，便什么人都来践踏，连先前吃过汁的人也来践踏；不但践踏，还要冷笑。

牺牲论究竟是谁的"不通"而该打手心，还是一个疑问。人们有自志取舍，和牛羊不同，仆虽不敏，是知道的。然而这"自志"又岂出于天然，还不是很受一时代的学说和别人的情形的影响的么？那么，那学说是否真实，那人是否好人，配受赠与，也就成为问题。我先前何尝不出于自愿，在生活的路上，将血一滴一滴地滴过去，以饲别人，虽自觉渐渐瘦弱，也以为快活。而现在呢，人们笑我瘦了，除掉那一个人之外。连饮过我的血的人，也都在嘲笑我的瘦了，这实在使我愤怒。我并没有略存求得好报之心，不过觉得他们加以嘲笑，是太过的。我的渐渐倾向个人主义，就是为此；常常想到像我先前那样以为"自所甘愿即非牺牲"的人，也就是为此；常欲人要顾及自己，也是为此。但这是我的思想上如此，至于行为，和这矛盾的却很多，所以终于是言行不一致，好在不远就有面承训谕的机会，那时再争斗罢。

我离厦门的日子，还有四十多天，说三十多，少算了十天了，然则性急而傻，似乎也和"傻气的傻子"差不多，"半斤八两相等也"。伏园大约一两日内启行，此信或者也和他同船出发。从今天起，我们兼包饭菜了；先前单包饭的时候，饭很少，每人只得一碗半（中小碗），饭量大的，兼吃两人的也不够，今天是多一点了，你看厨房多么可怕。这里的仆役，似乎都和当权者有些关系，换不掉的，所以无论如何，只能教员吃苦。即如这厨子，是国学院听差中之最懒而最可恶的，兼士费了许多力，才将他弄走，而他的地位却更好了。他那时的主张，是：他是国学院的听差，所以别人不能使他做事。你想，国学院是一所房子，能叫他做事的么？

我上海买书很便当，那两本当即去寄，但到后还是即寄呢，还是年底面呈？

迅　十六日下午

1926年12月19日　致沈兼士

兼士兄：

　　十四日奉一函，系寄至天津，想已达。顷得十四日手书，具悉种
种。厦校本系削减经费，经语堂以辞职力争后，已复原，但仍难信，
可减可复，既复亦仍可减耳。语堂恐终不能久居，近亦颇思他往，然
一时亦难定，因有家室之累。亮公[1]则甚适，悠悠然。弟仍定于学期
末离去；此校国文科第一年级生，因见沪报而来者，恐亦多将相率转
学，留者至多一人而已。季黻多日无信，弟亦不知其何往，殊奇。孙
公[2]于今日上船；程某[3]（前函误作郑）渴欲补缺，顾公语语堂，谓得兄
信，如此主张，而不出信相示，弟颇疑之。黄坚到厦，向语堂言兄当
于阴历新年复来，而告孙公则云不来，其说颇不可究诘。语堂究竟忠
厚，似乎不甚有所知，然亦无法救之，但冀其一旦大悟，速离此间，乃
幸耳。文学史稿编制太草率，至正月末约可至汉末，挂漏滋多，可否
免其献丑，稍积岁月，倘得修正，当奉览也。丁公[4]亦大有去志；而矛

1　亮公：指张星烺（1888—1951），字亮尘，江苏泗阳人，继沈兼士之后任厦门大学国学院主任。

2　孙公：指孙伏园。

3　程某：指程憬。

4　丁公：指丁山（1901—1952），安徽和县人，古文字学家，时任厦门大学国学院助教。

尘大约将到矣；陈石遗[1]忽来，居于镇南关[2]，国学院中人纷纷往拜之。
专此，敬颂

褆福

弟迅 十二月十九日上午

1 陈石遗（1856—1937）：名衍，字叔伊，号石遗老人，福建福州人。1923年9月任厦门大学教授，1926年3月
　辞职。
2 镇南关：明末郑成功抗清时所建，位于厦门大学校内。

1926年12月20日 致许广平

广平兄：

十六日得十二日信后，即复一函，想已到。我猜想一两日内当有信到，但此刻还没有，就先写几句，豫备明天发出。

伏园前天晚上走了，昨晨开船。你也许已见过。有否可做的事，我已托他问朱家骅，但不知如何。季黻南归，杳无消息，真是奇怪，所以他的事也无从计画。

我这里是什么事也没有发生，不过前几天很阔了一通。将伏园的火腿用江瑶柱[1]煮了一大锅，吃了。我又从杭州带来两斤茶叶，每斤二元，喝着。伏园走后，庶务科便派人来和我商量，要我搬到他所住过的小房子里去。我便很和气的回答他：一定可以，不过可否再迟一个月的样子，那时我一定搬。他们满意而去了。

其实教员的薪水，少一点倒不妨的，只是必须顾到他的居住饮食，并给以相当的尊敬。可怜他们全不知道，看人如一把椅子或一个箱子，搬来搬去，弄不完。于是凡有能忍受而留下的便只有坏种，别有所图，或者是奄奄无生气之辈。

我走后，这里的国文一年级，明年学生至多怕只剩一个人了，其余的是转学到武昌或广州。但学校当局是不以为意的，这里的目的

---

1 江瑶柱：海贝干制品，俗名干贝。

是与其出事，不如无人。顾颉刚的学问似乎已经讲完，听说渐渐讲不出。陈万里只能在会场上唱昆腔，真是受了所谓"俳优蓄之"的遭遇。但这些人正和此地相宜。

我很好，手指早已不抖，前信已声明。厨房的饭又克减了，每餐只有一碗半，幸我还够吃，又幸而只有四十天了。北京上海的信虽有来的，而印刷物多日不到，不知其故何也。再谈。

迅 十二月二十日午后

现已夜十一时，终不得信，此信明天寄出罢。

二十日夜

1926年12月23日　致许广平

广平兄：

今日得十九来信，十六日信终于未到，所以我不知你住址，但照信面所写的发了一信，不知能到否？因此另写一信，挂号寄学校，冀两信有一信可到。

前日得郁达夫及遇安信，说当于十五离粤，似于中大颇不满。又得中大委员会信，十五发，催我速往，言正教授只我一人。然则当是主任。拟即作复，说一月底才可以离厦，或者伏园已替我说明了。

我想不做主任，只教书。

厦校一月十五考试，阅卷及等薪水等等，恐至早须二十八九才能动身。我拟先住客栈，此后则看形情¹再定。

我除十二，十三，各寄一信外，十六，二十一，又俱发信，不知收到否？

电灯坏了，洋烛已短，又无处买添，只得睡觉，这学校真可恨极了。

此地现颇冷，我白天穿夹袍，夜穿皮袍，其实棉被已够，而我懒于取出。

迅。十二月廿三夜

告我通信地址。

1　形情：即"情形"。

1926年12月24日　致许广平

广平兄：

昨日（廿三）得十九日信，而十六信待到今晨未至，以为遗失的了，因写两信，一寄高第街，照信封上所写；一挂号寄学校，内容是一样的，上午寄出，想该有一封可以收到。但到下午，十六日发的一封信竟收到了，一共走了九天，真是奇特的邮政。

学校现状，可见学生之愚，和教职员之巧，独做傻子，实在不值得，实不如暂逃回家，不闻不问。这种事我遇过好几次，所以世故日深，而有量力为之，不拚死命之说。因为别人太巧，看得生气也。伏园想早到粤，已见过否？他曾说要为你向中大一问。

郁达夫已走了，有信来。又听说成仿吾[1]也要走。创造社中人，似乎与中大有什么不协似的，但这不过是我的推测。达夫遇安则信上确有怨言。我则不管，旧历年底仍往粤，倘薪水能早取，就仅一个月略余几天了，容易敷衍过去。

中大委员会来信言正教授止我一个，不知何故。如是，则有做主任的危险，那种烦重的职务，我是不干的，大约当俟到后再看。现在在此倒还没有什么不舒服，因为横竖不远就走，什么都心平气和了。今晚去看了一回电影。川岛夫妇已到；我处常有学生来，也不大能看

1　成仿吾（1897—1984）：原名成灏，笔名石厚生、芳坞、澄实，湖南新化人。1921年与郭沫若、郁达夫等人建立创造社。

书，有几个还要转学广州，他们总是迷信我，真无法可想。长虹则专一攻击我，面红耳赤，可笑也，他以为将我打倒，中国便要算他。

陈仪独立是不确的，廿二日被孙缴械了，此人真无用。而国民一军则似乎确已过陕州而至观音堂，北京报上亦载。

北京报又记傅铜[1]等十教授与林素园大闹，辞职了，继任教务长（？）是高一涵[2]。群犬终于相争，而得利的还是现代评论派，正人君子之本领如此。罗静轩已走出，报上有一篇文章，可笑。

玉堂大约总弄不下去，然而国学院是不会倒的，不过是不死不活。一班江苏人正与此校相宜，黄坚与校长尤洽，他们就会弄下去。后天校长请客，我在知单上写了一个"敬谢"，这是在此很少先例的，他由此知道我无留意，听说后天要来访我，我当避开。再谈。

迅。十二月二十四日灯下。

（电灯）修好了。

---

1 傅铜（1886—1970）：字佩青，河南兰考人，曾任北京女子师范大学教授、教务长。

2 高一涵（1885—1968）：原名永浩，笔名一涵，安徽六安人。

1926年12月29日 致韦素园

漱园兄：

二十日的来信，昨天收到了。《莽原》第二十三期，至今没有到，似已遗失，望补寄两本。

霁野学费的事，就这样办罢。这是我先说的，何必客气。我并非"从井救人"的仁人，决不会吃了苦来帮他，正不必不安于心。此款大约至迟于明年（阳历）一月十日以前必可寄出，惟邮寄抑汇寄则未定。

《阶级与鲁迅》那一篇，你误解了。这稿是我到厦门不久，从上海先寄给我的；作者姓张，住中国大学，似是一个女生（倘给长虹知道，又要生气），问我可否发表。我答以评论一个人，无须征求本人同意，如登《语丝》，也可以。因给写了一张信给小峰作介绍。其时还在《莽原》投稿发生纠葛之前，但寄来寄去，登出时却在这事之后了。况且你也未曾和我"捣乱"，原文所指，我想也许是《明珠》[1]上的人们罢。但文中所谓H. M. 女校，我至今终于想不出是什么学校。

至于关于《给——》的传说，我先前倒没有料想到。《狂飙》也没有细看，今天才将那诗看了一回。我想原因不外三种：一，是别人神经过敏的推测，因为长虹的痛哭流涕的做《给——》的诗，似乎已很久了；二，是《狂飙》社中人故意附会宣传，作为攻击我的别一法；

---

1 《明珠》：北京《世界日报》的文艺专栏，当时发表过一些讥讽鲁迅的文章。

三，是他真疑心我破坏了他的梦，——其实我并没有注意到他做什么梦，何况破坏——因为景宋在京时，确是常来我寓，并替我校对，抄写过不少稿子《坟》的一部分，即她抄的，这回又同车离京，到沪后她回故乡，我来厦门，而长虹遂以为我带她到了厦门了。倘这推测是真的，则长虹大约在京时，对她有过各种计划，而不成功，因疑我从中作梗。其实是我虽然也许是"黑夜"，但并没有吞没这"月儿"。

如果真属于末一说，则太可恶，使我愤怒。我竟一向在闷胡卢[1]中，以为骂我只因为《莽原》的事。我从此倒要细心研究他究竟是怎样的梦，或者简直动手撕碎它，给他更其痛哭流涕。只要我敢于捣乱，什么"太阳"之类都不行的。

我还听到一种传说，说《伤逝》是我自己的事，因为没有经验，是写不出这样的小说的。哈哈，做人真愈做愈难了。

厦门有北新之书出售，而无未名的。校内有一人朴社的书，是他代卖的很可靠，我想大可以每种各寄五本不够，则由他函索，托他代售，折扣之例等等，可直接函知他，寄书时只要说系我介绍就是了。明年的《莽原》，亦可按期寄五本。人名地址是——

福建厦门大学

毛简先生（他号瑞章，但寄书籍等，以写名为宜。他是图书馆的办事员，和我很熟识）。

迅 十二，二九。

---

1 胡卢：同"葫芦"。

1926年12月29日　致许寿裳

季茀兄：

　　昨寄一函，已达否？此间甚无聊，所谓国学院者，虚有其名，不求实际。而景宋故乡之大学，催我去甚亟。聘书且是正教授，似属望甚切，因此不能不勉力一行，现拟至迟于一月底前往，速则月初。伏园已去，但在彼不久住，仍须他往，昨得其来信，言兄教书事早说妥，所以未发聘书者，乃在专等我去之后，接洽一次也。现在因审慎，聘定之教员似尚甚少云。信到后请告我最便之通信处，来信寄此不妨，即我他去，亦有友人收转也。此布，即颂

曼福。

树人 上 十二月廿九日

1926年12月29日　致许广平

广平兄：

　　廿五日寄一函，想已到。今天以为当得来信，而竟没有，别的粤信，都到了。伏园已寄来一函，今附上，可借知中大情形。季黻与你的地方，大概都极易设法。我一面已写信通知季黻，他本在杭州，目下不知怎样。

　　看来中大似乎等我很急，所以我想就与玉堂商量，能早走则早走，自然另外也还有原因。此外，则厦大与我，太格格不入，所以我也不必拘拘于约束，为之收束学期也。但你信只管发，即我已走，也有人代收寄回。

　　厦大是废物，不足道了。中大如有可为，我也想为之出一点力，但自然以不损自己之身心为限。我来厦门，本意是休息几时，及有些豫备，而有些人以为我放下兵刃了，不再有发表言论的便利，即翻脸攻击，自逞英雄；北京似乎也有流言，和在上海所闻者相似，且说长虹之攻击我，乃为此。用这样的手段，想来征服我，是不行的。我先前的不甚竞争，乃是退让，何尝是无力战斗。现在就偏出来做点事，而且索性在广州，住得更近点，看他们卑劣诸公其奈我何？然而这也是将计就计，其实是即使并无他们的闲话，也还是到广州的。

　　再谈。

迅　十二月廿九日灯下

1927年1月2日　致许广平

广平兄：

自从十二月廿三四日得十九，六信后，久不得信，真是好等，今天上午（一月二日）总算接到十二月廿四的来信了。伏园想或已见过，他到粤所说的事情，我已于三十日所寄函中将他的信附上，收到了罢。至于刊物，十一月廿一日之后，我又寄过两次，一是十二月三日，大约已遗失；一是十二月十四日，挂号的，也许还会到。学校门房行为如此，真可叹，所以工人地位升高，总还须有教育才行。幸而那些刊物不过是些期刊之流，没有什签名盖印的，失掉了倒也还没有什么。

毛咸[1]这人听说倒很好的，他有本家在这里；信中的话，似乎也恳切，伏园至多大约不过作了一个小怪，随他去；但连人家的名字都写错，可谓粗心。云章似乎好名，他被《狂飙》批评后，还写信去辩，真是上当。至于长虹，则现在竭力攻击我，似乎非我死他便活不成，想起来真好笑。近来也很回敬了他几杯辣酒。我从前竭力帮忙，退让，现在躲在孤岛上，他们以为我精力都被他们用尽，不行了，翻脸就攻击。其实还太早了一些，以他们的一点破碎的思想的力量，还不能将我打死。不过使我此后见人更有戒心。

前天，十二月卅一日，我已将正式的辞职书提出，截至当日止，

1　毛咸（1890—1970）：字子震，浙江江山人。1913年考上北京医学专门学校，与鲁迅结识。当时在中山大学医学部任教，被鲁迅称为"毛大夫"。

辞去一切职务。这事很给厦大一点震动,因为我在此,与学校的名气有些相关,他们怕以后难于聘人,学生也要减少,所以颇为难。为虚名计,想留我,为干净,省得捣乱计,愿放走我。但无论如何,总取得后者的结果的。因为我所不满意的是校长,所以无可调和。今天学生会也举代表来留,自然是具文而已,接着大概是送别会,那时是听,我的攻击厦大的演说。他们对于学校并不满足,但风潮是不会有的,因为四年前曾经失败过一次。

我这一走,搅动了空气不少,总有一二十个也要走的学生,他们或往广州,或向武昌,倘有二十余人,就是十分之一,因为这里一总只有二百余人。这么一来,我到广州后,便又粘带了十来个学生,大约又将不胜其烦,即在这里,也已经应接不暇。但此后我想定一会客时间,否则,是不得了的,将有在北京那时的一样忙碌。将来攻击我的人,也许其中也有。

上月的薪水,听说后天可发;我现在是在看试卷,两三天可完。此后我便收拾行李;想于十日前,至迟十四五日以前,离开厦门,坐船向广州。但其时恐怕已有学生跟着的了,须为之转学安顿。所以此信到后,不必再寄信来,其已经寄出的,也无妨,因为有人代收。至于器具,我除几种铝制的东西之外,没有什么,当带着,恭呈钧览。

不到半年,总算又将厦门大学捣乱了一通,跑掉了。我的旧性似乎并不很改。听说这回我的搅乱,给学生的影响颇不小;但我知道,校长是决不会改悔的。他对我虽然很恭敬,但我讨厌他,总觉得他不像中国人,像英国人。

　　玉堂想到武昌，他总带[1]不久的。至于现代系人，却可以在，他们早和别人连络了。

　　我近来很沉静而大胆，颓唐的气息全没有了，大约得力于有一个人的训示。我想二十日以前，一定可以见面了。你的作工的地方，那是当不成问题，我想同在一校无妨，偏要同在一校，管他妈的。

　　今天照了一个照相，是在草木丛中，坐在一个洋灰的坟的祭桌上，像一个皇帝，不知照得好否，要后天才知道。

　　　　　　　　　　　　　　　　　　　　迅　一月二日下午。

1　带：同"待"。

1927年1月5日　致许广平

广平兄：

　　伏园想已见过了，他于十二月廿九日给我一封信，今裁出一部分附上，未知以为何如。我想助教是不难做的，并不必授功课，而给我做助教，尤其容易，我可以少摆教授架子。

　　这几天"名人"做得太苦了，赴了几处送别会，都有我那照例的古怪演说。这真奇怪，我的辞职消息一传出，竟惹起了不小的波动，许多学生颇愤慨，有些人很慨叹，有些人很恼怒。有的是借此攻击学校，而被攻击的是竭力要将我的人说得坏些，因以减轻罪孽。所以谣言颇多，我但袖手旁观着，煞是好看。这里是死海，经这一搅，居然也有小乱子，总算还不愧为"挑剔风潮"的学匪。然而于学校，是仍然无益的，这学校除彻底扫荡之外，没有良法。

　　不过于物质上，也许受点损失。伏园走后，十二月上半月的薪水，不给他了。我的十二月份薪水，也未给，因为他们恨极，或许从中捣鬼。我须看他几天，所以十日以前，大约一定走不成，当在十五日前后。不过拿不到也不要紧，这一个对于他们狐鬼的打击，足以偿我的损失而有余了，他们听到鲁迅两字，从此要头痛。

　　学生至少有二十个被我带走。我确也不能不走了，否则害人不浅。因为我在这里，竟有从河南中州大学转学而来的，而学校是这样，我若再给他们做招牌，岂非害人，所以我一面又做了一则通信，登《语丝》，说明我已离厦。我不知何以忽然成为偶象，这里的几个学生力劝我回骂长虹，说道，你不是你自己的了，许多青年等着听你的话。我为之吃惊，我成了他们的公物，那是不得了的，我不愿意。我想，不得已，再硬做"名人"若干时之后，还不如倒下去，舒服得多。

此信以后，我在厦门大约不再发信了，好在不远就到广州。中大的职务，我似乎并不轻，我倒想再暂时肩着"名人"的招牌，好好的做一做试试看。如果文科办得还像样，我的目的就达了。我近来变了一点态度，于诸事都随手应付，不计利害，然而也不很认真，倒觉得办事很容易，也不疲劳。

再谈。

迅。一月五日午后

1927年1月6日　致许广平

广平兄：

　　五日寄一信，想当先到了。今天得十二月卅日信，所以再写几句。

　　伏园为你谋作助教，我想并非捉弄你的，观我前回附上之两信便知，因为这是李遇安的遗缺，较好。北大和厦大的助教，平时并不授课；厦大是教授请假半年或几月时，间或由助教代课，但这样是极少的事，我想中大当不至于特别罢，况且教授编而助教讲，也太不近情理，足下所闻，殆谣言也。即非谣言，亦有法想，似乎无须神经过敏。未发聘书，想也不至于中变，其于季黻亦然，中大似乎有许多事等我到才做似的。我的意思，附中聘书可无须受，即有中变，我当勒令朱找出地方来。

　　至于引为同事，恐牵连到自己，那我可不怕。我被各人用各色名号相加，由来久了，所以无论被怎么说都可以。这回我的去厦，这里也有各种谣言，我都不管，专用徐世昌哲学：听其自然。

　　害马又想跑往武昌去了，谋事逼之欤？十二月卅日写的信，而云"打算下半年在广州"，殊不可解，该打手心。

　　我十日以前走不成了，因为十二月分薪水，要明后天才能取得。但无论如何，十五日以前是必动身的。他们不早给我薪水，使我不能早走，失策了。校内似乎要有风潮，现在正在酝酿，两三日内怕要爆发，但已由挽留运动转为改革厦大运动，与我不相干。不过我早走，则学生们少一刺激，或者不再举动，现在是不行了。但我却又成为放火者，然而也只得听其自然，放火者就放火者罢。

这一两天内苦极，赴会和饯行，说话和喝酒，大约这样的还有两三天。自从被勒做"名人"以来，真是苦恼。这封信是夜三点写的，因为赴会后回来是十点钟，睡了一觉起来，已是三点了。

这些请吃饭的人，有的是佩服我的，在这里，能不顾每月四百元的钱而捣乱的人，已经算英雄。有的是憎而且怕我的，想以酒食封我的嘴，所以席上的情形，煞是好看，简直像敷衍一个恶鬼一样。前天学生送别会上，为厦大未有之盛举，有唱歌，有颂词，忽然将我造成一个连自己也想不到的大人物，于是黄坚也称我为"吾师"，而宣言曰"我乃他之学生也，感情自然很好的"。令人绝倒。今天又办酒给我饯行。

这里的恶势力，是积四五年之久而弥漫的，现在学生们要借我的四个月的魔力来打破它，不知结果如何。

迅。一月六日灯下

1927年1月8日　致韦素园

漱园兄：

上午寄出译稿两篇，未知能与此信同到否？又由中国银行汇出洋一百元，则照例当较此信迟到许多天，到时请代收，转交霁野。

我于这三四日内即动身，来信可寄广州文明路中山大学。我本拟学期结束后再走，而种种可恶，令人不耐，所以突然辞职了。不料因此引起一点小风潮，学生忽起改良运动，现正在扩大，但未必能改良，也未必能改坏。

总之这是一个不死不活的学校，大部分是许多坏人，在骗取陈嘉庚之钱而分之，学课如何，全所不顾。且盛行妾妇之道，"学者"屈膝于银子面前之丑态，真是好看，然而难受。

迅　一月八日

1927年1月11日　致许广平

广平兄：

　　五日与七日的两函，今天（十一）上午一同收到了。这封挂号信，却并无要事，不过我因为想发议论，倘被遗失，未免可惜，所以宁可做得稳当些。

　　这里的风潮似乎还在蔓延，不过结果是不会好的。有几个人还想利用这机会高升，或则向学生方面讨好，或则向校长方面讨好，真令人看得可叹。我的事情大略已了，本可以动身了，而今天有一只船，来不及坐，其次，只有星期六有船，所以于十五日才能走。这封信大约要和我同船到粤，但姑且先行发出。我大概十五上船，也许十六才开，则到广州当在十九或二十日。我拟先住广泰来栈，和骝先接洽之后，便姑且搬入学校，房子是大钟楼，据伏园来信说，他所住的一间就留给我。

　　助教是伏园去谋来的，俺何敢自以为"恩典"，容易"爆发"也好，容易"发暴"也好，我就是这样，横竖种种谨慎，还是被人逼得不能做人。我就来自画招供，自说消息，看他们其奈我何。我对于"来者"，先是抱给与的普惠，而惟独其一，是独自求得的心情。（这一段也许我误解了原意，但已经写下，不再改了。）这其一即使是对头，是敌手，是枭蛇鬼怪，要推我下来，我即甘心跌下来，我何尝愿意站在台上。我就爱枭蛇鬼怪，我要给他践踏我的特权。我对于名誉，地位，什么都不要，我只要枭蛇鬼怪够了。但现在之所以只透一点消息于人间者，（一）为己，是还念及生计问题；（二）为人，是可以暂以我为偶象，而作改革运动。但要我兢兢业业，专为这两事牺牲，是不行了。我牺牲得够了，我从前的生活，都已牺牲，而受者还不够，必要我奉献全部的生命。我现在不肯了，我爱"对头"，我反抗他们。

这是你知道的，我这三四年来，怎样地为学生，为青年拚命，并无一点坏心思，只要可给与的便给与。然而男的呢，他们互相嫉妒，争起来了，一方面不满足，就想打杀我，给那方面也无所得。看见我有女生在坐，他们便造流言。这些流言，无论事之有无，他们是在所必造的，除非我和女人不见面。他们貌作新思想，其实都是暴君酷吏，侦探，小人。倘使顾忌他们，他们更要得步进步。我蔑视他们了。我有时自己惭愧，怕不配爱那一个人；但看看他们的言行思想，便觉得我也并不算坏人，我可以爱。

那流言，最初是韦漱园通知我的，说是沉钟社中人所说，《狂飙》上有一首诗，太阳是自比，我是夜，月是她。今天打听川岛，才知此种流言早已有之，传播的是品青，伏园，衣萍[1]，小峰，二太太[2]……。他们又说我将她带在厦门了，这大约伏园不在内，而送我上车的人们所流布的。黄坚从北京接家眷来此，又将这流言带到厦门，为攻击我起见，广布于人，说我之不肯留，乃为月亮不在之故。在送别会上，陈万里且故意说出，意图中伤。不料完全无效，风潮并不稍减。我则十分坦然，因为此次风潮，根株甚深，并非由我一人而起。况且如果是"夜"，当然要有月亮，倘以此为错，是逆天而行也。

1　衣萍：即章衣萍（1900—1946），名鸿熙，字衣萍，安徽绩溪人，《语丝》撰稿人之一。
2　二太太：指周作人之妻羽太信子。

　　现在是夜二时，校中暗暗熄了电灯，帖出放假条告，当被学生发见，撕掉了。从此将从驱逐秘书运动，转为毁坏学校运动。

　　《生财有大道》那一篇，看笔法似乎是刘半农做的。老三[1]不回去了，听说今年总当回京一次，至迟以暑假为度。但他不至于散布流言。我现在真自笑我说话往往刻薄，而对人则太厚道，我竟从不疑及衣萍之流到我这里来是在侦探我；并且今天才知道我有时请他们在客厅里坐，他们也不高兴，说我在房里藏了月亮，不容他们进去了。我托羡苏[2]买了几株柳，种在后园，拔去了几株玉蜀黍，母亲也大不以为然，向八道湾[3]鸣不平，听说二太太也大放谣言，说我纵容学生虐待她。现在是往来很亲密了，老年人容易受骗。所以我早说，我一出西三条，能否复返，是一问题，实非神经过敏之谈。

　　但这些都由它去，我自走我的路。不过这回厦大风潮，我又成了中心，正如去年之女师大一样。许多学生，或则跟到广州，或往武昌，为他们计，是否还应该留几片铁甲在身上，再过一年半载，此刻却还未能决定。这只好于见到时商量。不过不必连助教都怕做，对语都避忌，倘如此，那真成了流言的囚人了。

　　　　　　　　　　　　　　　　　　　迅。一月十一日。

1　老三：指周建人。

2　羡苏：即许羡苏（1901—1986），许钦文的四妹，浙江绍兴人。

3　八道湾：指八道湾十一号，是周氏三兄弟将绍兴旧居卖掉后筹款于1919年购买入住的房产。周建人和鲁迅先后于1921年、1923年搬离，房屋留给周作人一家及周建人的前妻和女儿居住。

1927年1月12日　致翟永坤[1]

永坤兄：

　　去年底的来信，今天收到。此地很无聊，肚子不饿而头痛。我本想在此关门读书一两年，现知道已属空想。适逢中山大学邀我去，我就要去了，大约十五日启行。

　　至于在那里可以住多少时，现在无从悬断，倘觉得不合适，那么至多也不过一学期。此后或当漂流，或回北京，也很难说，须到夏间再看了。但无论如何，目下总忙于编讲义，不能很做别的。

迅　一，十二

　　来信问我在此的生活，我可以回答：没有生活。学校是一个秘密世界，外面谁也不明白内情。据我所觉得的，中枢是"钱"，绕着这东西的是争夺，骗取，斗宠，献媚，叩头。没有希望的。近来因我的辞职，学生们发生了一个改良运动，但必无望，因为这样的运动，三年前已经失败过一次了。这学校是不能改良，也不能改坏。

1　翟永坤：河南信阳人，生卒年不详，1926年入北京大学读书，曾向鲁迅主编的《国民新报》副刊投稿而与鲁迅结识。

　　此地没有霜雪，现在虽然稍冷，但穿棉袍尽够。梅花已开了，然而菊花也开着，山里还开着石榴花，从久居冷地的人看来，似乎"自然"是在和我们开玩笑。

迅　又及

1927年1月17日　致许广平

广平兄：

现在是十七夜十时，我在"苏州"船中，泊在香港海上。此船大约明晨九时开，午后四时可到黄浦[1]，再坐小船到长堤，怕要八九点钟了。

这回一点没有风浪，平稳如在长江船上，明天是内海，更不成问题。想起来真奇怪，我在海上，竟历来不大遇到风波，但昨天也有人躺下不能起来的，或者我比较的不晕船也难说。

我坐的是"唐餐间"，两人一房，一个人到香港上去了，所以此刻是独霸一间。至于到广州后先住那一个客栈，此刻不能决定。因为有一个侦探性的学生跟住我。这人大概是厦大校长所派，侦探消息的，因为那边的风潮未平，他怕我帮助学生，在广州活动。我在船上用各种方法斥拒，至于疾声厉色，令他不堪。但是不成功，他终于嬉皮笑脸，谬托知己，并不远离。大约此后的手段是和我住同一客栈，时时在我房中，探听中大情形。所以明天我当相机行事，能将他撇下便撇下，否则再设法。

此外还有三个学生，是广东人，要进中大的，我已通知他们一律戒严，所以此人在船上，是不能探得消息。

迅（一月十七日）

1　黄浦：即黄埔。

伍
·
广
州

鲁迅于1927年1月18日到达广州，2月任中山大学文学系主任兼教务主任，4月因营救"四一二反革命政变"中被捕学生无果而辞职，同年9月27日离开广州。

1927年1月31日　致许寿裳

季茀兄：

昨刚发寄信绍沪，今晨得二十三日来信，俱悉。兄之聘书，已在我处，为豫科教授，月薪二百四十元，合大洋不过二百上下。此间生活费，有百元足矣，不至于苦。

至于所教功课，现尚无从说起，因为一切尚无头绪。总之，此校的程度是并不高深的，似乎无须怎样大豫备。

开学是三月二日，但望兄见信即来，可以较为从容，谈谈。所教功课，也许在本科也有几点钟。

校中要我做文科主任，我尚未答应。

从沪开来的轮船，太古公司者，"苏州"，"新宁"，"四川"等凡以S起首者最好。听说"苏州"尤佳。我坐的是"唐餐楼"（胜于官舱），价二十五元左右。

余面谈。

迅 上 正月三十一日

1927年2月25日　致章廷谦

矛尘兄：

廿日及以前的信，都收到了。伏园已于十日动身，从湖南走，大约月底可到武昌。

中大定于三月二日开学，里面的情形，非常曲折，真是一言难尽，不说也罢。我是来教书的，不意套上了文学系（非科）主任兼教务主任，不但睡觉，连吃饭的工夫也没有了。这样下去，是不行的，我想设法脱卸这些，专门做教员，不知道将来（开学后）可能够。但即使做教员，也不过是五日京兆[1]，坐在革命的摇篮之上，随时可以滚出的。不过我以为教书可比办事务经久些，近来实也跑得吃力了。

绍原[2]有电来索旅费，今天电汇了。红鼻[3]，先前有许多人都说他好，可笑。这样的人，会看不出来。大约顾孟余辈，尚以他为好货也。孟余目光不大佳。

兄事，我曾商之骝先，校中只有教务助理员位置了，月薪小洋百，半现半库券（买[4]起来，大概八折），兄及夫人如来此，只足苦苦地维持生活。我曾向骝先说，请兄先就此席；骝先且允当为别觅地方。兄

1　五日京兆：比喻任职时间不会长，或不作长久打算。出自《汉书·张敞传》。

2　绍原：江绍原（1898—1983），安徽旌德人，1923年任北京大学文学院教授，1927年应鲁迅之邀去广州中山大学任文学院英吉利语言文学系主任、教授，兼授国文系课程。

3　红鼻：代指顾颉刚。顾颉刚长有红色酒糟鼻，故鲁迅称他为"红鼻""鼻"。

4　买：当为"卖"字之误。

如可以，望即函知。且于三月间来此。但于"按月发给"办法，不有妨乎？厦大薪水，总以尽量取得为宜。

本校考试，二十八日是最末一次，而朱斐们还不来，我虽已为报名，不知二十七可能到。倘不到，则上半年不能入校，真做了牺牲了，可叹。

我在这里，被抬得太高，苦极。作文演说的债，欠了许多。阴历正月三日从毓秀山跳下，跌伤了，躺了几天。十七日到香港去演说，被英国人禁止在报上揭载了。真是钉子之多，不胜枚举。

我想不做"名人"了，玩玩。一变"名人"，"自己"就没有了。

季黻已来此地。

兄究竟行止何如（对于广州），乞示复。寄玉堂一笺，希便中转交。

迅 二,二五

斐君兄均此不另。

1927年4月9日　致李霁野

霁野兄：

　　三月十一日所发信，到四月八日收到了，或者因为经过检查等周折，所以这么迟延。我于四日寄出文稿一封，挂号的，未知已收到否？

　　《阿Q正传》单行本，如由未名社出，会引出一点问题，所以如何办法，我还得想一想。又，书后面的《未名丛书》广告，我想，凡北新所印的，也须列入，因为他们广告上，也列入未名社所印的书。

　　前回寄来的书籍，《象牙之塔》，《坟》，《关于鲁迅》三种，俱已卖完，望即续寄。《莽原》合本也即卖完，要者尚多，可即寄二十本来，此事似前信也说过。这里的学生对于期刊，多喜欢卖[1]合本，因为零本忽到忽不到，不容易卖[2]全。合本第二册，似可即订，成后寄卅本来。

　　《穷人》卖去十本，可再寄十本来。《往星中》及《外套》各卖去三本。

　　《白茶》及《君山》如印出，望即各寄二十本来。《黑假面人》也如此。

　　托罗兹基[3]的文学批评如印成，我想可以销路较好。

　　《旧事重提》我稿已集齐，还得看一遍，名未定，但这是容易的。

1　卖：当为"买"字之误。

2　同上。

3　托罗兹基：即俄国政治家托洛茨基（Leon Trotsky, 1879—1940），参与领导十月革命。

至于《小约翰》稿，则至今未曾动手，实在可叹。

上星期我到岭南大学去讲演，看见密斯朱[1]。她也不大能收到《莽原》。

我似乎比先前不忙一点，但这非因事情减少，乃是我习惯了一点之故。《狂飙》停刊了，他们说被我阴谋害死的，可笑。现在又要出一种不知什么。尚钺有信来，对于我的《奔月》，大不舒服，其实我那篇不过有时开一点小玩笑，而他们这么头痛，真是禁不起一点风波。

漱园丛芜处希代致意，不另写信了。静农现在何处？

迅 四，九

信如直寄燕大，信面应如何写法？

1　密斯朱：指朱寿恒，生卒年不详，原为岭南大学学生，1925年转入燕京大学与鲁迅结识。当时在岭南大学任教。

1927年4月9日　致台静农

静农兄：

三月廿三日来信，今天收到了。至于"前信"，我忘却了收到与否，因为我在开学之初，太忙，遗忘了许多别的事情。

《莽原》稿子，已于四日寄出一篇，可分两期登；此后只要有暇，当或译或作。第五六期，我都没有收到，第一期收到四本，第二期两本，第三四期没有，但我从发卖的二十本中见过了。

《白茶》，《君山》，《黑假面人》一出版，望即寄各二十本来。此外还有需要的书，详今晨所发的寄霁野信由未名社转中，望参照付邮。《莽原》合本，来问的人还不少。其实这期刊在此地是行销的，只是没有处买。第二卷另本，也都售罄，可以将从第一期至最近出版的一期再各寄十本来，但以挂号为稳，因此地邮政，似颇腐败也。（以后每期可寄卅本）

《象牙之塔》出再版不妨迟，我是说过的，意思是在可以移本钱去印新稿。但如有印资，则不必迟。其中似有错字，须改正，望寄破旧者一本来，看过寄还，即可付印。

《旧事重提》我想插画数张，自己搜集。但现在无暇，当略迟。

　　我的最近照相，只有去年冬天在厦门所照的一张，坐在一个坟的祭桌上，后面都是坟（厦门的山，几乎都如此）。日内当寄上，请转交柏君[1]。或用陶君所画者未名社似有亦可，请他自由决定。

　　　　　　　　　　　　　　　　　　　　　　　　迅 四,九,夜

1　柏君：指柏烈威，生卒年不详，俄国汉学家，曾任北京俄文专修馆教授、北京大学俄文系讲师。

1927年4月20日　致李霁野

寄野兄：

四日寄小说稿一篇，想已到。此地的邮局颇特别，文稿不能援印刷品例，须当作信的。此后又寄一信，忘记了日子。

今日看见几张《中央副刊》[1]，托罗茨基[2]的书，已经译傅东华[3]译载了不少了，似乎已译完。我想，这种书籍，中国有两种译本就怕很难销售。你的译文如果进行未多，似乎还不如中止。但这也不过是我一个人的意见。

我在厦门时，很受几个"现代"派的人排挤，我离开的原因，一半也在此。但我为从北京请去的教员留面子，秘而不说。不料其中之一，终于在那里也站不住，已经钻到此地来做教授。此辈的阴险性质是不会改变的，自然不久还是排挤，营私。我在此的教务，功课，已经够多的了，那可以再加上防暗箭，淘闲气。所以我决计于二三日内辞去一切职务，离开中大。

此后何往，还未定；或者仍暂留此地，改定《小约翰》，俟暑假后再说。因为此刻开学已久已无处可以教书，我也想暂时不教书，休息一时再说，这一年来，实在忙得太苦了。来信可寄"广州芳草街四十四

1　《中央副刊》：武汉国民政府国民党党报《中央日报》副刊，1927年3月22日创办，主编孙伏园。

2　托罗茨基：即托洛茨基。

3　傅东华（1893—1971）：浙江金华人，翻译家，时任复旦大学、暨南大学国文系教授。

号二楼北新书屋"（非局字）收转。书籍亦径寄"北新书屋"收。这是一间小楼，卖未名社和北新局出板品的地方。

《莽原》第五六期各十本及给我之各二本，今天收到了。广东没有文艺书出版，所以外来之品，消场还好。《象牙之塔》卖完了，连样本都买了去。

这里现亦大讨其赤，中大学生被捕者有四十余人，别处我不知道，报上亦不大纪载。其实这里本来一点不赤，商人之势力颇大，或者远在北京之上。被捕者盖大抵想赤之人而已。也有冤枉的，这几天放了几个。

再谈。

迅 四,二十, 夜

静农
漱园兄均此不另。
丛芜

1927年4月26日　致孙伏园

　　寄给我的报，收到了五六张，零落不全。我的《无声的中国》，已看见了，这是只可在香港说说的，浅薄的很。我似乎还没有告诉你我到香港的情形。讲演原定是两天，第二天是你。你没有到，便由我代替了，题目是《老调子已经唱完》。这一篇在香港不准登出来，我只得在《新时代》上发表，今附上。梁式[1]先生的按语有点小错，经过删改的是第一篇，不是这一篇。

　　我真想不到，在厦门那么反对民党，使兼士愤愤的顾颉刚，竟到这里来做教授了，那么，这里的情形，难免要变成厦大，硬直者逐，改革者开除。而且据我看来，或者会比不上厦大，这是我新得的感觉。我已于上星期四辞去一切职务，脱离中大了。我住在上月租定的屋里，想整理一点译稿，大约暂时不能离开这里。前几天也颇有流言，正如去年夏天我在北京一样。哈哈，真是天下老鸦一般黑哉！

1　梁式（1894—1972）：笔名尸一，广东台山人，时任广州《国民新闻》副刊《新时代》编辑。

1927年5月15日　致章廷谦

矛尘兄：

前天（十三），接到四月廿七日信；同时也接到五月三日信，即日转寄绍原了。

你要我的稿子，实在是一个问题，因为我现在无话可说。我现在正在整理《小约翰》的译稿，至快须下月初头才完，倘一间断，就难免因此放下，再开手就杳杳无期了。但也许可以译一点别的寄上，不过不能就有。

转载《莽原》的文章，自然可以的，但以我的文字为限。至于别人的，我想应该也可以，但如我说可以，则他们将来或至于和我翻脸时，就成了我的一条罪状。罪状就罪状，本来也无所不可，不过近于无聊。我想，你转载就转载，不必问的，如厦门的《民钟报》，即其例也。

我到此只三月，竟做了一个大傀儡。傅斯年我初见，先前竟想不到是这样人。当红鼻到此时，我便走了；而傅大写其信，给我，说他已有补救法，即使鼻赴京买书，不在校；且宣传于别人。我仍不理，即出校。现已知买书是他们的豫定计划，实是鼻们的一批大生意，因为数至五万元。但鼻系新来人，忽托以这么大事，颇不妥，所以托词于我之反对，而这是调和办法，则别人便无话可说了。他们的这办法，是我即不辞职，而略有微词，便可以提出的。

现在他们还在挽留我，当然无效，我是不走回头路的。季黻也已辞职，因为我一走，傅即探他的态度，所以也不干了。

　　据伏园上月廿七日来信云：玉堂已经就职了。所"就"何"职"，却未详。大约是外交上事务罢。骝先已做了这里的民政厅长，当然不会[1]浙。我也不想回浙，但未定到那里去，教界这东西，我实在有点怕了，并不比政界干净。

　　广东也没有什么事，先前戒严，常听到捕人等事。现在似乎戒[2]严了，我不大出门，所以不知其详。

　　你前信所问的两件事，关于《小说旧闻钞》[3]的，已忘了书名。总之：倘列名于引用书目中的，皆见过。如在别人的文内引用，那我就没有见过。

　　我想托你办一件要公。即：倘有暇，请为我在旧书坊留心两种书，即《玉历钞传》[4]和《二十四孝图》，要木板的，中国纸印的更好。如有板本不同的，不妨多买几种。

　　　　　　　　　　　　　　　　　　迅 上 五月十五日灯下

斐君兄均此致候不另。

1　会：当为"回"字之误。

2　戒：当为"解"字之误。

3　《小说旧闻钞》：鲁迅在北京大学讲《中国小说史》时所集的一部史料。

4　《玉历钞传》：一本宣扬"阴律"的书，成书于清雍正时期，内容是一名法号"淡痴"的修行者游历地府的所见所闻，配有插图。

1927年5月30日　致章廷谦

矛尘兄：

　　我滚出中大以后，似乎曾寄两信，一往道圩，一往杭，由郑介石[1]转。但是否真是如此，记不清楚了，也懒得查日记，好在这些也无关紧要，由它去罢。

　　十来天以前见绍原，知道你因闻季[2]和我已"他亡"，急欲知其底细，当时因为他已写信，我又忙于整理译稿，所以无暇写信。其实是我固在此地，住白云楼上吃荔支也。不过事太凑巧，当红鼻到粤之时，正清党发生之际，所以也许有人疑我之滚，和政治有关，实则我之"鼻来我走"与鼻不两立，大似梅毒菌，真是倒楣之至之宣言，远在四月初上也。然而顾傅[3]为攻击我起见，当有说我关于政治而走之宣传，闻香港《工商报》，即曾说我因"亲共"而逃避云云，兄所闻之流言，或亦此类也钦。然而"管他妈的"可也。

　　中大当初开学，实在不易，因内情纠纷，我费去气力不少。时既太平，红鼻莅至，学者之福气可谓好极。日前中大图书馆征求家谱及各县志，厦大的老文章，又在此地应用了，则前途可想。骝先

1　郑介石：郑奠（1896—1968），原名斐恭，字石君，又字介石，浙江诸暨人，北京大学中文系教授，兼北京女子师范大学中文系主任，1927年3月赴浙江省教育厅任职，不久调任南京国民政府教育部编审。

2　季：指许寿裳。

3　顾傅：指顾颉刚、傅斯年。

其将如玉堂也欤。绍原似乎也很寂寞，该校情形，和北大很不同，大约他也
看不惯。

前天听说中大内部又发生暗潮了，似是邹（鲁）派和朱派之争，
也即顾傅辈和别人之争，也即本地人和非本地人之争，学生正在大
帖标语，拥朱驱邹。后事如何，未知分解。鼻以此地已入平静时代而
来，才来而平静时代即有"他亡"之概，人心不古，诚堪浩叹。幸我
已走出，否则又将被人推出去冲锋，如抱犊山之洋鬼子，岂不冤乎冤
哉而且苦乎。

敝人身体甚好，可惜，此地热了，但我想别处必也热，所以姑且
在此逗留若干天再说。荔支已上市，吃过两三回了，确比运到上海者
好，以其新鲜也。

纸完了，信也完了罢。

迅　五，卅

斐君兄及小燕兄均此请安不另。

1927年6月12日　致章廷谦

矛尘兄：

　　五月卅日的信，昨天收到了。《玉历钞传》还未到。我早搬出中大，住在一间洋房里，所以信寄芳草街者，因为我那时豫计该街卖书处之关门，当在我的寓所之后。季黻先也住在这里，现在他走了，六日上船的，故五月卅日以前有人在杭州街上所见之人，必非季黻也。倘在六月十五以后，则我不能决矣。

　　鼻之口中之鲁迅，可恶无疑，而且一定还有其他种种。鼻之腹中，有古史，有近史，此其所以为"学者"；而我之于鼻，则除乞药揸鼻一事外，不知其他，此其所以非"学者"也。难于伺候哉此鼻也，鲁迅与之共事，亦可恶，不与共事，亦可恶，仆仆杭沪宁燕而宣传其可恶，于是乎鲁迅之可恶彰闻于天下矣，于是乎五万元之买书成为天经地义矣。岂不懿欤！休哉！

　　我很感谢你和介石向孑公[1]去争，以致此公将必请我们入研究院。然而我有何物可研究呢？古史乎，鼻已"辨"了；文学乎，胡适之已"革命"了，所余者，只有"可恶"而已。可恶之研究，必为孑公所大不乐闻者也，其实，我和此公，气味不投者也，民元以后，他所赏识者，袁希涛[2]蒋维乔[3]辈，则十六年之顷，其所赏识者，也就可以类推了。

　　绍原，我想，他是在这里的。钱之不我许，是的确的。他很冤枉，

1　孑公：指蔡元培。

2　袁希涛（1866—1930）：字观澜，江苏宝山（今属上海）人，1912年5月任北洋政府教育部普通教育司司长。

3　蒋维乔（1873—1958）：字竹庄，江苏武进人，1912年5月任北洋政府教育部参事。

因为系我绍介，有人说他鲁迅派。其实我何尝有什么派，一定介绍同派呢。而广东人和"学者"们，倘非将一人定为某一派，则心里便不舒服，于是说他也要走。还有人疑心我要运动他走。其实我是不赞成他走的，连季黻辞职时（因为走时，傅斯年探听他什么态度），我也反对过。而别人猜测我，都与我的心思背驰，因此我觉得我在中国人中，的确有点特别，非彼辈所能知也。

我之"何时离粤"与"何之"问题，一时殊难说。我现在因为有国库券，还可取几文钱，所以住在这里，反正离开也不过寓沪，多一番应酬。我这十个月中，屡次升沉，看看人情世态，有趣极了。我现已编好两部旧稿，整理出一部译的小说。此刻正在译一点日本人的论文，豫备寄给你的，但日内未必完工，因为太长。每日吃鱼肝油，胖起来了，恐怕还要"可恶"几年哩。至于此后，则如暑假前后，咱们的"介石同志"打进北京，我也许回北京去，但一面也想漂流漂流，可恶一通，试试我这个人究竟受得多少明枪暗箭。总而言之，现在是过一天算一天，没有一定者也。

"出亡"的流言，我想是故意造的，未必一定始于愈之[1]，或者倒是鼻一流人物。他们现在也大有此意，而无隙可乘，因为我竟不离粤，否则，无人质证，此地便流言蜂起了，他们只在香港的报上造一点小谣言，一回是说我因亲共而躲避，今天是说我已往汉口（此人是现代派，我疑是鼻之同党），我已寄了一封信，开了一点小玩笑，但不知可能登出，因为这里言论界之暗，实在过于北京。

在这月以内，如寄我信，可寄"广九车站，白云楼二十六号二楼许寓收转"，下月则且听下回分解可也。

迅上

斐君兄均此不另　　小燕兄亦均此不另。

5—9

1927年6月12日　致章廷谦

1　愈之：即胡愈之（1896—1986），字子如，浙江上虞人，当时在上海商务印书馆任职。

1927年6月23日　致章廷谦

矛尘兄：

　　十四日信今日已到。浙江的研究院，一定当在筹备与未筹备之间；"教育厅则确已决定俟下半年并入浙江大学"，既闻命矣。然而浙江大学安在哉？

　　乔峰来函谓前得一电，以土步[1]病促其急归，因（一）缺钱，（二）须觅替人接事，不能如电遄赴，发信问状，则从此不得音信。盖已犯罪于八道湾矣。顷观来信，则土步之病已愈，而乔峰盖不知，拚命谋生，仍不见谅，悲夫。

　　鼻又赴沪，此人盖以"学者"而兼"钻者"矣，吾卜其必将蒙赏识于"子公"。顷得季茀来信，已至嘉兴，信有云："浙省亦有办大学之事，……我想傅顾不久都会来浙的。"语虽似奇，而亦有理。我从上帝之默示，觉得鼻之于粤，乃专在买书生意及取得别一种之"干脩"[2]，下半年上堂讲授，则殆未必，他之口吃，他是自己知道的。所以也许对于浙也有所图也，如研究教授之类。

　　中大又聘容肇祖之兄容庚[3]为教授，也是口吃的。广东中大，似乎专爱口吃的人。

1　土步：周建人的第三个孩子，名沛，又名丰二，1919年5月出生，家人为其取绰号"土步"（沙塘鳢）。

2　"干脩"：指挂名不工作而领取的薪水。

3　容庚（1894—1983），原名肇庚，字希白，曾任燕京大学教授、《燕京学报》主编。

傅近来颇骂适之，不知何故。据流言，则胡于他先有不敬之语云。（谓傅所学之名目甚多，而一无所成。）

中大对于绍原，是留他的。但自然不大舒服。傅拜帅而鼻为军师，阵势可想而知。他颇有愿在浙江谋事之口风，但我则主张其先将此间聘书收下，因为浙江大学，先就渺茫，他岂能吸西北风而等候哉？他之被谥为"鲁迅派"，我早有所闻，其实他们是知道他并不是的。所以用此流言者，乃激将法，防其入于"鲁迅派"也。所以"谥"之而已，不至于排斥他。

我当于三四天内寄上译稿一束，大约有二三万字罢，如以为可用，可先在副刊上一用，但须留版权，因为这是李老板[1]催我译的，他将来想出版。

我在此，须编须译的事，大抵做完了，明日起，便做《唐宋传奇集考证》。此后何往，毫无主意，或者七月间先到上海再看。回北京似亦无聊，又住在突出在后园的灰棚里给别人校刊小说，细想起来，真是何为也哉！但闽粤行后，经验更丰，他日畅谈，亦一快也。

迅 六，廿三

斐君兄均此。

小燕弟亦均此。

1 李老板：指李小峰。

1927年7月7日　致章廷谦

矝尘兄：

　　我于不记得那一天寄上一信，随后又寄译稿一卷，想已到。至于六月廿一的来信，则前几天早收到了；《玉历钞传》亦到，可惜中无活无常，另外又得几本有的，而鬼头鬼脑，没有"迎会"里面的那么可爱，也许终于要自己来画罢。

　　前几天生热病，就是玉堂在厦，生得满脸通红的躺在床上的那一流，我即用Aspirin[1]及金鸡那霜攻击之，这真比鼻之攻击我还利害，三天就好了，昨天就几乎已经复原，我于是对于廖大夫[2]忽有不敬之意。但有一事则尚佩服，即鼻请其治红，彼云"没有好方子，只要少吃饭就会好的"是也。此事出在你尚未到厦之前，伏园之代为乞药于远在广州之毛大夫者以此，因鼻不愿"少吃饭"也。玉堂无一信来；春台[3]亦谓久不得其兄信，我则日前收到一封，系五十日以前所发，不但已经检查，并且曾用水浸过而又晒干，寄信如此费事，则失落之多可想，而非因"东皮"[4]而不理亦可想矣。

　　我国文已日见其不通，昨作了一点《游仙窟》[5]序，自觉不好，姑

1　Aspirin：英语，即阿司匹林，一种解热镇痛药。

2　廖大夫：指厦门大学校医廖超熙。

3　春台：孙福熙（1898—1962），字春台，浙江绍兴人。孙伏园之弟。

4　"东皮"：指非共产党人。当时共产党简称C. P.，谐音"西皮"，鲁迅以"东皮"与之相对。

5　《游仙窟》：唐代小说家张鷟创作的创奇小说。张鷟（约660—740），字文成，道号浮休子，河北深州人。

且"手写"寄上，而"手写"亦不佳。不如仍用排印，何如？其本文，则校正了一些，当与此信同时寄出。前闻坚士说，日本有影印之旧本一卷，寄赠北大，此当是刻本之祖，我想将来可借那一本来照样石印，或并注而印成阔气之本子，那时我倘不至于更加不通，当作一较为顺当之序或跋也。

看我自己的字，真是可笑，我未曾学过，而此地还有人勒令我写中堂，写名片，做"名人"做得苦起来了。我的活无常画好后，也许有人要我画扇面，但我此后拟专画活无常，则庶几不至于有人来领教，我想，这东西是大家不大喜欢的。

绍原前几天已行，你当已见过，再见时乞代致候。我亦无事报告，但闻傅主任赴香港，不知奔波何事；何主任（思源）赴宁，此地的《国民新闻》编辑即委了别人了。

下半年中大文科教员，闻有丁山，容肇祖，鼻，罗常培，盖即除去你，我，玉堂之厦大国学研究院耳，一笑。

中大送五月的薪水来，其中自然含有一点意思。但鲁迅已经"不好"，则收固不好，不收亦岂能好，我于是不发脾气，松松爽爽收下了。此举盖颇出于他们意料之外；而我则忽而大阔，买四十元一部之书，吃三块钱一合之饼干，还吃糯米糍（荔支），龙牙蕉，此二种甚佳，上海无有，绍原未吃，颇可惜。

春台小峰之争，盖其中还有他们的纠葛，但观《北新周刊》所登广告，则确已多出关于政治之小本子广州近来，亦惟定价两三角之小本子能多销，盖学生已穷矣，而陈翰笙[1]似大有关系，或者现代派已侵入北新，

---

1 陈翰笙（1897—2004）：江苏无锡人，时为北新书局编辑主任。

亦未可知，因凡现代派，皆不自开辟，而袭取他人已成之局者也。近日有钟敬文[1]要在此开北新分局，小峰令来和我商量合作，我已以我情愿将"北新书局"[2]关门，而不与闻答之。钟之背后有鼻。他们鬼祟如此。天下那有以鬼祟而成为学者的。我情愿"不好"，而且关门，虽将愈"不好"，亦"听其自然"也耳。

迅 七，七（洋七夕）

斐君兄均此不另。

（再：顷闻中大情形颇改变，鼻辈计划，恐归水泡矣。骝亦未必稳。洋七夕之夜。）

陈西滢张奚若[3]也来此地活动，前天我们在丁惟汾[4]先生处看见，丁先生要我将他们领到胡汉民处，我说有事，便跑出来了，出来告诉□□，于是□□在《市民日报》大骂驱逐投机分子陈西滢，倒也有趣，现在不知道他们活动的怎样。

七月七日发

吧儿狗也终于"择主而事"了。

1 钟敬文（1903—2002）：广东海丰人，作家，时为岭南大学文学系职员。

2 "北新书局"：当为"北新书屋"之误。

3 张奚若（1889—1973）：陕西大荔人，时任南京国民政府教育部高等教育处处长。

4 丁惟汾（1874—1954）：山东日照人，时任国民党中央执行委员会常委、青年部长。

1927年7月17日　致章廷谦

矛尘兄：

　　三日来信，昨收到。副刊，你自然总有一天要不编的，但我尚不料会如此之快，殆所谓革命时代，一切变动不居者也。十来天以前，严既澄[1]先生给我一信，说他在办《三五日报》副刊，要我投稿，现在就想托你带我的译稿去访他一回（报馆在青年路，新六号），问他要否？如要，就交与。将来之稿费（来信言有稿费），并托你代收，寄与乔峰。但倘或不要，或该报又已改组，或严公又已不编，则自然只能作罢，再想第二法。

　　你近一年来碰钉子已非一次，而观来信之愤慨，则似于"国故"仍未了然，此可慨也。例如，来信因介石之不获头绪，季茀之没有地方，而始以为"令人灰心"，其实浙江是只能如此的，不能有更好之事，我从钱武肃王[2]的时代起，就灰心了。又例如，广大电聘三沈二马陈朱皆不至，来信颇有以广大为失败之口吻。其实是，这里当发电时，就明知他们不来，也希望他们不来的，不过借作聘请罗常培容庚辈之陪衬而已。倘来，倒不妙了。

　　倘或三沈二马之流，竟有不知趣者，而来广大。那后事如何呢？这也极容易预言的。傅顾辈去和他们商量大计，不与闻，则得不管事

1　陈既澄：名锳，字既澄，广东四会人，生卒年不详，曾任北京大学讲师。

2　钱武肃王：钱镠（852—932），字具美，一作巨美，杭州临安人，五代十国时期吴越国创建者。

之名；与闻，则变成傀儡，一切坏事，归他负担。倘有独立的主张，则被暗地里批评到一钱不值。

绍原似颇嫌广大，但我以为浙更无聊。所谓研究院者，将来当并"自然科学"而无之。他最好是下半年仍在粤，但第一须搬出学校，躲入一屋，对于别人，或全不交际，或普作泛泛之交际，如此，则几个月之薪水，当可以有把握的。至于浙之大学，恕我直言，骗局而已，即当事诸公，请他们问问自己，岂但毫无把握，可曾当作一件事乎？

不过到九月间，此地如何，自然也是一个疑问。我看不透，因为我不熟此地情形，但我想，未必一如现在。

我想赠你一句话：专管自己吃饭，不要对人发感慨。（此所谓"人"者，生人不必说，即可疑之熟人，亦包括在内。）并且积下几个钱来。

我到杭玩玩与否，此刻说不定，因为我已经近于"刹那主义"，明天的事，今天就不想。但临时自然要通知你。现在我已答应了这里市教育局的夏期学术讲演，须八月才能动身了。此举无非游戏，因为这是鼻辈所不乐闻的。以几点钟之讲话而出风头，使鼻辈又睡不着几夜，这是我的大获利生意。

这里的"北新书屋"我拟于八月中关门，因为钟敬文（鼻子傀儡）要来和我合办，我则关门了，不合办。此后来信，如八月十日前发，可寄"广九车站旁，白云楼二十六号二楼，许寓收转"，以后寄乔峰收转。

半农不准《语丝》发行，实在可怕，不知道他何从得到这样的权力的。我前几天见他删节Hugo[1]文的案语（登《莽原》11期），就觉得他"狄克推多"[2]得骇人，不料更甚了。《语丝》若停，实在可惜，但

---

1 Hugo：雨果（1802—1885），法国作家。
2 "狄克推多"：英语dictator的音译，意为独裁。

有什么法子呢？北新内部已经鱼烂，如徐志摩[1]陈什么[2]（忘其名）之侵入，如小峰春台之争，都是坍台之征。我近来倒已寄了几回译作去了，倘要完结，也另外无法可想，只得听之。人毁之而我补救之，"人"不太便宜，我不太傻么？

迅 上 七,十七

斐君兄均此问好不另。

革命时代，变动不居，这里的报纸又开始在将我排入"名人"之列了，这名目是鼻所求之不得的，所以我倒也还要做儿天玩玩。

1　徐志摩（1897—1931）：浙江海宁人，笔名诗哲、南湖等，诗人。

2　陈什么：指陈翰笙。

1927年7月28日　致章廷谦

矛尘兄：

　　十九日来信，廿八日收到了，快极。广州我想未必比杭州热，二百八九十度罢。

　　季巿尚无信来，但看这名目[1]，似乎就无聊。夫浙江之不能容纳人才，由来久矣，现今在外面混混的人，那一个不是曾被本省赶出？我想，便是茭白[2]之流，也不会久的，将一批一批地挤出去，终于止留下旧日的地头蛇。我常叹新官僚不比旧官僚好，旧者如破落户，新者如暴发户，倘若我们去当听差，一定是破落户子弟容易侍候，若遇暴发户子弟，则贱相未脱而遽大摆其架子，其蠢臭何可向迩哉。夫汉人之为奴才，三百多年矣，一旦成为主人，自然有手足无措之概，茭白辈其标本也。

　　给丁山电中之"才年"，盖影射耳，似我非我，可以欺丁山，而我亦不能抗议。此种计画，鼻盖与闻其事的，而对绍原故作恐慌者，以欺绍原，表明于中大内情，他丝毫不知道也。其问我何以不骂他者，亦非真希望我骂，不过示人以不怕耳，外强中干者也。无人骂之，尚且要失眠，而况有人骂之乎？我未曾骂，尚且念念于我之骂，而况我竟骂之乎？骂是我总要骂的，但当与骂吧儿狗之方法不同。至于写入

1　名目：指浙江省民政厅聘许寿裳担任"视察"一职。
2　茭白：指蒋梦麟（1886—1964），浙江余姚人，时任浙江省教育厅厅长。"蒋"字本义为茭白。

小说，他似乎还不配，因为非大经艺术化，则小说中有此辈一人，即十分可厌也。你要知道乚[1]的小玩艺，是很容易的。只要看明末清初苏州一带地方人的互相标榜和攻讦的著作就好了。

况且以"才"署名，亦大可笑，我给别人的信，从未有自称为"才"者。蠢才乎，天才乎，杀才乎，奴才乎？其实我函电署名，非"树"则"迅"，傅与鼻是知道的。

吧儿跑到南京了，消息如别纸，今附上。

《游仙窟》我以为可以如此印：这一次，就照改了付印。至于借得影本后，还可以连注再印一回，或排或影（石印），全是旧式，那时候，则作札记一篇附之。至于书头上附印无聊之校勘如《何典》者，太"小家子"相，万不可学者也。

译稿之处置，前函已奉告，但如他们不要或尚未送去，则交小峰亦可。但，这一篇，于周刊是不相宜的，我选择材料时，有点区别，所以《北新》如可免登，则以不登为宜。而我也可以从别方面捞几个零钱用。

小峰和春台之战，究竟是如何的内情，我至今还不了然：即伏园与北新之关系，我也不了然。我想，小and春之间，当尚有一层中间之隔膜兼刺戟品；不然，不至于如此。我以为这很可惜，然而已经无可补救了。至于春台之出而为叭儿辈效力，我也觉得不大好，何至于有深仇重怨到这样呢？

北京我本想去，但有一件事，使我迟疑。我的一个旧学生，新近

---

1 乚：鼻子的形状，代指顾颉刚。

逃到南京了，因为替马二[1]在北京办报，其把柄为张髯[2]所得。他筹办时，对我并不声明给谁办的，但要我一篇文章，登第一期，而且必待此文到后才出版。敝文刚到，他便逃了。因此，我很疑心，他对于马二，不会说这报是我主持的么？倘如此，则我往北京，也不免有请进"优待室"之虑，所以须待到沪后，打听清楚才行。而西三条屋中，似乎已经增添了人，如"大太太"的兄弟之类，我回去，亦无处可住也。至于赴杭与否，那时再看。

倘至九月而现状不变，我以为绍原不如仍到此地来，以装傻混饭；在浙与宁，吃饭必更费力也，但我觉得到九月时，情形如何，是一问题。南京也有人来叫我去编什么期刊，我已谢绝了。前天，离敝寓不远，市党部后门炸了一个炸弹，但我却连声音也无所闻，直至今天看香港报才知道的。

迅 上 七,二八,夜

斐君兄均此不另。

1 马二：指冯玉祥。

2 张髯：指张作霖。

1927年8月2日　致江绍原

绍原先生：

　　日前录奉诗话一条，乃与"撒园荽"[1]有关者，想已达览。七月二十二日来函，顷已奉到。支持家者，谓济深[2]也。昨日之香港《循环报》两则，剪下附上，然则前之所闻，似非无因了，而留先[3]之教授不妨兼做官之说，殆已自动的取消乎？

　　梦麟之叹，鼻之宣传之力也，其劳劳于攻我之状可想。但仅博得梦麟之感慨，不亦微乎其微哉。致丁山电用"材年"者，鼻盖与闻其事，今之故作张皇，则所以表明他非幕中人。不过是小玩意，旧例不少，观明末野史，则现状之可藉以了然者颇多。何思源名氏，我未曾在意中，何得与之为难，其实鼻亦明知之，其云云者，是构陷之一法，不足与辩也。

　　鼻盖在杭闻我八月中当离粤，昨得其一函，廿四写，廿六发，云：九月中当到粤给我打官司，令我勿走，"听候开审"。命令未来之被告，使他恭候月余，以俟打渺渺茫茫之官司，可谓天开奇想。实则他知我必不恭候，于是可指我为畏罪而逃耳。因复一函，言我九月已

1　"撒园荽"：当时在《语丝》上讨论的一个民俗学方面的问题。
2　济深：即李济深（1885—1959），字任潮，原名济琛，广西梧州人，时任国民党中央执行委员会委员、中央执行委员会常务委员会候补委员、国民政府委员、国民政府军事委员会委员等职。
3　留先：指朱家骅。

在沪，可就近在杭州起诉云，两信稿都已录寄川岛矣。鼻专在这些小玩意上用工夫，可笑可怜，血奔鼻尖而至于赤，夫岂"天实为之"哉。

中国士大夫之好行小巧，真应"大发感慨"，明即以此亡。而江浙尤为此种小巧渊薮。我意现状如无大异，先生何妨仍来此地，孟德[1]固有齐鲁方士夸诞遗风，然并不比鼻更可怕，在江浙，恐鼻族尤多，不会更好的。在此与孟德辈不即不离，似当尚可居若干月；但第一著则须搬出钟楼也。

有人言见黎国昌[2]坐在注册科办事；又有人言闻孟德将改为图书馆主任。总而言之，中大举棋无定，终必一榻胡涂。

季巿之职衔颇新颖，大约是清闲之官乎。

广州倒并不热。日前有飓风，海上死人不少，而香港一带因有备，却无大损，科学之力如此。我正在慢慢准备启行，但太古船员正罢工，不知本月中能解决否，若坐邮船，则行李太多，很不便也。

青梅酒长久不喝了。荔支已过，杨桃上市，此物初吃似不佳，惯则甚好，食后如用肥皂水洗口，极爽。秋时尚有，如来此，不可不吃，特先为介绍。

迅 启上 八月二日

---

1 孟德：指傅斯年。

2 黎国昌（1894—？）：字慎图，广东东莞人。鲁迅辞去中山大学教务主任之职时，他以副职代理教务主任。

1927年8月8日　致章廷谦

矛尘兄：

　　七月卅日信，今天到了。我不知道《五三日报》内情，现既如此，请你不要给他了罢，交与小峰。但我以为登《北新》实不宜，书小而文长，登《语丝》较好，希转告。合于《北新》的，我当另寄。

　　鼻信已由前函奉告，是要我在粤恭候，何尝由我定。我想该鼻未尝发癫，乃是放刁，如泼妇装作上吊之类；倘有些癫，则必是中大的事有些不顺手也。谢[1]早不在此，孙林[2]处信不能通，好在被告有我在，够了。大约即使得罪于鼻，尚当不至于成为弥天重犯，所以我也不豫备对付他，静静地看其发疯，较为有趣。他用这样的方法吓我是枉然的；他不知道我当做《阿Q正传》到Q被捉时，做不下去了，曾想装作酒醉去打巡警，得一点牢监里的经验。

　　我本决于月底走了，房子已回复，而招商无船，太古公司又罢工，从香港转，则行李太多，很不便，所以至此刻止，还未决定怎么办。倘不能走，则当函告赤鼻，叫他到这里来告，或到别处去，也要通知他。《中央副刊》我未见，不知登的是那一封；但打起官司来，我在法庭上还有话，也许比玉堂的"启事"有趣。

1　谢：指谢玉生，生卒年不详，鲁迅在厦门大学、中山大学任教时的学生。

2　孙林：指孙伏园和林语堂。

据报上说，骝先要专心办中大了，有人见他和人游东山，有一种"优游态度"云。而旧教厅长，今又被派为委员了，则骝先之并教厅而做不成可知。中大内部不知如何，殊难测。然上月被力逐之教务副主任，现在有人见其日日坐在注册部办事，并无"优游态度"，则殊不可解。大约一切事情，都胡里胡涂，没有一定办法，所谓"东倒吃羊头，西倒吃猪头"，苟延而已。

令尊大人的事真险，好在现在没有事了。其实"今故"是发源于"国故"的，我曾想提出古事若干条，要可以代表古今一切玩艺儿的，作为教本，给如川岛一流的小孩子们看，但这事太难，我读书又太少，恐怕不会成功了。例如，江浙是不能容人才的，三国时孙氏即如此，我们只要将吴魏人才一比，即可知曹操也杀人，但那是因为和他开玩笑。孙氏却不这样的也杀，全由嫉妒。我之不主张绍原在浙，即根据《三国志演义》也。广东还有点蛮气，较好。

这里倒并不很热，常有大风，盖海上正多飓风也。我现想编定《唐宋传奇集》，还不大动手，而大吃其水果，物美而价廉。周围的事情是真多，竟会沿路开枪而茶店里掷炸弹，一时也写不完。我希望不远可以面谈，因为我须"听候开审"，总得到杭州的。

迅 上 八月八日夜

斐君兄均此致候。

1927年8月17日　致章廷谦

矛尘兄：

　　日前寄一函，意专在阻止将敝稿送于姨副[1]，故颇匆匆。这几天我是专办了收束伏翁所办的书店一案，昨天弄完了，除自己出汗生痱子外，还请帮忙人吃了一回饭，计花去小洋六元，别人做生意而我折本，岂不怪哉！

　　遥想一月以前，一个獐头鼠目而赤鼻之"学者"，奔波于"西子湖"边而发挥咱们之"不好"，一面又想出起诉之"无聊之极思"来，湖光山色，辜负已尽，念及辄为失笑。禹是虫，故无其人；据我最近之研究：迅盖禽也，亦无其人，鼻当可聊以自慰欤。案迅即卂，卂实即隼之简笔，与禹与禺，也与它无异，如此解释，则"凖"字迎刃而解，即从水，隼声，不必附会从"淮"之类矣。我于文字亦颇有发明，惜无人与我通信，否则亦可集以成"今史辨"也。

　　近偶见该《古史辨》，惊悉上面乃有自序一百多版。查汉朝钦犯司马蚯[2]，因割掉卵朕而发牢骚，附于偌大之《史记》之后，文尚甚短，今该学者不过鼻子红而已矣，而乃已浩浩洋洋至此，殆真所谓文豪也哉。禹而尚在，也只能忍气吞声，自认为并无其人而已。

　　此地下半年之中大文科，实即去年之厦大而撵走了鼻所不喜之

1　姨副：指《三五日报》副刊。
2　蚯：作者给"迁"加虫字旁，是对顾颉刚"禹是虫"的讽刺。

徒，而傅乃大贴广告，谓足为全国模范。不过这是半月以前的事，后来如何，须听下回分解矣。我诸事大略已了，本即可走，而太古公司洋鬼子，偏偏罢工，令我无船可坐；此地又渐热，在西屋中九蒸九晒，炼得遍身痱子。继而思之，到上海恐亦须挤在小屋中，不会更好，所以也就心平气和，"听其自然"，生痱子就生痱子，长疙瘩就长疙瘩，无可无不可也。总之：一有较便之船，我即要走；但要我苦心孤诣，先搬往番鬼所管之香港以上邮船，则委实懒于奋发耳。好在近来鼻之起诉计划，当亦有所更改或修正，我亦无须急急如律令矣。

《语丝》中所讲的话，有好些是别的刊物所不肯说，不敢说，不能说的。倘其停刊，亦殊可惜，我已寄稿数次，但文无生气耳。见新月社书目，春台及学昭[1]姑娘俱列名，我以为太不值得。其书目内容及形式，一副徐志摩式也。吧儿辈方携眷南下，而情状又变，近当又皇皇然若丧家，可怜也夫。

迅 八，十七。

斐君兄及小燕弟均此致候。

---

1 学昭：陈学昭（1906—1991），原名陈淑英，笔名学昭，浙江海宁人，作家，翻译家。

1927年9月19日　致翟永坤

永坤兄：

八月廿二，廿八日两信，今天（九月十九）一同收到了，一个学生给我送来的。你似乎还没有知道，中山大学的一切职务，我于三月间早已辞去了，在此已经闲住了六个月，现在是肚子饿而头昏。我本来早想走，但先前是因为别的原因，后来是太古船员罢工，没有船，总是走不成。现在听说有船了，所以我想于本月之内动身。

我先到上海，无非想寻一点饭，但政，教两界，我想不涉足，因为实在外行，莫名其妙。也许翻译一点东西卖卖罢。北大改组的事已在报上看见了。此地自从捉去了若干学生不知道数目，几十或百余罢以后，听说很乐观，已成为中国第一个大学。

这里新闻是一定应该有的，可惜我不大知道，也知不清楚。

《鲁迅在广东》我没有见过，不知道是怎样的东西，大约是集些报上的议论罢。但这些议论是一时的，彼一时，此一时，现在很两样。

时光的确快，记得我们在马路上见了之后，已经一年多了，我漂流了两省，幻梦醒了不少，现在是胡胡涂涂。想起北京来，觉得也并不坏，而且去年想捉我的"正人君子"们，现已大抵南下革命了，大约回去也不妨。不过有几个学生，因为是我的学生，所以学校还未进妥近来有些这样的情形，连和我熟识的学生，也会有人疑心他脾气和我相似，喜欢揭穿假面具，所以看得讨厌。我想陪着他们暂时漂流，到他们有书读了，我再静下来。

　　看看二十来篇作品的工夫，总可以有的。但近一年来，我全没给人选文章。有一个高长虹，先前叫我给他选了一本文章，后来他在报上说，我将他最好的几篇都选掉了，因为我妒贤嫉能，怕他出名，所以将好的故意压下。从此以后，我便不做选文的事，有暇便自己玩玩。你如不相信高长虹的话，可以寄来，我有暇时再看，但诗不必寄，因为我不懂这一门。稿寄"上海，新闸路，仁济里北新书局李小峰"收转。

　　这里还是夏天，穿单衣，一做事便流汗。去年我在厦门时，十一月上山去，看见石榴花，用惯于北方的眼睛看来，好像造物在和我开玩笑。

鲁迅　九月十九夜

1927年9月19日　致章廷谦

矛尘兄：

　　久不得来信，大约你以为我早动身了，而岂知我至今尚九蒸九晒于二楼之上也哉！听说太古船员诸公已复工，则我真将走成，现已理行李两天，拟于廿七八搬入客栈，遇有船则上之也。

　　自然先到上海，其次，则拟往南京，不久留的，大约至多两三天，因为要去看看有麟[1]，有一点事，但不是谋饭碗，孑公复膺大学院长，饭仍是蒋维乔袁希涛口中物也。复次当到杭州，看看西湖北湖之类，而且可以畅谈。但这种计画，后来也许会变更，此刻实在等于白说。

　　此地已较凉。梁漱溟[2]已为委员，我看他是要阔的。市民正拟欢迎张发奎[3]将军，牌楼搭得空前之好。各种厅长多已换。黄浦[4]学校已停办。截至今日止，如此而已。

　　中大今日（或明日，记不清了）开学，行授旗式，旗乃校旗也，青天白日外加红边，新定的。何日开课，未闻。绍原先生已行了罢。该校的安否，大概很与政局相关的，所以本学期如何，实在说不清。但他若取中立之状态，则无妨。

1　有麟：荆有麟（1903—1951），山西临猗人，1923年结识鲁迅，曾在鲁迅遭通缉离家避难时给予帮助。

2　梁漱溟（1893—1988）：字寿铭，广西桂林人，时任国民党广东省政府委员。

3　张发奎（1895—1980）：字向华，广东始兴人，国民党将领，参加北伐战争，1927年9月下旬率部返回广州。

4　黄浦：当为"黄埔"之误。

《语丝》的一四一,二两期,终于没有收到,大概没收了。这里的一部分青年已将郁达夫看作危险人物,大奇。广西禁《洪水》与《独秀文存》[1]。汕头之创造社被封。北新出了一本《鲁迅在广东》,好些人向我来要,而我一向不知道。关于出版界之所闻,大略如此。

新月书店的目录,你看过了没有?每种广告都飘飘然,是诗哲手笔。春台列名其间,我觉得太犯不上也。最可恶者《闲话》广告将我升为"语丝派首领",而云曾与"现代派主将"陈西滢交战,故凡看《华盖集》者,也当看《闲话》云云。我已作杂感寄《语丝》以骂之,此后又做了四五篇。

凤举说燕大要我去教书,已经回复他了,我大约还须漂流几天。我一去,一定又有几个学生要同去,这是我力所不及的,别人容易误会为我专是呼朋引类。我也许此后不能教书了。但可玩玩时,姑且玩玩罢。

在二楼上,近来又编好了一部《唐宋传奇集》。到上海后,当为新作家选小说,共有三部。此后,真该玩玩了,一面寻饭碗。

迅 上 九月十九夜

斐君太太前均此请安。燕兄及在绍兴的某兄均此致候。

---

1 《独秀文存》:陈独秀的文集,1922年11月由上海亚东图书馆初版,分论文、随感录、通信三部分,共三卷。

1927年9月25日　致台静农

静农兄：

　　九月十七日来信收到了。请你转致半农先生，我感谢他的好意，为我，为中国。但我很抱歉，我不愿意如此。

　　诺贝尔赏金，梁启超自然不配，我也不配，要拿这钱，还欠努力。世界上比我好的作家何限。他们得不到。你看我译的那本《小约翰》，我那里做得出来，然而这作者就没有得到。

　　或者我所便宜的，是我是中国人，靠着这"中国"两个字罢，那么，与陈焕章[1]在美国做《孔门理财学》而得博士无异了，自己也觉得好笑。

　　我觉得中国实在还没有可得诺贝尔赏金的人，瑞典最好是不要理我们，谁也不给。倘因为黄色脸皮人，格外优待从宽，反足以长中国人的虚荣心，以为真可与别国大作家比肩了，结果将很坏。

　　我眼前所见的依然黑暗，有些疲倦，有些颓唐，此后能否创作，尚在不可知之数。倘这事成功而从此不再动笔，对不起人；倘再写，也许变了翰林文字，一无可观了。还是照旧的没有名誉而穷之为好罢。

　　未名社出版物，在这里有信用，但售处似乎不多。读书的人，多

1　陈焕章（1881—1933）：字重远，广东高要人，辛亥革命后组织孔教会，任会长。

半是看时势的，去年郭沫若书颇行，今年上半年我的书颇行，现在是大卖戴季陶[1]讲演录了蒋介石的也行了一时。这里的书，要作者亲到而阔才好，就如江湖上卖膏药者，必须将老虎骨头挂在旁边似的。

　　还有一些琐事，详寄季野信中，不赘。

迅 上 九月二十五日

1927年9月25日 致台静农

1　戴季陶（1891—1949）：初名良弼，后名传贤，字季陶，笔名天仇，原籍浙江吴兴，时任中山大学校长。

陆
·
上海

　　鲁迅于1927年10月到达上海，与许广平开始同居生活，后应劳动大学、复旦大学、暨南大学等校之邀发表演讲。有大学聘请他任教，鲁迅经过考虑，决定不任教职，而以自由撰稿谋生。

1927年10月21日　致廖立峨[1]

立峨兄：

十二日的来信，昨天收到了，先寄的另一封信，亦已收到。我于七日曾发一信，后又寄《野草》一本，想亦已到。

我到上海已十多天，因为熟人太多，一直静不下，几乎日日喝酒，看电影。我想，再过一星期，大约总可以闲空一点。倘若这样下去，是不好的，书也不看，文章也不做。

这里的情形，我觉得比广州有趣一点，因为各式的人物较多，刊物也有各种，不像广州那么单调。我初到时，报上便造谣言，说我要开书店了，因为上海人惯于用商人眼光看人。也有来请我去教国文的，但我没有答应。

现在我住在"宝山路，东横浜路，景云里二十九号"，此后有信可以直接寄此。这里是中国界，房租较廉，只要不开战，是不要紧的。

中大校长赴港，我已在报上看见，张之迈[2]辈即刻疑神疑鬼，实在可怜。其实他们是不要紧的，会变化，那里会吃亏。至于我回广东，却连自己还没有想到过。

林语堂先生已见过，现回厦门接他的太太去了，听说十来天后再来上海。许寿裳先生在南京大学院做秘书，他们要请我译书，但我还

1　廖立峨（1903—1962）：广东兴宁人，鲁迅在厦门大学任教时的学生，后随鲁迅到广州转入中山大学学习。
2　张之迈（1904—？）：浙江义乌人，1926年毕业于中山大学英文系。

没有去的意思。

江绍原先生已经见过，他今天回杭州去了，当暂住在他太太的家里。听说大学院要请他做编译，我想，这于他倒颇相宜的。广州中大今年下半年大约不见得比上半年好。我想，你最好是自己多看看书。靠教员，是不行的，即使将他们的学问全都学了来，也不过是"瞠目呆然"。倘遇有可看的书，我当寄上。

顾孟余回广州之说，上海倒没有听到。《中央日报》不办了。南京另组织了一个中央日报筹备处，其中大抵是"现代派"。

我本很想静下来，专做译著的事，但很不容易。闹惯了，周围不许你静下。所以极容易卷入旋涡中。等许多朋友都见过了，周围清静一些之后，再看情形，倘可以用功，我仍想读书和作文章。

广平姊也住在此，附笔道候。她有好几个旧同学在此，邀她于办关于妇女的刊物，还没有去。

迅 十月廿一日

1927年11月7日　致章廷谦

矜尘兄：

六日来信已到。我到沪以来，就玩至现在，其间又有演讲之类，颇以为苦。近日又因不得已，担任了劳动大学国文每周一小时，更加颇以为苦矣。杭州芦花，闻极可观，心向往之，然而又懒于行，或者且待看梅花欤。

《游仙窟》既有善本，自然以用善本校后付印为佳。《唐宋传奇集》方在校印，拟先出上册，成后即寄奉。

北新捕去李（小峰之堂兄）王（不知何人）两公及搜查，闻在十月二十二，《语丝》之禁则二十四。作者皆暂避，周启明[1]盖在日本医院欤。查封北新，则在卅日。今天乔峰得启明信，则似已回家，云《语丝》当再出三期，凑足三年之数，此后便归北新去接办云云。卅日发，大约尚未知查封消息也。他之在北，自不如来南之安全，但我对于此事，殊不敢赞一辞，因我觉八道湾之天威莫测，正不下于张作霖，倘一搭嘴，也许罪戾反而极重，好在他自有他之好友，当能互助耳。

季茀本云南京将聘绍原，而迄今无续来消息，岂蔡公此说，所以敷衍季茀者欤，但其实即来聘，亦无聊。语堂先曾回厦门，今日已到沪，来访，而我外出，不知其寓何所；似无事。有学生告我，在上海

1　周启明：即周作人。

见傅斯年于路上，不知确否。倘真，则此公又在仆仆道途，发挥其办事手腕矣。

我独据一间楼，比砖塔胡同时好得多，因广东薪水，尚未用完也。但应酬，陪客，被逼作文之事仍甚多，不能静，殊苦。本想从事译书，今竟不知可能如愿。

迅 上 十一月七日

夫人均此问候。

1927年11月18日　致翟永坤

永坤兄：

　　你的十月十,二六两信,并两回的稿子,我都收到了,待我略闲,当看一看。惟设法出版,须在来年,因为这里的书铺现在经济状况都不大好。

　　那一本旧的小说,也已收到。构想和行文,都不高明,便是性欲的描写,也拙劣得很,是一部没有什么价值的书。我想,这大约是明朝人做的,本是一篇整篇,后来另一人又将他分开,加上回目,变成章回体的。至于里面用元人名字,这是明人做小说的常有的事,他们不敢讲本朝,所以往往假设为元人。

　　我近半年来,教书的趣味,全没有了,所以对于一切学校的聘请,全都推却。只因万不得已,在一个学校里担任了一点钟,但还想辞掉他。

　　文章也做不出来。现在是在校印《唐宋传奇集》,这是古文,我所选编的,今年可出上册,明年出下册。

　　听说《语丝》在北京被禁止了,北新被封门。正人君子们在此却都很得意,他们除开了新月书店外,还开了一个衣服店,叫"云裳","云想衣裳花想容",自然是专供给小姐太太们的。张竞生[1]则开了一所"美的书店",有两个"美的"女店员站在里面,其门如市也。

　　我想译点书糊口,但现在还未决定译那一种。

迅 上 十一月十八日

1　张竞生(1888—1970):广东饶平人,曾任北京大学哲学系教授,北大国学门"风俗调查会"主席。

1927年11月20日　致江绍原

绍原先生：

　　来信，并《廿五年来之早期基督教研究》的注，都收到了。关于要编的两种书的计划，我实在并无意见。《血与天癸……》，我想，大抵有些人看看的；至于《二十世纪之宗教学研究》，则商务馆即使肯收，恐怕也不过是情面。尚志学会似乎已经消声匿迹了。

　　其实，偌大的中国，即使一月出几本关于宗教学的书，那里算多呢。但这些理论，此刻不适用。所以我以为先生所研究的宗教学，恐怕暂时要变成聊以自娱的东西。无论"打倒宗教"或"扶起宗教"时，都没有别人会研究。

　　然则不得已，只好弄弄文学书。待收得板税时，本也缓不济急，不过除此以外，另外也没有好办法。现在是专要人的性命的时候，倘想平平稳稳地吃一口饭，真是困难极了。我想用用功，而终于不能，忙得很，而这忙，是于自己很没有益处的。

　　中国此刻还不能看戏曲，他们莫名其妙。以现状而论，还是小说。还有，大约渐要有一种新的要求，是关于文艺或思想的Essay。不过以看去不大费力者为限。我想先生最好弄这些。

　　英文的随笔小说之流，我是外行，不能知道。但如要译，可将作者及书名开给我，我可以代去搜罗。

　　我不知道先生先前所爱看的是那一些作品，但即以在《语丝》发表过议论的Thais[1]而论，我以为实在是一部好书。但我的注意并不在飨宴的情形，而在这位修士的内心的苦痛。非法朗士，真是作不出来。这书有历史气，少年文豪，是不会译的（也讲得听点[2]，是不屑译），先生能译，而太长。我想，倘译起来，可以先在一种月刊上陆续发表，而留住版权以为后日计。

此外，则须选作者稍为中国人所知，而作品略有永久性的。英美的作品我少看，也不大喜欢。但闻有一个U. Sinclaire[3]（不知错否），他的文学论极新，极大胆。先生知之否？又J. London[4]的作品，恐怕于中国的现在也还相宜。

广东似乎又打起来了。沪报言戴校长已迁居香港，谢绝宾客。中校的一群学者，不知安否，殊以为念也。

迅 启上 十一月二十夜

太太前均此请安

1　Thais：即《苔依丝》，法国作家法朗士（A. France，1844—1924）创作的长篇小说。

2　讲得听点：即"讲得好听点"。

3　U. Sinclaire：当为U. Sinclair，即厄普顿·辛克莱（1878—1968），美国作家。

4　J. London：杰克·伦敦（1876—1916），美国作家。

1927年12月26日　致章廷谦

矛尘兄：

廿五日信收到。《语丝》四卷三期已付印，来稿大约须入第四期了。

伏园和小峰的事，我一向不分明。他们除作者版税外，分用净利，也是今天才知道的。但我就从来没有收清过版税。即如《桃色的云》的第一版卖完后，只给我一部分，说因当时没钱，后来补给，然而从此不提了。我也不提。而现在却以为我"可以做证人"，岂不冤哉！叫我证什么呢？

譬如他们俩究竟何时合作，何时闹开，我就毫不知道。所以是局外人，不能开口。但我所不满足的，是合作时，将北新的缺点对我藏得太密，闹开以后，将北新的坏处宣传得太多。

不过我要说一句话，我到上海后，看看各出版店，大抵是营利第一。小峰却还有点傻气。前两三年，别家不肯出版的书，我一绍介，他便付印，这事我至今记得的。虽然我所绍介的作者，现在往往翻脸在骂我，但我仍不能不感激小峰的情面。情面者，面情之谓也，我之亦要钱而亦要管情面者以此。

新月书店我怕不大开得好，内容太薄弱了。虽然作者多是教授，但他们发表的论文，我看不过日本的中学生程度。真是如何是好。

明年商务印书馆也要开这样的新书店，这一流的书局，要受打击了。倘不投降，即要竞争，请拭目以俟之。

绍原经济情形，殊可虑。但前两星期，有一个听差（我想，是蔡"公"家的人）送大学院的聘书到我这里来，也有绍原的一份，但写明是由胡适之转的。问他何时送去；他说已送去过了，胡博士说本人不在沪，不收。我本想中途截取转寄，但又以为不好，中止了。后来打听季茀，他说大约已经寄杭了，星期二（十九）付邮的。莫非还不到么？倘到，则其中有一批钱，可以过年。

迅 上 十二月廿六日

斐君太太小燕密斯均此请安。

1928年2月24日　致台静农

静农兄：

　　十五日信收到。你的小说，已看过，于昨日寄出了。都可以用的。但"蟪蛄"之名，我以为不好。我也想不出好名字，你和霁野再想想罢。

　　中国文学史略，大概未必编的了，也说不出大纲来。我看过已刊的书，无一册好。只有刘申叔[1]的《中古文学史》，倒要算好的，可惜错字多。

　　说起《未名》的事来，我曾向霁野说过，即请在京的凤举先生等作文，如何呢？我离远了，偶有所作，都为近地的刊物逼去。而且所收到的印本断断续续，也提不起兴趣来。我也曾想过，倘移上海由我编印，则不得不做，也许会动笔，且可略添此地学生的译稿。但有为难之处，一是我究竟是否久在上海，说不定；二是有些译稿，须给译费，因为这里学生的生活很困难。

　　我在上海，大抵译书，间或作文；毫不教书，我很想脱离教书生活。心也静不下，上海的情形，比北京复杂得多，攻击法也不同，须一一对付，真是糟极了。日前有友人对我说，西湖曼殊坟[2]上题着一首七绝，下署我名，诗颇不通。今天得一封信似是女人，说和我在"孤山

1　刘申叔：即刘师培。
2　曼殊坟：苏曼殊之墓。苏曼殊（1884—1918），生于日本，原名戬，字子谷，法号曼殊，作家，诗人。

别后，不觉多日了"，但我自从搬家入京以后，至今未曾到过杭州。这些事情，常常有，一不小心，也可以遇到危险的。

曹译《烟袋》[1]，已收到，日内寄回，就付印罢，中国正缺少这一类书。

迅 二,二四。

1 《烟袋》：曹靖华译未名社出版之苏联作家爱伦堡等创作的短篇小说集。

1928年3月6日　致章廷谦

矛尘兄：

　　三日来信，昨天收到的。《唐宋传奇》照这样，还不配木刻，因为各本的字句异同，我还没有注上去。倘一一注出，还要好一点。

　　游杭之举，恐怕渺茫；虽羡五年陈之老酒，其如懒而忙何，《游仙窟》不如寄来，我可以代校。

　　曼墓题诗，闻之叶绍钧。此君非善于流言者，或在他人之墓，亦未可知。但此固无庸深究也。

　　垂问二事：前一事我不甚知，姑以意解答如下：——

　　河东节，意即河东腔，犹中国之所谓"昆腔"，乃日本一地方的歌调。

　　西鹤[1]，人名，多作小说，且是淫书，日本称为"好色本"，但文章甚好。古文，我曾看过，不大懂，可叹。

　　《游仙窟》以插画为书面，原是好的，但不知内有适用者否记得刻本中之画，乃杂采各本而成，非本书真的插画。待看后再说。钦文所闻种种迫害，并不足奇。有几种刊物（如创造社出版的东西），近来亦大肆攻击了。我倒觉得有趣起来。想试试我究竟能够挨得多少刀箭。

1　西鹤：井原西鹤（1642—1693），日本作家。

写得太潦草了，实在是因为喝了一杯烧酒，死罪死罪！

迅 三,六。

斐君兄均此致候不另。

1928年3月31日　致章廷谦

矛尘兄：

廿二四信均收到；致小峰信等已面交。恭悉已有"弄璋"[1]之喜，敬贺敬贺。此非重男轻女，只因为自己是男人，略有党见，所以同性增加，甚所愿也。至于所提出之问题，我实不知有较妥之品，大约第一原因，多在疏忽，因此事尚无万全之策，而况疏忽也乎哉。北京狄博尔Dr.[2]好用小手术，或加子宫帽，较妥；但医生须得人，不可大意，随便令三脚猫郎中为之。我意用橡皮套于男性，较妥，但亦有缺点，因能阻碍感觉也。

《游仙窟》事件，我以为你可以作一序，及周启明之译文，我的旧序，不如不用，其中材料，你要采用便可用。至于印本，我以为不必太讲究；我现在觉得，"印得好"和"新式圈点"易颇难并立的。该《窟》圈点本印行后，既有如许善本，我以为大可以连注印一本旧式装订的阔气本子也。但圈点则无须矣。

现在不做甚么事，而总是忙。有麟之捧风眠[3]，确乎肉麻，然而今

1　"弄璋"：指生男孩。出自《诗·小雅·斯干》："乃生男子，载寝之牀，载衣之裳，载弄之璋。"

2　狄博尔Dr.：指德国医生狄博尔（Edmund Dipper，1871—1933），时为北平德国医院院长。

3　风眠：林风眠（1900—1991），广东梅县人，画家，时任杭州国立艺术院院长。

则已将西湖献之矣了。

迅 三,卅一。

尊夫人令爱令郎均此致候。

1928年4月9日　致李秉中

秉中兄：

　　昨日收到一函一信片，又《美术大观》一本，感谢之至。现尚无何书需买，待需用而此间无从得时，当奉闻。

　　记得别后不久，曾得来信，未曾奉复。其原因盖在以"结婚然否问题"见询，难以下笔，迁延又迁延，终至不写也。此一问题，盖讨论至少已有二三千年，而至今未得解答，故若讨论，仍如不言。但据我个人意见，则以为禁欲，是不行的，中世纪之修道士，即是前车。但染病，是万不可的。十九世纪末之文艺家，虽曾赞颂毒酒之醉，病毒之死，但赞颂固不妨，身历却是大苦。于是归根结蒂，只好结婚。结婚之后，也有大苦，有大累，怨天尤人，往往不免。但两害相权，我以为结婚较小。否则易于得病，一得病，终身相随矣。

　　现状，则我以为"匪今斯今，振古如兹"[1]。二十年前身在东京时，学生亦大抵非陆军则法政，但尔时尚有热心于教育及工业者，今或希有矣。兄职业我以为不可改，非为救国，为吃饭也。人不能不吃饭，因此即不能不做事。但居今之世，事与愿违者往往而有，所以也只能做一件事算是活命之手段，倘有余暇，可研究自己所愿意之东西耳。自然，强所不欲，亦一苦事。然而饭碗一失，其苦更大。我看中

1　"匪今斯今，振古如兹"：不是今天才如此，自古以来就如此。出自《诗经·周颂·载芟》。

国谋生，将日难一日也。所以只得混混。

此地有人拾"彼间"牙慧，大讲"革命文学"，令人发笑。专挂招牌，不讲货色，中国大抵如斯。

今日寄上书三本，内一本为《唐宋传奇集》上册。缺页之本，弃之可矣。

迅 上 四月九日

1928年6月6日　致章廷谦

矛尘兄：

　　一日的信，前天到了。朱内光[1]医生，我见过的，他很细心，本领大约也有，但我觉得他太小心。小心的医生的药，不会吃坏，可是吃好也慢。

　　上海的医生，我不大知道。欺人的是很不少似的。先前听说德人办的宝隆医院颇好，但现在不知如何。我所看的是离寓不远的"福民医院"，日人办，也颇有名。看资初次三元，后每回一元，药价大约每日一元。住院是最少每日四元。

　　不过医院大规模的组织，有一个通病，是医生是轮流诊察的，今天来诊的是甲，明天也许是乙，认真的还好，否则容易模模胡胡。

　　我前几天的所谓"肺病"，是从医生那里探出来的，他当时不肯详说，后来我用"医学家式"的话问他，才知道几乎要生"肺炎"，但现在可以不要紧了。

　　我酒是早不喝了，烟仍旧，每天三十至四十支。不过我知道我的病源并不在此，只要什么事都不管，玩他一年半载，就会好得多。但这如何做得到呢。现在琐事仍旧非常之多。

　　革命文学现在不知怎地，又仿佛不十分旺盛了。他们的文字，和

1　朱内光：即朱其晖，浙江绍兴人，生卒年不详。曾任北京医科专门学校、浙江医药专门学校校长。

他们一一辩驳是不值得的，因为他们都是胡说。最好是他们骂他们的，我们骂我们的。

北京教育界将来的局面，恐怕是不大会好的。我不想去做事，否则，前年我在燕京大学教书，不出京了。

老帅中弹，汤尔和又变"孤哀子"了。[1]

迅 上 六月六日

---

1 "老帅中弹"指1928年6月4日本关东军炸死了张作霖，史称"皇姑屯事件"。汤尔和（1878—1940），浙江余杭人，时任北洋政府财政部总长兼盐务署督办。相传汤尔和与张学良是拜把兄弟，所以称其为"孤哀子"。

1928年8月15日 致章廷谦

矛尘兄：

十四日来信，今天收到了。饭碗问题，我想这样好；介石北去，未必有什么要领罢。沈刘两公，已在小峰请客席上见过，并不谈起什么。我总觉得我也许有病，神经过敏，所以凡看一件事，虽然对方说是全都打开了，而我往往还以为必有什么东西在手巾或袖子里藏着。但又往往不幸而中，岂不哀哉。

《品花宝鉴》我不要。那一部《金文述》见《抱经堂书目》第三期第三十三页第十一行，全文如下——

"《奇觚室吉金文述》三十卷 刘心源 石印本 十本 十六元"但如已经卖掉，也就罢了。

这里总算凉一点了，因为《奔流》，终日奔得很忙，可谓自讨苦吃。

创造社开了咖啡店，宣传"在那里面，可以遇见鲁迅郁达夫"，不远在《语丝》上，我们就要订正。田汉也开咖啡店，广告云，有"了解文学趣味之女侍"，一伙女侍，在店里和饮客大谈文学，思想起来，好不肉麻煞人也。

迅 上 八月十五日

斐君兄小燕弟，还有在厦门给我补过袍子的大嫂，均此请安。

1928年10月18日　致章廷谦

矛尘兄：

十一，十五两信均到。《游仙窟》诗，见《全唐诗逸》[1]，此书大约在《知不足斋丛书》[2]卅集中，总之当在廿五集以后，但恐怕并无题跋；荫翁[3]考据亦不见出色，我以为可不必附了。

《夜读抄》[4]已去问小峰，但原稿恐未必尚存，且看"后来分解"耳。小峰似颇忙，不知何故。《语丝》之不到杭，据云盖被扣，但近来该《丝》错字之多，实可惊也。

顾傅钟诸公之挤来挤去，亦复可惊，此辈天性之好挤，似出常人之上，古之北大，不如是也。石君食贫于北，原亦不坏，但后之北平学界，殆亦不复如革命以前，挤，所不免矣。

不佞之所以"异"者，自亦莫名其妙，近来已不甚熬夜，因搬房之初，没有电灯，因而早睡，尚馀习惯也。和我对楼之窗门甚多，难知姚公[5]在那一窗内，不能"透视"而问之，悲夫。

许女士仍在三层楼上，据云大约不久须回粤嫁妹。但似并不十分

1　《全唐诗逸》：日本汉学家上毛河世宁（1749—1820）编，补录《全唐诗》失收的唐人诗篇。

2　《知不足斋丛书》：清代乾嘉间藏书家鲍廷博（1728—1814）父子刊刻的大型综合性丛书，全书30集，共收书208种（含附录12种）。

3　荫翁：指俞樾（1821—1907），字荫甫，浙江德清人，清末学者。

4　《夜读抄》：周作人的散文集。

5　姚公：指姚名达（1905—1942），江西兴国人，时任商务印书馆编辑兼特约撰述。

一定，"存查"而已。

买书抑买茶叶，问题非小，一时殊难决定，再想几天，然后奉告罢。

迅 上 十月十八日

斐君太太均此请安 令爱均吉。

1928年11月7日 致章廷谦

矛尘兄：

却说《夜读抄》经我函催后，遂由小峰送来，仍是《语丝》本，然则原稿之已经不见也明矣。小峰不知是忙是窘，颇憔悴，我亦不好意思逼之，只得以意改定几字，算是校正，直到今天，总算校完了。

他所选定之印刷局，据云因为四号字较多。但据我看来，似并不多，也不见得好，排工也不好，不听指挥，所以校对殊不易。现在虽完，不过是了了人事。我想，书要印得好，小印刷局是不行的，由一个书店印，也不行的。

看看水果店之对付水果，何等随便，使果树看见，它一定要悲哀，我觉得作品也是如此，这真是无法可想。为要使《奔流》少几个错字，每月的工夫几乎都消费了，有时想想，也觉不值得。

我现在校完了杂感第四本《而已集》，大约年内可以出版的。

迅上 十一月七日

斐君兄均此致候不另。

1929年1月6日 致章廷谦

矛尘兄：

在去年十二月卅一日的来信未到之前两天，即"国历"一月一日上午，该巽伯[1]已经光降敝寓了，惜我未起，不能接见，当蒙留下"明前"与"旗枪"[2]各一包无误。至于《赌徒日记》，则至今未见，盖小峰老板事忙易忘，所以不以见示，推想起来，当将印入第二期矣。《奔》5洪乔之事，亦已函告他，但能否不被忘却，殊不可知，此则不能不先行豫告者耳。

赌徒心理的变幻，应该写写的，你"颇有经验"，我也并不觉其"混账"——惟有一节，却颇失敬，即于"至尊"之下，加以小注，声明并非香烟，盖不佞虽不解"麻酱"，而究属老支那人，"至尊"之为 ⠡ 和 ⠲，实属久已知道者也，何至于点火而吸之哉。

《全上古……文》[3]，北京前四年市价，是连史纸印，一百元。今官堆纸而又蛀过（虽然将来会收拾好），价又六十五，其实已经不廉，我以为大可不必买。况且兄若不想统系底研究中国文学史，无需此物倘要研究实又不够。内中大半是小作家，是断片文字，多不合用，倒不如

1　巽伯：马巽伯（1908—2001），浙江宁波人，马裕藻长子。

2　"明前""旗枪"均是龙井茶的种类。

3　《全上古……文》：指《全上古三代秦汉三国六朝文》，清代严可均辑，共收作者3497人，分代编为15集，共746卷。严可均（1762—1843），字景文，号铁桥，浙江吴兴人，清代文献学家、藏书家。

花十来块钱，拾一部丁福保[1]辑的《汉魏六朝名家集》[2]，随便翻翻为合算。倘要比较的大举，则《史》，《汉》，《三国》[3]；《蔡中郎集》[4]，嵇[5]，阮[6]，二陆[7]机云，陶潜[8]，庾开府[9]，鲍参军[10]如不想摆学者架子，不如看清人注本，何水部[11]，都尚有专集，有些在商务馆《四部丛刊》中，每部不到一元也，于是到唐宋类书：《初学记》[12]，《艺文类聚》[13]，《太平御览》[14]中，再去找寻。要看为和尚帮忙的六朝唐人辩论，则有《弘明集》[15]，《广弘明集》[16]也。要而言之，《全上古……文》实在是大而无当的书，可供陈列而不适于实用的。

青龙山者，在江苏勾容[17]县相近，离南京约百余里，前清开过煤矿，我做学生时，曾下这矿洞去学习的。后来折了本，停止了。Kina

1 丁福保（1874—1952）：字仲祜，号畴居士，江苏无锡人，藏书家。

2 《汉魏六朝名家集》：收录汉魏六朝40位名家的诗文，共186卷。

3 《史》，《汉》，《三国》：分别指《史记》《汉书》《三国志》。

4 《蔡中郎集》：东汉文学家蔡邕的文集。蔡邕（132—192），字伯喈，陈留圉（今河南杞县）人。

5 嵇：嵇康（224—263），字叔夜，谯国铚县（今安徽濉溪）人，三国时期曹魏文学家，"竹林七贤"之一。

6 阮：阮籍（210—263），字嗣宗，陈留尉氏（今河南开封）人，三国时期曹魏文学家，"竹林七贤"之一。

7 二陆：指西晋文学家陆机、陆云。陆机（261—303），字士衡，吴郡吴县（今江苏苏州）人。陆云（262—303），字士龙，陆机的胞弟。

8 陶潜：陶渊明（352或365—427），字元亮，又名潜，私谥靖节，浔阳柴桑（今江西九江）人，东晋诗人。

9 庾开府：庾信（513—581），字子山，小字兰成，南阳新野（今河南新野）人。南北朝文学家。

10 鲍参军：鲍照（416？—466），字明远，祖籍东海（今山东郯城），南朝宋文学家。

11 何水部：何逊（466—519），字仲言，东海郯（今山东兰陵）人，南朝梁诗人。

12 《初学记》：唐代徐坚撰综合性类书。徐坚（660—729），字元固，浙江长兴人。

13 《艺文类聚》：唐代文学家欧阳询等人编纂的综合性类书，是中国现存最早的一部完整官修类书。

14 《太平御览》：北宋李昉、李穆等学者奉敕编纂的类书。

15 《弘明集》：南朝梁僧祐撰佛教文集。僧祐（445—518），俗姓俞，原籍彭城下邳（今徐州邳县）。

16 《广弘明集》：唐代僧人道宣扩《弘明集》而作。道宣（596—667），俗姓钱，字法遍，原籍吴兴长城（今浙江长兴）。

17 勾容：即句容。

当是 Kind[1] 之误。"回资啰……"我也不懂，盖古印度语（殆即所谓"梵语"乎），是咒语，绍兴请和尚来放焰口的时候，它们一定要念好几回的，焰口的书上也刻着，恐怕别处也一样。

冬假中我大约未必动，研究之结果，自觉和灵峰之梅，并无感情，倒是和糟鸡酱鸭，颇表好感。然而如此冷天，皮袍又已于去夏在"申江"蛀掉，岂能坐车赴杭，在西子湖边啃糟鸡哉。现在正在弄托尔斯泰记念号，不暇吃饭也。

《游仙窟》似尚未出，北新近来殊胡里胡涂，虽大扩张，而刊物上之错字愈多矣。嚶嚶书屋[2] 久不闻嚶嚶之声，近忽闻两孙公将赴法留学，世事瞬息万变，我辈消息不灵，所以也莫名其妙。上海书店有四十余家，一大队新文豪骂了我大半年，而年底一查，拙作销路如常，捏捏脚膀，胖了不少，此则差堪告慰者也。

迅 启上 一月六夜

斐君兄均此致候不另。

Miss 许亦祈我写一句代候。

1　Kind：德语，意为孩子。

2　嚶嚶书屋：1927年10月孙伏园、孙福熙在上海合办的书店。

1929年3月15日　致章廷谦

矛尘兄：

　　前天得来信。次日，前委员[1]莅寓，当蒙交到茶叶三斤。但该委员非该巽伯可比，当经密斯许竭诚招待，计用去龙井茶价七斤，殊觉肉痛。幸该员系由宁回平；则第三次带茶来沪之便人，决非仍是该委员可知，此尚可聊以自慰者也。

　　鼻君似仍颇仆仆道途，可叹。此公急于成名，又急于得势，所以往往难免于"道大莫能容"。据我看来，如此紧张，饭是总有得吃的，然而"着实要阔起来"，则恐未必，大概总是红着鼻子起忙头而已。

　　李公小峰，似乎很忙，信札不复，也是常事。其一，似乎书局中人，饭桶居多，所以凡事无不散漫。其二，则泰水[2]闻已仙逝，李公曾前去奔丧，离沪数天，现已回来。但不知泰山其尚存否乎？若其未崩，则将来必又难免于忙碌也。总之，以北新之懒散，而上海新书店之蜂起，照天演公例而言，是应该倒灶的。但不料一切新书店，也一样散漫，死样活气，所以直到现在，北新依然为新书店魁首，闻各店且羡而妒之，呜呼噫嘻，此岂非奇事而李公小峰的福气也欤！

　　例如《游仙窟》罢，印了一年，尚无着落。我因听见郑公振铎[3]

1　前委员：指吕云章，曾任国民党中央党部妇女干事、国民党浙江省党部委员。

2　泰水：岳母的别称。泰山：岳父的别称。

3　郑振铎（1898—1958）：字西谛，笔名落雪、CT等，浙江温州人，作家。

等，亦在排印，乃力催小峰，而仍无大效。后来看见《文学周报》上大讲该《窟》，以为北新之本，必致落后矣。而不料现在北新本小峰已给我五本了居然印行，郑公本却尚未出世，《文周》之大讲，一若替李公小峰登广告也者。呜呼噫嘻，此实为不佞所不及料，而自悔其性急之为多事者也。

石君[1]之炎，问郎中先生以"为什么发炎？"是当然不能答复的。郎中先生只知道某处在发炎，发炎有时须开刀而已，炎之原因，大概未必能够明白。他不问石君以"你的腿上筋为什么发炎"，还算是好的。

这几句是正经话了：且夫收口之快慢，是和身体之健壮与否大有关系的。石君最好是吃补剂——如牛奶，牛肉汁，鸡汤之类，而非桂圆莲子之流也——那么，收口便快了但倘脓未去尽，则不宜吃。这一端，不大思索的医生，每每不说，所以请你转告他。

听说，已经平和了，报上所说，全是谣言。敝寓地域之水电权，似已收回，现在每月须吃海潮灌在水中的自来水一回，做菜无须再加盐料。今日上半天无水，下午有了，而夜间电灯之光，已不及一支洋蜡烛矣。

迅 启上 三月十五日

斐君兄均此致候。

1　石君：指郑奠。

1929年3月22日　致韦素园

素园兄：

二月十五日给我的信，早收到了。还记得先前有一封信未复。因为信件多了，一时无从措手，一懒，便全部懒下去了。连几个熟朋友的信，也懒在内，这是很对不起的，但一半也因为各种事情曲折太多，一时无从说起。

关于Gorki[1]的两条，我想将来信摘来登在《奔流》十期上。那纪念册不知道见了没有，我想，看看不妨，译是不可的。即如你所译的卢氏[2]论托尔斯泰那篇，是译起来很费力的硬性文字——这篇我也曾从日文重译，给《春潮》月刊，但至今未印出——我想你要首先使身体好起来，倘若技痒，要写字了，至多也只好译译《黄花集》上所载那样的短文。

我所译的T. iM[3]，篇幅并不多，日译是单行本，但我想且不出它。L.还有一篇论W. Hausenstein[4]的，觉得很好，也许将来译它出来，并出一本。

上海的市民是在看《开天辟地》（现在已到"尧皇出世"了）和

1　Gorki与后文的Gorky均指苏联作家高尔基。

2　卢氏：指卢那察尔斯基（Anatoly Lunacharsky, 1875—1933），苏联文学家、美学家。

3　T. iM：即《托尔斯泰与马克斯》，卢那察尔斯基的讲演稿，鲁迅据金田常三郎的译本重译。

4　W. Hausenstein：霍善斯坦因（1882—1957），德国文艺批评家。

《封神榜》这些旧戏，新戏有《黄慧如产后血崩》（你看怪不怪？），有些文学家是在讲革命文学。对于Gorky，去年似乎有许多人要译他的著作，现在又不听见了，大约又冷下去了。

你说《奔流》绍介外国文学不错，我也是这意思，所以每期总要放一两篇论文。但读者却最讨厌这些东西，要看小说，看下去很畅快的小说，不费心思的。所以这里有些书店，已不收翻译的稿子，创作倒很多。不过不知怎地，我总看不下去，觉得将这些工夫，去看外国作品，所得的要多得多。

我近来总是忙着看来稿，翻译，校对，见客，一天都被零碎事化去了。经济倒还安定的，自从走出北京以来，没有窘急过。至于"新生活"的事，我自己是川岛到厦门以后，才听见的。他见我一个人住在高楼上，很骇异，听他的口气，似乎是京沪都在传说，说我携了密斯许同住于厦门了。那时我很愤怒。但也随他们去罢。其实呢，异性，我是爱的，但我一向不敢，因为我自己明白各种缺点，深恐辱没了对手。然而一到爱起来，气起来，是什么都不管的。后来到广东，将这些事对密斯许说了，便请她住在一所屋子里——但自然也还有别的人。前年来沪，我也劝她同来了，现就住在上海，帮我做点校对之类的事——你看怎样，先前大放流言的人们，也都在上海，却反而哑口无言了，这班屠伯，真是没有骨力。

但是，说到这里为止，疑问之处尚多，恐怕大家都还是难于"十分肯定"的，不过我且说到这里为止罢，究竟如何，且听下回分解罢。

　　不过我的"新生活",却实在并非忙于和爱人接吻,游公园,而苦于终日伏案写字,晚上是打牌声,往往睡不着,所以又很想变换变换了,不过也无处可走,大约总还是在上海。

　　　　　　　　　　　　　　　　　　　　迅 上 三月廿二夜

　　现在正在翻译Lunacharsky的一本《艺术论》,约二百页,下月底可完。

1929年3月23日　致许寿裳

季市兄：

　　二十二日来信收到。中国能印玻璃版的，只有商务，中华，有正。而末一家则似不为人印，或实仍托别家印，亦未可知也。有日本人能印，亦不坏，前曾往问，大如来信之笺中红匡者，每张印三百张起码，计三元，不收制板费，倍大作每张二分计，纸（中国的）每张作四分计，则每一张共六分，倘百页一本，本钱即需六角矣。但还有一问题，即大张应以照相缩小，不知当于何处为之，疑商务馆或当有此设备，然而气焰万丈，不能询之。

　　关于儿童观，我竟一无所知。在北京见嘱以来，亦曾随时留心，而竟无所得。类书中记得《太平御览》有《幼慧》一门，但不中用。中国似向未尝想到小儿也。

　　寿老毫无消息。前几天却已见过他的同乡，则连其不在南京亦不知也。天气渐暖，倘津浦车之直达者可通，拟往北京一行，以归省，且将北大所有而我所缺之汉画照来，再作后图。阅报，知国文系主任，仍属幼渔，前此诸公之劳劳，盖枉然矣。

　　此布，并颂

曼福。

迅　启上　三月廿三夜

1929年4月7日　致韦素园

素园兄：

　　三月卅日信，昨收到。L的《艺术论》，是一九二六年，那边的艺术家协会编印的，其实不过是从《实证美学的基础》及《艺术与革命》中各取了几篇，并非新作，也不很有统系。我本想，只要译《实证美学之基础》就够了，但因为这书名，已足将读者吓退，所以选现在这一本。

　　创造社于去年已被封。有人说，这是因为他们好赖债，自己去运动出来的。但我想，这怕未必。但无论如何，总不会还账的，因为他们每月薪水，小人物四十，大人物二百。又常有大小人物卷款逃走，自己又不很出书，自然只好用别家的钱了。

　　上海去年嚷了一阵革命文学，由我看来，那些作品，其实都是小资产阶级观念的产物，有些则简直是军阀[1]脑子。今年大约要改嚷恋爱文学了，已有《惟爱丛书》和《爱经》豫告出现，"美的书店"（张竞生的）也又开张，恐怕要发生若干小Sanin[2]罢，但自然仍挂革命家的招牌。

　　我以为所谓恋爱，是只有不革命的恋爱的。革命的爱在大众，于性正如对于食物一样，再不会缠绵菲恻，但一时的选择，是有的罢。读众愿看这些，而不肯研究别的理论，很不好。大约仍是聊作消遣罢了。

　　　　　　　　　　　　　　　　　　　迅 上 四月七日

1　阀：当为"阀"字之误。
2　Sanin：沙宁。俄国作家阿尔志跋绥夫所作长篇小说《沙宁》的主人公。

1929年4月20日　致李霁野

霁野兄：

　　十日信收到。不要译稿，并不是你说的，年月已久，不必研究了罢。

　　《朝华夕拾》封面，全是陶元庆君去印的，现在他不在上海，我竟不知道在那里印，又无别人可托，所以已于前日将锌板三块，托周建人寄回，请照原底在北京印，附上样张一枚。至于价值，我只记得将账两张，托小峰拨汇（他钱已交来），似乎有一二十元但已记不清，现若只有六元多，那也许他失落一张账，弄错了。

　　《小约翰》封面样张，今寄上，我想可作锌板两块，一画一字，底下的一行，只要用铅字排印就可以了。纸用白的，画淡黑色，字深黑。

　　《四十一》早出最好。上海的出版界糟极了，许多人大嚷革命文学，而无一好作，大家仍大印吊膀子小说骗钱，这样下去，文艺只有堕落，所以绍介些别国的好著作，实是最要紧的事。

迅　上　四月二十日

　　此后有书出版时，新的希给我五本，再版的是不必寄了。

又及

5[1]

书　面

M. M. Behrens−Goldfluegelein：

Elf und Vogel.

"孙福熙画书面" 这一页改如右[2]

1　5：原信为朱笔书写，指用5号字排版。

2　原信为竖排由右至左书写，"如右"即当前版式的"如上"。

柒
·
北平

鲁迅于1929年5月回北平（今北京）省亲，并分别应燕京大学、北京大学第二院、北平大学第二师范学院、北平大学第一师范之邀发表演讲。

1929年5月15日　致许广平

乖姑！小刺猬！

　　在沪宁车上，总算得了一个坐位；渡江上了平浦通车，也居然定着一张卧床。这就好了。吃过一元半的夜饭，十一点睡觉，从此一直睡到第二天十二点钟，醒来时，不但已出江苏境，并且通过了安徽界蚌埠，到山东界了。不知道刺猬可能如此大睡，我怕她鼻子冻冷，不能这样。

　　车上和渡江的船上，遇见许多熟人，如马幼渔的侄子，齐寿山的朋友，未名社的一伙；还有几个阔人，说是我的学生，但我不识他们了。那么，我的到北平，昨今两日，必已为许多人所知道。

　　今天午后到前门站，一切大抵如旧，因为正值妙峰山香市，所以倒并不冷静。正大风，饱餐了三年未吃的灰尘。下午发一电，我想，倘快，则十六日下午可达上海了。

　　家里一切如旧，母亲精神形貌仍如三年前，她说，害马为什么不同来呢？我答以有点不舒服。其实我在车上曾想过，这种震动法，于乖姑是不相宜的。但母亲近来的见闻范围似很窄，她总是同我谈八道湾，这于我是毫无关心的，所以我也不想多说我们的事，因为恐怕于她也不见得有什么兴趣。平常似常常有客来住，多至四五个月，连我的日记本子也都打开过了，这非常可恶，大约是姓车的男人[1]所为。他的女人，廿六七又要来了，那自然，这就使我不能多住。

不过这种情形，我倒并不气，也不高兴，久说必须回家一趟，现在是回来了，了却一件事，总是好的。此刻是十二点，却很静，和上海大不相同。我不知乖姑睡了没有？我觉得她一定还未睡着，以为我正在大谈三年来的经历了。其实并未大谈，我现在只望乖姑要乖，保养自己，我也当平心和气，渡过豫定的时光，不使小刺猬忧虑。

今天就是这样罢，下回再谈。

 五月十五夜

1　姓车的男人：指车耕南（1888—1967），浙江绍兴人，鲁迅二姨之婿，当时在铁道部门任职。

1929年5月17日　致许广平

小刺猬：

昨天从老三转上一信，想已到。今天下午我访了未名社一趟，又去看幼渔，他未回，马珏[1]是因疮进病院多日了。一路所见，倒并不怎样萧条，大约所减少的不过是南方籍的官僚而已。

关于咱们的故事，闻南北统一以后，此地忽然盛传，研究者也很多，但大抵知不确切。上午，令弟告诉我一件故事。她说，大约一两月前，某太太对母亲说，她做了一个梦，梦见我带了一个孩子回家，自己因此很气忿。而母亲大不以气忿之举为然，因告诉她外间真有种种传说，看她怎样。她说，已经知道。问何从知道。她说，是二太太告诉她的。我想，老太太所闻之来源，大约也是二太太。而南北统一后，忽然盛传者，当与陆晶清[2]之入京有关。我因以小白象之事[3]告知令弟，她并不以为奇，说，这是也在意中的。午前，我就告知母亲，说八月间，我们要有小白象了。她很高兴，说，我想也应该有了，因为这屋子里，早应该有小孩子走来走去。这种"应该"的理由，和我们是另一种思想，但小白象之出现，则可见世界上已以为当然矣。

1　马珏（1910—　）：浙江鄞县人，马裕藻的长女，当时在北京大学预科学习。

2　陆晶清（1907—1993）：原名陆秀珍，笔名小鹿，云南昆明人，1922年考入北京女子师范高等学校，曾在翊教中学、女师大补习班、女师大附中任教。

3　小白象之事：指许广平怀孕之事。

　　不过我却并不愿意小白象在这房子里走来走去，这里并无抚育白象那么广大的森林。北平倘不荒芜下去，似乎还适于居住，但为小白象计，是须另选处所的。这事俟将来再议。

　　北平很暖，可穿单衣了。明天拟去访徐旭生[1]。此外再看几个熟人，另外也无事可做。我觉得日子实在太长，但愿速到月底，不过那时，恐怕须走海道回了。

　　这里和上海不同，寂静得很。尹默风举，往往终日倾心政治。尹默之汽车，昨天和电车冲突，他臂膊碰肿了，明天拟去看他，并还草帽。台静农在和孙祥偈[2]讲恋爱，日日替她翻电报号码（因为她是新闻通讯员），忙不可当。林卓凤[3]在西山调养胃病。

　　我的身体是好的，和在上海时一样，据潘妈[4]说，模样和出京时相同。我在小心于卫生，勿念；但刺猬也应该留心保养，令我放心。我相信她正是如此。

　　附笺一纸，可交与赵公[5]。又告诉老三，我当于一两日内寄书一包（约四五本）给他，其实是托他转交赵公的，到时即交去。

迅　五月十七夜

1　徐旭生（1888—1976）：名炳昶，河南唐河人，曾任北京大学哲学系教授、《猛进》周刊主编。

2　孙祥偈（1903—1965）：又名荪荃，安徽桐城人，1927年毕业于北京师范大学国文研究科。

3　林卓凤：广东澄海人，生卒年不详，许广平在北京女子师范大学时的同学。

4　潘妈：鲁迅为朱安雇的保姆。

5　赵公：指柔石（1902—1931），姓赵，名平福，后改平复，笔名柔石，作家。1928年秋在鲁迅的帮助下与崔真吾等人在上海创建"朝花社"。

1929年5月27日　致许广平

小刺猬：

　　今天——二十七日——下午，果然收到廿一日所发信。我十五日信所选的两张笺纸，确也有一点意思的，大略如你所推测。莲蓬中有莲子，尤是我所以取用的原因。但后来各笺，也并非幅幅含有义理，小刺猬不要求之过深，以致神经过敏为要。

　　阿ブ[1]如此吃苦，实为可怜，但是出牙，则也无法可想，现在必已全好了罢。编辑费可先托老三取出，那边寄来之收条，则暂存，待我到时填写。你的大妹的头痛，我想还是身体衰弱之故，最好是吃补剂，如鱼肝油之类（我所吃的这一种），你可由这回的来款中划出百元之谱，买而寄之，我辈有余而她不足，补助亦所当为。寄以现款，原也很好，但大抵是要移作家用，不以自奉的，但倘能使之精神舒服，则听其自由支配，亦佳。一切由你酌定就是。

　　姑母来沪，即不发表亦将发见，自以发表为宜，结果如何，可以不必顾虑。我对于一切外间传言，即最消极也不过不辩，而大抵以是认之时为多，是是非非，都由他们去，总之我们是有小白象了。

　　计我回北平以来，已两星期，除应酬之外，读书作文，一点也不做，且也做不出来。那间后房，一切如旧，而小刺猬不坐在床沿上，

1　阿ブ：《两地书》中写作阿菩，指周建人的女儿。

是使我最觉得不满足的，幸而来此已两星期，距回沪之期渐近了。新租的屋，已说明为堆什物及寓客之用，客厅之书不动，也不住人。

今天已将牙齿补好，只化了五元，据云将就一二年，须全盘做过了。但现在试用，尚觉合式。晚间是徐旭生张凤举等在中央公园邀我吃饭，十时才回寓。总算为侍桁[1]寻得了一个饭碗。同席约有十人，他们已都知道我因"唔唔唔"而不肯留北。

旭生说，今天女师大因两派对于一教员之排斥和挽留，甲以钱袋击乙之头，致乙昏厥过去，抬入医院。小姐们之挥拳，似以此为嚆矢云。

明天拟往东城探听船期，晚则幼渔邀我吃饭；后天北大讲演；大后天拟往西山看韦素园。这三天中较忙，大约未必能写什么详信了。

此刻小刺猬＝小莲蓬＝小莲子不知是睡着还是醒着。计此信到时，我在这里距启行之日也已不远了。这是使我高兴的。但我仍然静心保养，并不焦躁，小刺猬千万放心，并且也自保重为要。

你的小白象 五月廿七夜十二时

7-3

1929 年 5 月 27 日 致许广平

---

1 侍桁：韩侍桁（1908—1987），原名云浦，天津人，作家。

1929年6月1日　致许广平

小莲蓬而小刺猬：

　　现在是三十日之夜一点钟，我快要睡了，下午已寄出一信，但我还想讲几句话，所以再写一点。

　　前几天，董秋芳给我一信，说他先前的事，要我查考鉴察。我那有这些工夫来查考他的事状呢，置之不答。下午从西山回，他却等在客厅中，并且知道他还先向母亲房里乱攻，空气甚为紧张。我立即出而大骂之，他竟毫不反抗，反说非常甘心。我看他未免太无刚骨，然而他自说其实是勇士，独对于我，却不反抗。我说我却愿意人对我来反抗。他却道正因如此，所以佩服而不反抗者也。我也为之好笑，乃笑而送出之。大约此后当不再来缠绕了罢。

　　晚上来了两个人，一个是为孙祥偈翻电报之台，一个是帮我校《唐宋传奇集》之魏[1]，同吃晚饭，谈得很畅快。和上午之纵谈于西山，都是近来快事。他们对于北平学界现状，俱颇不满。我想，此地之先前和"正人君子"战斗之诸公，倘不自己小心，怕就也要变成"正人君子"了。各种劳劳，从我看来，很可不必。我自从到北平后，觉得非常自在，于他们一切言动，甚为漠然；即下午之面斥董公，事后也毫不气忿，因叹在寂寞之世界里，虽欲得一可以对垒之敌人，亦不易

1　魏：指魏建功（1901—1980），江苏海安人，语言文字学家，当时在北京大学任教。

也。

小刺猬，我们之相处，实有深因，它们以它们自己的心，来相窥探猜测，那里会明白呢。我到这里一看，更确知我们之并不渺小。

这两星期以来，我一点也不颓唐，但此刻遥想小刺猬之采办布帛之类，豫为小小白象经营，实是乖得可怜，这种性质，真是怎么好呢。我应该快到上海，去管住她。

（三十日夜一点半。）

小刺猬，三十一日早晨，被母亲叫醒，睡眠时间少了一点，所以晚上九点钟便睡去，一觉醒来，此刻已是三点钟了。冲了一碗茶，坐在桌前，遥想小刺猬大约是躺着，但不知是睡着还是醒着。五月三十一这天，没有什么事。但下午有三个日本人来看我所藏的关于佛教石刻拓本，颇诧异于收集之多，力劝我作目录。这自然也是我所能为之一，我以外，大约别人也未必做的了，然而我此刻也并无此意。晚间，宋紫佩[1]已为我购得车票，是三日午后二时开，他在报馆中，知道车还可以坐，至多，不过误点（迟到）而已。所以我定于三日启行，有一星期，就可以面谈了，此信发后，拟不再寄信，倘在南京停留，自然当从那里再发一封。

（六月一日黎明前三点）

1　宋紫佩（1887—1952）：原名盛琳，后改名琳，字子培，又作紫佩、子佩，浙江绍兴人。

哥姑：

　　写了以上的几行信以后，又写了几封给人的回信，天也亮起来了，还有一篇讲演稿要改，此刻大约不能睡了，再来写几句。

　　我自从到此以后，综计各种感受，似乎我于新文学和旧学问各方面，凡我所着手的，便给别人一种威吓——有些旧朋友自然除外——所以所得到的非攻击排斥便是"敬而远之"。这种情形，使我更加大胆阔步，然而也使我不复专于一业，一事无成。而且又使小刺猬常常担心，"眼泪往肚子里流"。所以我也对于自己的坏脾气，常常痛心；但有时也觉得惟其如此，所以我配获得我的小莲蓬兼小刺猬。此后仍当四面八方地闹呢，还是暂且静静，作一部冷静的专门的书呢，倒是一个问题。好在我们就要见面了，那时再谈。

　　我的有莲子的小莲蓬，你不要以为我在这里时时如此彻夜呆想，我是并不如此的。这回不过因为睡够了，又有些高兴，所以随便谈谈。吃了午饭以后，大约还要睡觉。加以行期在即，自然也忙些。小米（小刺猬吃的），馇子面（同上），果脯等，昨天都已买齐了。

　　这信封的下端，是因为加添这一张，我自己拆过的。

六月一日晨五时

出 品

地球旅馆

 全国总经销

捧 读 文 化
触及身心的阅读

出 品 人_张进步

策划编辑_程　碧

特约编辑_孟令堃

编辑助理_周俊雄

装帧设计_UNLOOK · @广岛Alvin

发　　行_谭　婧

法律顾问_天津益清（北京）律师事务所　王彦玲

新 浪 微 博　　　微信公众号

出版投稿、合作交流，请发邮件至：innearth@foxmail.com

了解新书，图书邮购、团购、采购等，请联系发行电话：010-65772362